谜托邦

MYSTOPIA

华文推理新大陆

推理迷的乌托邦

死者AI

青稞 著

北京联合出版公司
Beijing United Publishing Co.,Ltd.

目 录

爱，就要大声说出来

1.

李修铭看着自己双臂宛如新生婴儿般的肌肤，猛地眨了眨眼。不知怎的，他的双眼变得十分敏感，在接触到外界光线的一刹那，泪水就渗了出来。他下意识地想要用手擦拭，却突然发现双臂已经被两侧的人架起。

恍惚间，他已经站直了身体。视觉还未恢复，但李修铭能感觉到身体表面有织物划过，像是有人在给他穿衣服。等等！难道刚才的他竟是赤身裸体的……一想到这，李修铭不禁猛然睁开双眼。他的面前站着一排黑衣人。

看到这些熟悉的黑西服保镖，李修铭很快低头看了看自己的身体。浅蓝色的休闲衬衫和深棕色的休闲西裤已经被套在身上，他下意识地松了口气。不过随之而来的便是深深的疑问，他究竟怎么了？记忆中的最后一刻，他还开着那辆红色法拉利在海湾边兜风……想到这里，李修铭看向身前正给他整理领带的人。可不知怎的，他虽然能看清这个人的面貌，却不能将其和记忆中的人像联系起来。换句话说，他能看到眼前这个人，只是并不能将其识别出来。

“少爷，我是阿川，您认不出我也很正常，这是很常见的后遗症。过几天就会渐渐恢复。”

听到熟悉的声音，李修铭只觉得头很晕，有种意识不听自己使唤的感觉。

“阿川，能告诉我发生什么事了吗？”

他强忍着不适说出了这句话。然而开口的一刹那，李修铭觉得他的嗓音和之前不一样了，但他说不出这种感觉是什么。就在他疑惑时，阿川开口了。

“少爷，您已经死过一次了。”

“什么?!”

阿川的话顿时击中李修铭的胸口，他感觉自己的呼吸都变得困难了。李修铭还想多问几句，身旁众多黑衣保镖整齐划一的声音打断了他。

“老爷好！”

李修铭目光一转，看到一个熟悉的身影。光看衣着，他就知道那是他的父亲李武通，同时也是整个李氏家族的顶梁柱。

“爸。”从小就畏惧父亲的李修铭低头喊了一声。

李武通进来后，没有过多表示，他只是一脸严肃地看着自己这个儿子。这让李修铭顿感紧张。

没过多久，李武通移开目光，向那一排黑衣保镖吩咐道：“在事情没查清楚之前，你们必须寸步不离地跟着他。还有……最近你也不要随便在外露面了。”

最后这句话是和李修铭说的。说完这些，李武通就直接离开了，整个过程甚至连十秒钟都不到。父亲一走，李修铭顿感轻松。李修铭从小就特别害怕自己这个父亲，每次面对不苟言笑的父亲，他都会不自觉地紧张。这次也一样，还好父亲没说什么就离开了，这倒让他觉得少了很多麻烦。

父亲刚离开，李修铭马上向阿川问道：“你再说一遍，我死过一次是什么意思？”

阿川也刚从李武通那强大的气场中缓过神来，他看着眼前的少爷，缓缓说道：“少爷，您在今天凌晨时分遇害了。一个小时前，我们按照老爷的吩咐，启动了人体重塑技术，这才将您带了回来。”

“我……遇害了？”

李修铭重复着这句话，脑海里却在仔细回想今天凌晨到底发生了什么。可无论他怎么回想，脑海中的记忆始终都停留在他开红色法拉利在海岸边兜风的场景。不对，更准确地说，记忆中的最后一刻是他回到公司，进行一次常规的记忆储存。

难道说，他真的被重塑过？李修铭顿时清醒过来。

李修铭当然对人体重塑技术十分熟悉，这项技术的创始人正是父亲李武通，因此他的父亲也被称为“人体重塑科学之父”。二十年前，第一例克隆人伴随着众多非议在美国一家著名的医学中心诞生。有了这个先例，世界各国纷纷展开相关研究，一个个克隆人接连诞生。但随之而来的便是伦理道德的拷问，世界各地纷纷爆发抗议活动。随着美国国会将克隆人定为非法研究，世界各国的克隆人研究浪潮也接连落入低谷。直到原本是脑电波神经学专家的李武通博士发明了一种可以转移人体意识的全新“克隆人”技术，克隆人研究才终于回到理性的轨道。

在原本的克隆人研究中，他们的自我意识以及如何定义克隆人的身份一直是跨不过的坎。因为克隆人具有和本体完全一样的遗传基因，身材样貌几乎完全一致，唯一不同的就是年龄。随着克隆人技术的进一步发展，研究人员可以通过激素来调节克隆人的生长发育进度，这样就连年龄问题也解决了。最多只需四五年的时间，一个克隆人便能从婴儿阶段快速成长为成年人，而且他们具有完全独立自主的意识，不能被简单地称为本体的复制。直到十年前，李武通博士将早已成熟的记忆储存技术应用到克隆人领域，这一问题才得到真正的解决。

记忆储存技术可以将生命体的记忆拷贝出来，储存到任何一个存储器当中。很早之前就已经有很多公司可以做到将动物的记忆转移到机器上，从而使该机器具有动物生前的记忆。这种方法的应用已经使得机器宠物逐渐流行开来。只不过人体的记忆转移一直是个问题，如果只是简单地将人类的记忆转移到一副机器躯体上，则不可避免地会遇到人权问题。简单来说，这样的“机器人”究竟具不具有人的身份，这是一个十分严肃的问题。

而李武通博士开发的将记忆转移到活体的技术，则可以完全避免上述提到的两个问题。克隆人可以将本体的肉身完美复制，而这种人体意识转移法则可以将本体意识完美地复制到克隆人身体中。克隆体在培养过程中处于休眠状态，不具有自我意识，这也规避了伦理风险。任何一个人都可以拥有这样一个克隆体，在必要的时候将自己的意识转移到克隆体当中。这也就意味着，通过这两种方法的结合，任何一个人都能完全被重新塑造。李武通博士也因此被称为“人体重塑科学之父”。

不过李武通博士并没有将技术公开，而是申请专利后自己开了一家公司，也就是现在的李氏集团的前身。由于技术高度，想要通过这种技术重塑自身的人必须要花上普通人无法想象的代价。但对于那些因为疾病和年龄原因身体不堪重负的有钱人来说，这种技术可谓是一场及时雨。掌握这项技术的李氏集团则迅速成为这一领域的巨头。

从这项技术诞生的那一刻开始，无数亿万富翁蜂拥而至，他们中有的被疾病折磨已久，有的因年龄太大即将不久于人世，而有的人也是为了以防万一提前做打算。毕竟这项技术可以给他们带来二次生命，谁都不想轻易错过。财富排行榜上的很多富豪都在李氏集团备有一具克隆体，以备不时之需。至于为什么是一具而不是两具或者更多，那是因为进行人体重塑的代价实在太高，就算是这些位于人类财富链顶端的人，也负担不起更多。此外，这项技术一出现，抗议的焦点就从克隆人本身转到贫富差距带来的生命权不平等上。但无论普通人如何抗议，富人们绝不可能放弃这项无疑能延长他们生命权限的技术。

作为创始人李武通唯一的儿子，李修铭从这项技术诞生的那一刻开始就参与了“备份自己”。每隔一段时间，他都会将自己的记忆储存到特定的记忆储存器中，如果他因为意外不幸丧生，就可以利用以前储存的记忆再加上早已准备好的那具克隆体重塑自己。就在刚才，这项技术真的发挥了应有的作用。

“我是怎么被害的？”缓过神后，李修铭再次开口道。

“这个就不知道了，少爷您现在应该也没有当时的记忆。老爷也在调查这件事，所以在事情没有调查清楚之前，我们就得随时跟着您了。”阿川解释道。

李修铭不置可否地点了点头。这个动作他完成得很轻松。他甚至觉得换个身体倒也不是什么坏事，至少颈椎疼的毛病完全没有了。

“还有一件事，少爷。这里有一封信，您吩咐过的，每次一定要亲自送到您的手上。”

李修铭看着阿川手里递过来的粉色信封，脑海里的相关记忆顿时浮现出来。他笑了笑，准备离开这里。也许是换了新身体的缘故，李修铭感觉自己的意识和身体还没有完全融合，走路的时候总有那么一丝别扭。

2. 来自 *** 的第一封信

冒昧来信，还请见谅。

决定写这封信之前，我足足在书桌前坐了半小时，最终才决定动笔。我写这封信的原因很简单，就是为了感谢一个月前您和朋友们在酒吧前的相助。啊，当然如果您不记得了也没关系，毕竟对您来说也许这只是一件再微不足道的小事。

但对我来说，这件事的意义十分重大，甚至可以说足以改变我的一生也未尝不可。您可能觉得我说得太过严重，但这真的是肺腑之言。如果您不觉得我啰唆，就请听我慢慢说来。

那天我和闺蜜在酒吧，遇到两个看起来颇为友善的男性友人。啊，说是友人，其实我们也是在酒吧里第一次见到，只不过后来聊得特别投机罢了。就这样聊了大约一个小时，其间我和闺蜜都喝了不少酒，之后那两位男性友人便提议换个地方继续喝。其实当时我俩已经有些醉了，再加上和那两人是初次见面，也有一些戒备。出了酒吧后，我和闺蜜便没有同意他们的请求。

但谁想到那两人的真面目便在那时显露。几番拉扯下，那两人竟打算强行将我和闺蜜拉进他们停在路边的车中。那时已是深夜，酒吧的位置比较偏僻，路上竟没看见一个人。眼见我和闺蜜要被强行拉入车中，就在这时，您出现了。

我猜那时您和朋友们应该是刚好驾车路过这里，在您和朋友们的干涉下，那两个坏人驾车仓皇逃走，我和闺蜜也因此逃过一劫。那时已是深夜，根本打不到车。所以为了保证我和闺蜜的安全，之后您和朋友们还各自驾车将我们送回了家中。真的是万分感谢您的帮助！

也许您觉得这没什么大不了，甚至在一个月后的今天已经将此事遗忘，但我绝不会忘记。时至今日，我还清楚地记得，您为了我和闺蜜差点和那两个坏蛋动手，当然我觉得凭您的体格，动手打那两个坏蛋根本不在话下。但拳脚无眼，万一您伤到哪里，我再怎么赔偿都于事无补。所幸那两个坏蛋在您和朋友们的威慑下，最终还是灰溜溜地逃走了。

这件事发生后，我虽心有余悸，但也没有十分在意。直到几天前，闺蜜打来电话，她听说那天的两个坏蛋其实都是有前科的暴力团伙成员。更重要的是，他们还吸毒。如果那天真的被他们带走，我简直不敢想象之后会发生什么。挂断电话后，我才发现自己的后背已经被冷汗浸湿。我立刻下定决心以后再也不去酒吧了。之后的几天晚上我都没怎么睡好，脑海里闪现出各种恐怖的画面。我一直想着，要不是您，我真的不知道会发生什么！

啊，抱歉！一不小心就说了这么多，也许您会觉得我很烦，但没办法，我就是这样一个惹人烦的女人。啊，说是这么说，但也请您不要因此而厌烦我，我真的不是故意的。我写这封信的目的，就是为了再次向您表达感谢。那天晚上您将我送回家时，还特地给我递了一张名片，我也因此得以联系上您。

我是一个比较害羞的人，思前想后，还是决定给您写一封信，而不是打电话来骚扰您。如果您看到这封信，大可不必回复我，这封信只是表达我对您的深切感谢罢了。您有时间看看就行，不必浪费时间搭理我。过段时间把这封信忘了就行。

写到最后我突然有些担心，那两个暴力团伙成员后来应该没有去找你们麻烦吧？算了，也许只是我多虑罢了，以您和朋友们的高贵身份，那两个家伙就算再有几个胆子，应该也不会敢去找你们的麻烦吧。

抱歉一下子说了这么多，希望我的这封信不会给您带来任何困扰。最后的最后，请让我再次向您和朋友们表达感谢，真的万分感谢你们的帮助！

一个受过您帮助的人

3.

李修铭拿着信封出了隔离间，之后他在公司的休息室内拆开了这封信，里面的信纸仍然是熟悉的样式。李修铭看着信纸上那熟悉的字体，发起了呆。

第一次收到这个女人的来信大约是在一个月前。原本这种信件都是阿川代为查看，但那天阿川还是将这封信递到他的面前。

“我想少爷您还是应该亲自看一下这封信。”

见阿川一脸诚恳，当时的李修铭也十分好奇，便接过这封信。简单扫了一眼，他拆开粉色信封。就像信中所说，他已经把酒吧前发生的事忘了。如果不是信的主人提及，他恐怕永远也不会记起。看过这封信后，李修铭只是一笑了之。那本来就是一件顺手而为的小事罢了，根本不值得他在意。倒是这个写信的女生有心了，李修铭对她多少有些欣赏，但也仅此而已。看过这封信后，他也像那个女生信中所说，并没有给她任何回复。

然而这之后，李修铭又接连收到这个女生寄来的好几封信，每封信都是一些家长里短的小事，后来就连阿川也问要不要继续送信过来。看过这些信后，李修铭反而觉得这个女生有些意思，于是便让阿川继续将这些信送来，并且每次都要第一时间送达。只是他从来没有给这个女生任何回复。

虽然这次发生意外，但阿川还是在第一时间将这封信递到李修铭的面前。虽然现在的李修铭仍好好地活在世上，但他毕竟今天凌晨遇害过一次，现在的他只是重塑后的身体罢了。想到这里，李修铭还是受到了影响，心情变得有些沉重。倒是这封信或多或少给了他些许鼓励。

拆开这封信，李修铭很快看完。和之前一样，这封信一开始也是提到她的日常生活，往常李修铭也很乐意看女生写的这些故事。毕竟信里提到的那些事，和他平时的生活实在相去甚远，很多都是他想都不敢想的事情。但正是这些他想都不敢想的事一直在吊着他的胃口，内心的好奇驱使他一封接一封地看了下去。到最后，就连李修铭自己也分不清这种感觉是好奇还是憧憬了。

李修铭虽然出生在富人家庭，但母亲在他很小的时候就过世了，父亲则因为忙于工作很少有时间照顾他。很多时候，偌大的家里只有他一个人，李修铭从小就懂得什么叫作孤独。然而女生的家庭却不是这样，她有一个善解人意的母亲，还有一个风趣幽默的父亲，再加上调皮捣蛋的弟弟，她的生活并不缺乏乐趣。所以有时候，李修铭真的挺羡慕这个女生。虽然她会在信中经常吐槽这个家庭里发生的种种糗事，但对李修铭来说，这简直是另一个世界的人生。

有时夜深人静，李修铭会拿着这些信反复读，看着信中的女生嬉笑怒骂，他甚至会乐得笑出声来。连续收到信后，他萌生了给这个女生回信的念头。然而每次他都在最后关头止步了。他害怕打破两人之间微妙的联系，也许他回信之后，女生再也不会寄信过来。又或许他们两人之间的关系会更近一步，但对李修铭来说，这再也不是心中的感觉。他甚至已经忘了当初这个女生的模样，唯一得以了解这个女生的渠道，就只是这些信而已。

就这样想着，李修铭将这封信接着看了下去。他本以为这封信会在女生常用的接连道歉中结束，然而信中最后一段，却直接让李修铭愣住。

信的最后，女生提议想和他再见一面，哪怕仅仅是一面也好。按女生的原话来说，如果他不想见的话，就当她没说过这句话。

李修铭放下这封信，沉默许久。

4. 来自 *** 的第二封信

真的很抱歉，我又擅自写了第二封信。如果您实在觉得厌烦，直接撕了也行。

说实话，上次写了那封信后，我感觉整个人都轻松不少。虽然现在晚上偶尔还会被噩梦惊醒，但整个人的状态实在是好上许多。所以我想，这一切说不定就是因为这封信呢！也许是这封信带给我的勇气。一想到您读过这封信，甚至会给我暗中打气（好吧，我承认这只是我的臆想）。可不管怎样，一想到这个，我就真的高兴不已。

啊，不小心一下子又说了这么多，也许您真的会觉得我是个话痨吧。其实事实真的不是这样，平常我可是一个话不多的人。只是一写信，不知怎的就停不下来（也许是想着您根本不会看我这种奇怪的人写的奇怪的信吧，胆子不知不觉就大了起来）。但我真的不是什么奇怪的人（虽然我现在确实是在失业中……），您要相信我。

这么一说，我突然想起之前竟一直都忘记介绍自己，其实我是一个刚刚辞职的职场菜鸟。大学毕业后我随随便便找了一份工作，本想随随便便混日子，却没曾想遭到职场前辈的压榨，一气之下我就辞了职。这些天，我一直在找工作，可以说是忙得焦头烂额。您也许会觉得我很任性，但没办法，我就是这种受不了一点欺负的人。

从我记事开始，只要我觉得受了不公平的对待，就一定会反抗。有一次小学课堂上，我和老师吵起来，原因就是我觉得试卷上有一道数学题我的答案也是对的，明明是题目说得不清楚。最后事情闹到教务主任那里，我爸也被叫了过来。一听说我又在学校惹事，当时他就想打我。但后来听清事情全貌，我爸竟站在我这边，反而和教务主任吵了起来。最后的结果是我们两个灰溜溜地回到家，挨了老妈的骂。

这样一想，也许我的性格受了不少老爸的影响。他虽然看起来不着调，但为人还是不错的，关键时候也很靠谱。那次学校的事也不是个例，还有很多其他好玩的事。不过如果你觉得我的性格也是这样，那就大错特错。我可不像老爸那样看起来不靠谱，要是那样可就真的完了，有时我甚至怀疑这样的老爸是怎样和老妈走到一起的。

说起老妈，她和老爸简直是完全相反的存在。在家里她通常是一言九鼎的那个人，在外人看来她则是温柔贤惠的贤妻良母，这种双面特性有段时间让我着实看不懂。直到后来有一次老爸出车祸，她在病房里照顾了一个多月，憔悴不少，就连体重也轻了将近十斤。可老妈什么怨言都没有，直到老爸康复出院，我们全家人都去医院接他。回家的路上，老妈终于忍不住哭了出来。那时我才终于有点理解她。

除此之外，我还有个小我将近十岁的弟弟。我实在想不明白，爸妈那时为什么这么想不开。可弟弟出生时，我还是守候在产房，足足等了一个多小时。听到弟弟平安诞生的消息，我不知道有多高兴。但也许是完全继承了父亲的不靠谱，某些方面还尤有甚之，弟弟从小就特别顽皮，恶作剧之类的事也是家常便饭，为此挨了不少责骂。不过也是因为弟弟的存在，我在外面闯下的那些祸事，倒是显得微不足道了，有时我也乐得这样。

不知您还记不记得，一个多月前，您和朋友们将我送回家中，老爸老妈当时一直向您道谢。你们走后，他们先是将我责骂一番，随后就开始八卦，问我们之间究竟是什么关系。其实根本就没什么关系嘛！但他们显然不信，颇有一番打破砂锅问到底的架势。而我又实在不想把去酒吧还被骚扰的事说出口，为了避免让他们担心，没办法我才说是刚认识的朋友（您就大人有大量，不要介意这个……）。得到想要的答案后，他们却又突然同时笑而不语。面对这样的老爸老妈，我有时真的毫无办法！

啊，一不小心又说了这么多，还都是一些无关的小事。如果您读到这里，恐怕会觉得浪费不少时间吧。一想到这里，我就更觉内疚。现在我反而觉得，你不看这封信才好，这样就不会感到厌烦了吧。既然这样，那我又为何写这封信呢……（有时我真的感觉自己有些分裂。）

啊，写到这里，我才发现这封信根本没有提到重点嘛！（您可能已经觉得我脑子有问题了吧……）其实寄了第一封信后，我根本没打算再写。只是巧合的是，今天上午，我在一家公司参加面试后，出来的路上见到了熟悉的面孔。这个面孔就是您!

当时我高兴极了,下意识就要直接冲过去和您打个招呼。但理智阻止了我,如果我真的冲过去,恐怕也会被您当成那些奇怪的人看待吧。毕竟您也许早就不记得我了,上次的信您也许根本就没看,这一切只是我自作多情罢了。不过您不要觉得这是我对您的怨言,事实上我也不期待您会记得甚至搭理我,就连现在所写的这封信,也只是我的一厢情愿罢了。

所以最后我只是站在远处,看着您和朋友们有说有笑地坐车离开。这时我才反应过来,原来面前的这栋楼正是李氏集团的总部,而您给我的名片上所写的地址也正是这里,所以您会出现在这里就并不奇怪了。

回家之后,我的脑海里一直想着这一幕。我并没有为自己没有向您打招呼而感到后悔,不过我还是觉得,有必要和您说下这个,所以我才有了写这封信的想法。只是没想到一动笔就停不下来,不知不觉写了这么多不着边际的事。不过转头一想,也许您根本就不会看到这封信,这样我内心的愧疚感也少了很多。

最后再次感谢您,是您给了我这个倾诉的机会。写完这封信后,就连最近找工作不顺的烦恼也减轻不少。您真是我的福星!

一个再次打扰您的人

5.

除了提到想见面外,女生在信中还写了一个朋友意外离世的事。也正因为这个,女生觉得世事无常,这才想再见他一面,因为谁也不知道第二天会发生什么。

这让李修铭想到了他自己，他也有一个很好的朋友，名叫郭巍，一个多月前因意外去世。说起来这个朋友两个月前还和他一起送过女生回家，也许这就是命运吧。

郭巍也是李氏集团的员工，主要负责人体重塑这一领域最新技术的研发。为此，这些员工都培养过自己的克隆体，用以进行意识转移的相关研发。也正是因为这个，他这位朋友去世后，李修铭不止一次和父亲提过利用公司的人体重塑技术让朋友复活，但都被父亲无视了。这一切都是因为钱。没有钱的人当然没有重生的权利——父亲无数次这样提醒他。

父亲就是这样的人，这也是李修铭讨厌他的地方。这件事之后，李修铭好长时间都没和父亲说过一句话。

所以当女生提到离世的朋友时，李修铭是完全有共鸣的。信中最后女生提到的见面地点是一家游乐园，这个游乐园李修铭也知道，只不过他从来没有去过。

如果他没记错的话，这个游乐园大概是十二年前建好的，那个时候母亲刚刚去世。他清楚地记得，自己明明和母亲约好等这个游乐园建好后一起去玩。但还没等到那个时候，母亲就因胰腺癌去世了。也是从那时开始，父亲就全身心地投入研究当中，李修铭很少有时间能够见到父亲。这之后无数个夜晚，他只能由保姆陪伴。于是，年幼的他体会到常人难以体味的孤独。

所以一看到信上的这几个字眼，李修铭有那么一瞬间想到了过去，但很快这些不愉快的回忆就被他抛在脑后。他放下信，做出了一个决定。信中约定的时间是后天上午，但李修铭心里却有另一个想法，他想提前见到这个女生。

为此，他需要知道这个女生的住址。他虽然两个月前去过女生的家，但现在他连女生的模样都记不清，更不用说她家的具体地址。这时李修铭突然想到一点，两个月前送女生回家时，正是用他的手机来导航的，也就是说现在他的手机里应该还存有当时的记录。想到这里，李修铭一下子兴奋起来。他直接伸手摸向兜里，但是那里什么都没有。这时他才想起，因为刚刚被重塑过，手机之类的物品应该也不在现在这具躯体上。

一旁的阿川也许是注意到李修铭的举动，所以还没等他开口，阿川就已经将手机递了过来。不知是否因为换了新的身体，面部识别总是失败，最后李修铭还是通过密码才解锁成功。之后都很顺利，他成功找到女生的住址。只是在出门时，李修铭意识到一个最重要的问题。

“跟你们说了，不要再跟着我，阿川一个人保护我就够了。”

为了安全起见，出门必须戴帽子隐藏身份这一点李修铭倒是可以接受，但不管去哪身后都有一大群保镖，这是他无论如何也忍受不了的。不管李修铭解释多少次，这些黑衣保镖都寸步不离地跟在他的身后，这多少让李修铭感到有些无奈，但他也毫无办法。李修铭很清楚父亲的命令根本没有任何违抗的余地。出门后，这些保镖也同样开车围在自己的座驾旁。这不禁让李修铭想到，如果待会他见到女生，这些保镖的出现会不会一下子就把对方吓倒。

很快，一行人来到女生所住小区门口，李修铭跟这些保镖约法三章，只允许阿川和另一个保镖跟在自己身边，其他人必须至少离他十米远。在李修铭的强烈要求下，保镖们终于妥协。所以最后的结果是，李修铭三人进入小区后，一大批黑衣人蜂拥而入。

李修铭记得女生住在三楼，还好这里的单元楼不多，只有四栋。在挨个敲门之后，李修铭终于认出女生的家。不，准确地说是他被认出来了。

一位应该是女生母亲的中年妇女打开门，在见到李修铭的那一刻瞬间面露惊喜，她十分热情地想要将李修铭迎入屋内。对方的表现也让李修铭十分惊讶，他很难想象时隔两个月这位母亲竟然还记得自己。不过李修铭现在根本没时间多想，他直接表明了来意。

“你是说小雯啊，这可不巧了！她不在家。不过你不知道吗，她最近刚找到工作，现在应该还在上班吧……要不你先进来歇会儿？”

面对这位母亲的盛情邀请，李修铭最终还是谢绝了。他当然知道女生已经找到工作，因为刚刚那封信里提到了。只是他唯一和女生有所联系的就是她的住址，所以才赶来这里。离开前，他拿到这位母亲在纸上亲手写下的女生工作单位的地址。

一出小区，李修铭终于松了口气。让李修铭感到幸运的是，那些保镖没有吓到这位母亲。但他最终还是没有见到想见的人。

这时，李修铭拿出写有地址的纸条。他直接看向纸条上的内容，一下子愣住了。

6. 来自 *** 的第三封信

自从写下第二封信，我就一直想着要再给您写信。只是一来这段时间忙着找工作，二来弟弟生病，所以我也要花不少时间来照顾他。今天弟弟刚出院，我也得以有所空闲，坐在书桌前将这封信写完。

为什么要写这封信呢？其实我自己也不知道。您也许会对持续骚扰您的我感到愈发厌烦。我当然也知道这一点，但不知怎的，我还是想写这封信。给您写信这件事，似乎已经成了不得不做的一件事。

上次将信寄出后的几天里，我都有种十分充实的感觉。按理来说，我有没有写这封信，对我的生活，对您的生活，应该都没有任何影响。我没有得到什么，也没有失去什么，所以我的生活也不应该有任何变化。但奇怪的是，我真的感觉自己这段时间变了不少。这种感觉很奇妙，我也不知道该怎么形容才好。总之，我十分开心。

这段时间我一直在努力找工作，面试了好多次，可到最后关头总是差了一丝运气。闺蜜说是我的要求太高，说不定降低一下预期，结果会好很多。也许真的是这样吧，但世上哪有那么多容易的事，或许我再坚持一下，就会有成功的希望呢？

还有就是弟弟生病的事了，本来我不想在信里提到这个，毕竟这种事情也不是什么好事。如果让同情心爆表的您（我这么说应该没问题吧？嘻嘻！）看了之后跟着一起着急，那就是我的不是了。但既然写到这里，我想一句话不提也不好。

弟弟因为患肺炎住院了。其实那些天他就已经有些咳嗽，家里人都觉得只是普通感冒，并没有当回事，仅仅让他喝一些家中常备的止咳药剂。那天事情发生得很突然，下午我还带着弟弟在游乐园里游玩，结束之后我刚准备带他去等公交，可没想到这时弟弟突然晕倒了。由于事发突然，我根本不知道该怎么办。这时刚好一个前段时间才认识的朋友开车路过，在了解情况后，二话不说就将弟弟抱上车，然后带着我们直奔附近的医院。

看到我写的这些，也许您并没有什么直观感受，但当时的我，真的是感觉天都快塌下来了。第一次感觉自己是那样渺小。我站在街头，看着晕倒在地的弟弟，附近的路人都围了过来，那时的我脑子一片空白。如果没有那位朋友路过，恐怕当时的我就要被巨大的压力给击垮了。将弟弟送进医院后，我心中的石头依旧没有放下。

还好有那位朋友一直在身边安慰我，不然我真的觉得自己撑不下去。直到医生和我说弟弟暂时没有危险，我才着实松了口气。朋友笑着对我说，我这是太过紧张。只有我自己心里清楚，我的这种表现不仅是出自对弟弟的担心，更是自责。如果我能早点重视起来，弟弟的病情也不会发展成这样。如果我下午不自作主张带弟弟去游乐园，弟弟的病情也不会恶化。如果我能更坚强，弟弟倒下的那一刻我也不会什么事也做不了了。

听我说到这里，您也觉得我很没用了吧。这样一想，如果我更有用一点，那天在酒吧外也不会遇到那种事了，也不需要麻烦您和朋友们……啊，一不小心就写下这么多不好的东西，实在是很抱歉，一想到这些就情不自禁地写下来了。如果您看到之后感到不高兴，就请一定要马上忘掉！

不过写完这些，现在的我心里竟好受许多，就像是把心里的垃圾全都倾倒出去（啊，我不是说您这里是垃圾桶，请千万不要误会）。您也不要为我担心，刚刚我是想到这些，才会感觉难受的。我的心结前两天就解开了，而这一切都要多亏我那个宝贝弟弟。

之前我也和您说过，我这个弟弟十分调皮捣蛋，那天也是在他的极力央求下，我才带他去游乐园的。然而躺在病床上的弟弟却完全没了平日的模样，他大部分时间都在睡觉，就算在醒来的短暂时间里也是懵懵懂懂的状态。看着这样的弟弟，我极为心疼，然而却什么都做不了。我所能做的只是坐在病床前，尽力陪着他，祈求他早些康复。

两天后，经过持续输液，弟弟的病情好转了。我看着弟弟那清澈的眼神，高兴得差点跳起来。弟弟睁开双眼，看着我和刚来医院的母亲，说了入院以来的第一句话——姐姐谢谢你，我玩得很开心。听到那句话时，我差点没忍住哭出来。我红着眼睛，向弟弟猛地点了点头，然后逃也似的离开。我怕再待一秒，就会直接当着弟弟的面号啕大哭。

弟弟没有怪我……当时的我脑海里满是这句话。我躲在厕所里哭了有一段时间，这样的我您也会嘲笑吧。是啊，我太没用了，悲伤的时候会哭，高兴的时候也会哭。眼泪在我这里真的是太廉价了。

算了，这次写的东西好像一不小心就被负能量填满，那我也就此打住吧。希望您不要被我的这些消极情绪所影响，那可真的是太不划算了。不过您也不要担心，我真的已经从这些消极情绪中走出来了。现在的我正鼓起勇气打算在接下来的应聘中大干一场呢！

一个十分倔强但又爱哭的人

7.

李修铭看着手中的纸条，足足愣了五秒。因为纸条上的地址不是别的，正是李氏集团总部。难道说，她新找的工作单位，就是李氏集团？

这时李修铭注意到，一旁的阿川递来一件东西，正是女生一直寄给她的粉红色信封。不过不是他刚刚收到的那个，应该是以前的一封。李修铭毫不犹豫地接过信封直接打开。信中还是女生那熟悉的字迹，但李修铭很清楚，这封信他没看过。因为在这封信的最后，女生提到她要来李氏集团入职，但李修铭对此却一点印象都没有。

“这是怎么回事？”李修铭放下信封，毫不客气地向阿川质问道。

“少爷，这封信其实您之前已经看过了。”阿川不紧不慢地回应道。

“我看过怎么会不记得？不可……”

话还没说完，李修铭就已经明白了。这封信是在他最后一次进行记忆储存后寄过来的，所以刚刚完成人体重塑的他，自然不可能记得这封信。

“那你怎么不早说……”

如果真是这样，那他可算是白跑一趟冤枉路了，原本在李氏集团就可以见到的……

“少爷您又没问我。”

阿川机械式的回答让李修铭彻底失去继续辩驳下去的心情，他叹了口气，直接转身上车。在这之后，李修铭很快便让阿川在公司员工名单中查找这位叫邓小雯的女生。结果显示，女生在上周刚刚入职他们公司的技术展览部门，成了一名导览员。李修铭虽然身为李氏集团的大少爷，但对公司的很多具体业务并不熟悉，所以听到这个名词后他的脑海中并没有太多的感觉。

不过这些都不重要，重要的是他终于能见到对方了。随着他的法拉利离公司越来越近，李修铭的心跳也在不知不觉中加速。身为一个富家阔少，他当然见过很多大场面，但奇怪的是，这次的情况却完全不同，李修铭紧张得连手心都冒起了汗。他很难想象，这样的他待会儿将要如何面对女生。

很快，李修铭终于回到公司。一下车，他就在阿川的带领下径直前往大楼二十三层的技术展览部。刚出电梯，还没等前台的工作人员将“欢迎光临”说完，李修铭就已经急不可耐地走过去，身后传来阿川和前台工作人员解释的声音。

内部空间比想象中大。与其说这是一家公司，不如说是一家博物馆更合适。这里到处都是人体结构模型，还有李修铭看不懂的神经网络示意图，各种炫酷的高科技元素让人眼花缭乱。除却这些酷炫的特效，李修铭进入内部后才注意到，原来他早就来过这里，而且是很早之前就已经来过了。

那是母亲去世后的第五年，同时也是父亲建立李氏集团的第三年。某一天，父亲李武通领着年仅十五岁的李修铭来到刚刚落成不久的李氏集团总部大楼二十三层。那天，父亲似乎十分高兴。在这里，父亲指着面前的这些展览品，一遍遍地介绍关于人体重塑科学的伟大创举，描述着人类未来的美好前景。

“这个能让母亲复活吗？”

李修铭的这句话让处于亢奋状态的父亲停了下来。李修铭清楚地记得，父亲当时看着他的眼神是多么冰冷。从那天起，李修铭与父亲之间的话更少了。他似乎除了李氏集团大少爷这个身份之外，与父亲再没有任何交集。

在世人眼里，父亲是个能改变世界的男人，给无数人带来重生的机会，包括李修铭自己。但在李修铭眼里，父亲就是父亲，任何身份在此之前都显得无比渺小。然而他是一个不合格的父亲，李修铭一直都这么认为。

“少爷！”

正当李修铭沉浸在回忆中时，阿川已经来到他身边，在他耳边低声喊了一句。李修铭恍然醒来，顺着阿川的视线，看到一个正在给顾客耐心讲解的女性导览员。她穿着公司的配套服装，正指着一处人脑模型，给身旁的一对年长夫妻仔细讲解着什么。

李修铭能看清她的模样，她的五官和一颦一笑，都被李修铭尽收眼底。但可惜的是，由于人体重塑的副作用，他并不能将这些数据和画面在脑海中构成一个完整的图像。女生似乎没注意到他，这个发现让李修铭紧张的心情稍微缓和了一点。

终于，女生的讲解结束了，她收拾完手中的材料就要往这边走来。李修铭的心跳迅速加快。然而就在这时，一旁的阿川却突然再次开口。

“少爷，老爷找您。”

李修铭看着从身旁擦肩而过的女生。许久，狂跳的心脏才终于平稳下来。

8. 来自 *** 的第四封信

也许我是真转运了，最近发生在我身边的各种事真的是太棒了！您能想象我只是碰巧陪老妈去商场购物，然后就看到前男友和一个看起来是他现女友的人在大庭广众之下吵架吗？关键是他的女友狠狠甩掉他之后，这个当初欺骗我感情的渣男竟然当众跪在地上，抓住女友的脚痛哭流涕。这还不算完，如果您也在现场，看到最后他被一脚踹开的狼狈模样，想必也会跟着笑出来吧！真是太解气了！那天回家后，我一口气吃了两碗饭，这种感觉真是太舒服了！

糟糕！一不小心就太得意忘形了。如果您觉得我是这种睚眦必报的坏女人，那可就真的不好了。明明那个渣男才是坏男人，这应该叫有仇必报才对！前段时间倒霉的事太多，遇到这种好事，我乐呵一下应该没什么不对吧？这种事我倒乐意见到一百次，一千次也不为过！愿世上的渣男都被狠心的女人抛弃！太过瘾了！

哈哈哈，不多说了，再说这些可能您真的会觉得厌烦了吧。既然这样，那我就来说说我的弟弟。首先我想就上次在信中说出太多消极的话向您道歉，希望您没有受多大影响吧。弟弟出院后，很快就恢复了活力，由于暑假他不用上学，每天都待在家里打电动。虽然我忙着找工作，但闲下来也会陪他一起玩。这家伙脑袋瓜灵光得很，打电动也很厉害，所以如果是对战的话，每次我都输得很惨。虽然这方面我确实很菜，但也不至于羞耻到不敢说出来。

倒是弟弟，被我发现了一个羞耻到不行的小秘密。不过您可别想歪了，不是您想象的那种。那天是周末，没有去求职的我负责在家里打扫卫生，我做的第一件事就是将昨晚的脏衣服扔进洗衣机洗了。但奇怪的是，我发现自己的内衣竟然不见了。我下意识地以为是家里进贼了。看到这里您恐怕会觉得这是我的糗事吧，不过您这样想确实没错，最起码当时我也是这样认为的。

发现内衣丢失之后，我在家里四处搜寻，结果找遍所有房间都没有找到。直到最后只剩下一个地方，那就是弟弟的房间。当时弟弟出去找同学玩，所以我就擅自打开他的房门，没想到一进去就看到我的内衣，还有一条围着内衣四处乱窜的小黑狗。当时我气坏了，因为我们家是不准养宠物的，所以这条小黑狗就只能是弟弟从外面带回家的。

弟弟回家后，我便质问起小黑狗的事情。弟弟眼见事情败露，就直接承认了，并且央求我不要告诉爸妈。一开始他还谎称是替朋友暂养，不过在我的拷问下，很快就说出了实话，小黑狗是在路边捡的。

我假装要将小黑狗扔掉，弟弟一下子急得快哭出来，一直央求我不要这么做。我当然不会这么做，我之所以这么吓唬弟弟，只是想完成我的一个小计划罢了。

那天下午父母在家，我带着这条小黑狗回家，延续弟弟之前的谎言，谎称是替朋友代养。父母一开始当然不同意，但是在我的各种撒娇央求下，加上我本来平时的表现就很好，最终他们还是勉为其难地同意了。弟弟当时高兴坏了，我当然也很高兴，因为作为代价，我接下来一年的家务活都被弟弟承包了。

您可能会替我弟弟打抱不平。哈哈哈，没办法，谁让他有我这样的姐姐呢！也许是怀有补偿弟弟的心理，第二天我带着弟弟又去了一次游乐园，这次我同时喊上了上次帮忙的那个朋友。那天我们真的玩得很高兴，我们接连玩了海盗船、过山车等项目，就连一直不敢尝试的大摆锤我也试了一下。看着弟弟和朋友疯狂喊叫的模样，我心里笑得不行。朋友还和我介绍了他的工作以及公司的一些趣事，按照他的说法，他每天的任务就是对着自己工作，本来就笑点比较低的我也为此乐了好久。那天朋友将我和弟弟送回家，父母在门口迎接我们，看到我们开心的模样，他们也很高兴。那时我觉得，弟弟生病的阴霾，终于从我们家散去了。

写到这里我回头看了看，没想到这次也写了这么多，我还真不是一般的话痨。如果您能强忍着看到这里，恐怕也不是一般的有毅力。哈哈哈，开个玩笑。不过我倒还真有一件正事要和您说，我已经找到工作了。您猜是什么工作？算了，我猜您想破脑袋也不一定能想得到。

是您的公司哦！没想到吧？当时我只是在那个朋友的推荐下，打算随便投个简历试试，根本没想到能进入最终的面试，更没想到最后还被成功录用了！这应该是我这一个多月以来运气最好的一次吧！感谢老天爷，还没有忘记我这个被厄运缠身的倒霉鬼！

明天我就要正式入职了，如果您在公司看到我，希望到时不要惊讶哦（当然如果您还记得我的话）！

啊，写着写着都已经快到十二点了，我得早点休息了。明天一大早就得去新公司上班，我可不想上班第一天就迟到。

那就先写到这里，下次再聊。

一个终于被上天眷顾的可怜人

9.

李修铭看着屏幕上自己尸体的照片，仿佛在看一件完全不相干的东西。的确，由于后遗症的关系，他并不能辨识照片上的面孔。但李修铭心里清楚，就算他能看清，心里也不能接受，毕竟此时的他还活生生地站在这里。

“少爷是今天凌晨遇害的，尸体被发现于一处夜店旁的树丛中，脖颈处大动脉被割断，失血过多而死。案发现场附近没有摄像头，所以目前警方和我们都还没有找到凶手。不过有一点值得注意，案发现场附近没有打斗痕迹，可以判断要么是熟人作案，要么凶手就是个老手，趁少爷不注意一刀封喉，目前我们觉得后面这种可能性更大。”

“肯定又是那帮混蛋！上次没有抓住他们的狐狸尾巴，没想到这么快又在背地里下狠手！”工作人员报告完，坐在一旁的李武通怒不可遏地吼道。

李武通话音一落，整个房间顿时安静下来。李修铭看着面前的一排保镖，小声向身旁的阿川问道：“什么狐狸尾巴？”

“就是我们的对手恒森集团，他们也想进军人体重塑这一领域，但老爷对这项技术一直都严格保密，他们就想尽办法来窃取。”阿川解释道。

“也就是说，我很可能也是因为这个被害的？”

“按照老爷刚才的意思，他应该就是这么想的。不过确实也有这种可能，因为少爷您两个多月前就已经被害过一次，那次几乎可以确定是他们干的，但可惜没有证据，只能不了了之。”

在听到自己两个多月前已经被害过一次，李修铭彻底蒙了，因为他对此完全没有印象。

“两个多月前的那次，老爷命令我们不准和您提起，也是为了少爷您着想。老爷也不想把您牵扯进这种风波。而且上次您刚好是在进行记忆储存后的第二天就遇害了，再加上您在那次重塑的过程中一直处于昏迷状态，所以进行人体重塑之后的记忆几乎没有隔断，您也不会发现。但这次又发生了这种事，就有必要让您知道了。”

竟然是这样……李修铭的内心无疑受到了巨大冲击。不过这也正常，任何一个人得知自己两个月内死了两次，内心恐怕都不会平静。

“修铭，安全起见，这段时间你不要再随意出门了。”父亲李武通的话音再度响起，李修铭看了过去，随后点了点头。

接下来的时间里，李武通除了督促手下人赶快调查清楚事情真相，也部署了针对恒森集团的种种措施，手段既有明的，也有暗的，李修铭只是站在一旁静静听着。不多久会议就结束了。

从会议室出来的李修铭还没有从刚才了解到的事实中缓过神来，他没做多想，就准备直接回家。出电梯时，他又看到那个叫邓小雯的女生。他并不能辨识女生的脸，但奇怪的是，在看到她的第一眼，李修铭就已经将其认了出来。

此时已到下班时间，无数的工作人员从身旁走过。李修铭站在那里，看着不远处的女生和身边几个同事有说有笑。他似乎想到什么有趣的事情，于是也笑了出来。

10. 来自 *** 的第五封信

抱歉，似乎有段时间没给您写信了。毕竟只有我给您写信，您也没回过一封不是？好啦，其实刚刚是说笑的。真实原因是——我太忙了。

这段时间刚开始新的工作，所以一切都还在熟悉的阶段。我可是很努力呢，公司交给我的相关资料我都有好好学习。即便这样，偶尔还是会犯下这样那样的错误，但我对自己的表现很是满意。我可是对自己信心十足，相信我，再过一个月我肯定是个老手了！

工作忙其实只是个借口罢了，真正让我这段时间打不起精神来写信的，是一个朋友的离世。对，就是之前和您提到过的，将我弟弟送到医院的那个朋友。那个朋友人真的很好，相信就算是只在我的信中看到关于他一星半点记录的您也会赞同我的这个判断吧。

那天我还在工作，就接到交警的电话。警方之所以联系我，原因也很简单，我是他手机中最后一个联系人。是的，我们上午才通过电话，没想到下午就发生了这样的事。警察在电话里告诉我，他出了车祸，已经不行了。那个时候，我完全不敢相信这个事实。我很难想象，他那样的人，竟然一下子就没了。那天我整个人都很失落，就像是精神支柱倒塌了。

几天后，我去参加了他的葬礼。葬礼上，我看着形形色色的人站在他的遗像前，有的站在一旁默哀，有的一直哭。这时我才明白，原来人真的很脆弱，前一天还是家人还是朋友，第二天可能就天人永隔再也见不到了。尤其是那个朋友，有句话我一直想和他说，可那句话终究没有说出口，现在终于变成无尽的遗憾。

直到现在，我才鼓起勇气给您写了这封信。我突然好想和您见一面，哪怕仅仅是一面也好。因为我好害怕，害怕这种意外发生在您或我身上，那我岂不是要一直带着这个遗憾了。

您可能觉得我太过任性，甚至觉得我疯了，但我现在确实是认真的。如果您不想见我，就当我没说过这句话。但我相信您，哪怕只有百分之一的可能性，我也会等着您。具体见面时间和地点我都写在下一页了。

写完这些，我再回头看看，真的确定自己疯了。我竟然会提这种无理的要求。但我不后悔，我相信自己，也相信您。

一个期待再次见到您的人

11.

那天，李修铭没有遵守父亲让他不要随意出门的命令。他决定就像女生所说，在游乐园见面。于是现在他站在游乐园门口，一边看着来来往往的游客，一边焦急等待着。

李修铭知道现在他周围至少有十个前来保护他的保镖，只不过在李修铭的强烈要求下都穿了便装，完全融入众多游客当中。

等了许久，在约定时间到来前的三分钟，他终于看到女生。没错，他是亲眼看到的。就在刚刚，他突然发现自己已经能辨识人的面孔，人体重塑造成的后遗症终于完全消失。也许这就是他决定和女生见面后，上天送给他的第一份礼物吧。

他向女生打了招呼，女生直接惊讶地跑了过来。看到李修铭的时候，女生差点就要兴奋地尖叫出来。

“我可不是什么大明星。”李修铭笑着说道。

“我本来以为你根本不会来的，我以为再也见不到你了……”

让李修铭没想到的是，女生说着说着就要哭出来。他赶紧伸出手，擦去女生眼角的泪珠。

“别哭，再哭我可就走了。”

看到自己真的转身欲走，女生一下子着急起来。

“别！”

情急之下，女生直接抓住李修铭的右臂。很快她便察觉到自己的无礼举动，不好意思地放开了手。

“好了好了，我们不要站在这里了。你不想我们被误认为是吵架的情侣吧？”

在女生脸红的同时，李修铭带着她走进游乐园。这时，李修铭察觉到身边的保镖也一起行动了。

李修铭几乎从没有到过游乐园，所以一路都是女生在前面引路。他们一边聊着天，一边玩了一个又一个项目。出乎李修铭意料的是，他和女生颇为聊得来，这倒是让他提前准备的各种说辞都失去了发挥余地。就像是两个相识已久的朋友一样，他们一路聊着，不知不觉就已经到了傍晚。

整个下午李修铭都被一种巨大的幸福感环绕，虽然被身边的保镖包围着，但他还是感受到了从未有过的快乐。分别时刻，他和女生再次站在游乐园的门口。

他看着夕阳余晖下女生的脸，一时竟愣住了。这时他听见女生在他耳边小声说了句什么，只是还没等李修铭反应过来，她就已经转身跑开了。李修铭一个人站在那里，看着女生逐渐消失的身影，耳边仍回荡着她离去时的声音。

“我爱你，不管发生什么，我都永远爱着你。”

李修铭站在原地，不知是想着什么，许久没有动静。

“少爷！”

阿川的声音将李修铭从刚才的静默中惊醒。他看着站在一旁躬身以待的阿川，轻轻咳了一声。很快，早已等候多时的司机将车驶近。

李修铭转身看了一眼后方的游乐园，才终于进入车中。

“对了，阿川。你安排一下，将小雯的工作地点调到我的办公室附近。”

“好的，少爷。”

可能是车刚启动，空调冷气还不够足的缘故，李修铭感觉有点闷。他松了松领口，身体往右倾斜了一点。这时，他的眼角余光扫到车中的后视镜，里面出现了一张根本不应该出现在这里的脸。

“郭巍！”他看着镜中自己的脸庞，不可置信地喊了出来。

机器狗小呆

“汪，汪，汪！”

七岁的罗可看着面前叫得正欢的小呆，刚刚还哭丧着的脸顿时笑开了花。他蹲下身，将正准备四处乱窜的小呆抱起，直接亲了一口。作为对主人这一举动的回应，小呆叫得更欢了。一人一狗在客厅四处打闹。

“小可，别闹了！小呆刚回来，你让它先休息一下。”

听到妈妈的话，小罗可停下脚步，冲妈妈吐了吐舌头。这时一直在前面奔跑的小呆发现身后的主人站着一动不动，也停了下来，用它那一双水汪汪的大眼疑惑地盯着主人。

“既然没事，那我先去房间休息一下。在机器宠物中心忙活一天，虽说有朋友帮忙，但还是累死了。”

小罗可看着爸爸一边抱怨一边伸着懒腰，随后从沙发上起身，直接向卧室走去。进卧室前，爸爸像是突然想起什么，回头向小罗可说道：“对了，现在的小呆可和以前不一样，记住它不需要吃东西，也不需要洗澡，其他的……倒是没什么了。”

也许是实在过于疲惫，爸爸说完这些，就直接进卧室休息去了。

“你爸爸说得对，不过还有一点我要提醒你，从现在开始你要随时注意自己的举止。小呆是你的朋友，你要学会爱护它，知道吗？”

见小罗可似懂非懂地点着头，妈妈笑了笑，随后也从沙发起身，去厨房准备晚餐了。大人走后，客厅里的一人一狗对视一眼，然后又开始疯狂地打闹。

通过父母刚才的介绍，七岁的小罗可只是知道现在的小呆和以前不一样，但具体哪里不一样，他又说不出来。也许等他长大一些就懂了吧。大人的世界总是有那么多小秘密。

在小罗可的记忆中，小呆是两年前来到他们家的。那天小罗可跟着妈妈刚从外公家回来，还没进客厅，就听到屋里传来一阵动静。紧接着爸爸出现在客厅门口，说要送他一个礼物。见爸爸双手藏在背后，脸上一直笑着，年仅五岁的小罗可一脸期待地看着爸爸。随后爸爸将藏在身后的东西拿了出来——一只棕色的小狗！

那只狗很小很小，只比爸爸的手掌大一圈。在看到小罗可后，它再次叫了起来。小罗可之前只是在邻居家见过一条大狗，可从来没碰过。

“来，摸一摸！”

在爸爸的提醒下，小罗可伸出自己的小手，慢慢地放在棕色小狗的头上。在手掌接触的那一刻，叫声突然停止。小罗可感觉自己触摸到一团十分柔软的东西，随后这团柔软开始在他的手掌里蹭了起来。小罗可拿开手掌，很认真地盯着面前这个比他还小的小家伙。

“汪，汪，汪！”

连续叫了三声后，它停了下来，静静地看着面前的小主人。

“看起来脑袋瓜不是很聪明啊，要不我们叫它小呆吧！”

小呆这个名字，伴随着爸爸脱口而出的这句话被确定下来。因为小呆的到来，家里还特地为它安装了智能宠物门。小呆脖子上的宠物项圈有特定的芯片，只要它一靠近，智能宠物门就会打开。不过为了保证小呆的安全，智能宠物门的打开时间也被严格控制着。

之后的两年时间，小罗可和小呆一起长大。让小罗可感到意外的是，小呆长到一个矿泉水瓶高的时候，就再也长不大了。这时爸爸才告诉他，小呆是条博美犬，现在的它已经是成年犬了。当爸爸说出这句话的时候，小罗可急忙问自己什么时候才能长大，爸爸一下子笑了出来。

“你也一样，等什么时候你也不长个子了，就真正长大啦！”

小罗可看着和自己身高差异巨大的爸爸，顿时明白自己离这一天还很远很远。不久后，七岁的罗可上了小学，由于学校就在家附近，爸妈没有选择接送。每天他在小呆的叫声中离家上学，又在小呆的迎接下回到家里。每次小罗可还没进家门，小呆总能提前知晓他的到来，紧接着门后就响起小呆那清脆的叫声。妈妈听到声音后，便知道罗可回来了。只是每次还没等门打开，小呆就已经通过智能宠物门冲了出来。它一边欢叫着，一边朝小罗可不停摇着尾巴。

小罗可刚上学时，最头疼的一件事便是写作业。虽说都是一些简单的题目，但七岁的小罗可却总是提不起干劲。相比于写作业，他更爱在客厅里玩乐高看动漫。几次没有按时完成作业后，他被老师批评了，妈妈也冲他发了火。从此之后，小罗可每天回家后的第一件任务就是将作业写完。

神奇的是，每当小罗可一拿出课本，一旁的小呆总是围在他身边，一脸期待地看着他。一开始小罗可不知道小呆这是什么意思，他以为小呆只是在意他手中的糖果，或是茶几上的水果盘。可当他将这两样东西一一递去，小呆却不为所动。直到后来，小罗可才发现，原来小呆是对他的书感兴趣。小罗可将书本放在茶几上，没想到小呆一下子就跳了上去，直接用嘴对着书本舔了起来。

“小呆，没想到你才是最爱学习的那个啊！”

小罗可大叫起来，一下子引起正在厨房准备晚餐的妈妈的注意。他赶紧闭嘴，随即将目光转回仍在茶几上舔舐课本的小呆。很快，小呆停止了这种行为，转而蹲坐在课本上，一双水汪汪的大眼睛直勾勾地盯着小罗可。

“舔够了？那该轮到我写作业咯！可惜小呆你太笨了，不然替我写作业该多好，你这么热爱学习！”

说完，小罗可就将小呆挪到一旁，打开课本。他刚看几眼，就发现一旁还忽闪忽闪着一双眼睛。此时小呆仍端坐在课本前方，一动不动地看着小罗可。更准确地说，它是看着小罗可面前的课本。这时小罗可才发现，小呆是真的对课本很感兴趣。这之后的每一天，只要小罗可拿出课本学习，小呆都会静静地坐在一旁看着他。小呆虽然看起来很呆，在某些方面却十分执拗，比如课本，又比如每天晚餐后的散步。

每次只要一出门，小呆那呆头呆脑的模样就会立刻发生变化，公园里的任何一处小道随时都可能出现它的身影。小罗可也喜欢跟着小呆到处乱跑，唯一的问题是他的体力完全比不上小呆。每次都是小罗可先累到不行，小呆才会乖乖地跟在他身旁，宛如一个忠诚的卫士。但这个天不怕地不怕的卫士，却有一个致命的天敌——邻居家的狗。

邻居养的宠物是一条白色的拉布拉多犬，这也是小呆到来之前小罗可唯一近距离接触过的宠物狗。邻居家的老夫妻也经常去小区附近的公园遛狗，自然与罗可他们频频相遇。但每次只要一看到邻居家的拉布拉多，小呆总会躲在小罗可的脚后跟处，怯生生地盯着不远处比自己高好几倍的大个子。直到邻居领着拉布拉多走远，小呆才会恢复往常的活泼。小罗可一直也没明白小呆这么怕对方的原因。

这样胆小的小呆也有充满胆气的时候。小呆很聪明，每当小罗可遇到危险，它都会第一时间找来帮手。有一次小罗可和小呆在公园中嬉戏打闹的时候崴了脚，父母又刚好不在身边，小呆第一时间就找到刚好路过的邻居夫妻，尽管他们身边还有那条让小呆畏惧不已的拉布拉多。这一举动让小罗可感动许久。

虽说每天傍晚带小呆出去散步是他们家的传统，但也有事发突然的情况，比如下雨。这时小呆只能端坐窗前，看着窗外的雨点，一脸的忧郁。不知情的人说不定还会以为它受了什么委屈。小呆在家里不可能受什么委屈，唯一可能称得上是委屈的，大概也只有爸爸去上班妈妈去超市而小罗可也要去上学的时候。这时的小呆就只能孤零零地待在家里，看着窗外的公路，独自发呆了。

小呆出事的那天是周末。

虽说是周末，但爸爸上午刚好要去见一个客户，妈妈也要去超市购物。本来妈妈不答应小罗可独自离家，但那天小罗可突然想起一件事，之前他答应过同一个小区的同学去他家一起看漫画，于是小罗可留下一张小纸条偷偷溜了出去。回家后，小罗可看到小呆倒在地板上奄奄一息，他吓坏了，呆立在那里不知所措。爸爸这时也赶回家中，之后他带着小呆离开了。妈妈说爸爸是带小呆去宠物医院看病了，小罗可不知道小呆得了什么病，他只记得小呆离开时倒在爸爸怀中那绝望的眼神。也许他再也见不到小呆了。

想到这里，小罗可一下子哭了起来。

傍晚时，爸爸回来了。那时小罗可哭肿的眼皮还没有消肿，他围着爸爸一直追问小呆怎么样了。但爸爸一直摇着头，并没有说什么。那天的晚饭小罗可没吃多少，爸妈也没管他。那天，小罗可没有继续玩自己的乐高，也没有看漫画。他回到自己的卧室，躺在床上，看着头顶的天花板。在空荡荡的房间里，小罗可第一次意识到没有小呆是一件多么难过的事。

他躲在被窝里，忍不住又哭了起来。不知过了多久，就在他迷迷糊糊快要睡着的时候，他听到房门打开的声音。他睁开眼，看到坐在床边的爸爸。爸爸看着他，小声问了一句：

“你还想再见到小呆吗？”

小罗可想都没想就从床上跳了起来。

“真的？小呆它没事吗？”

“当然没事，它会回来的。在此之前，你要好好听话，知道吗？”

听着爸爸的话，小罗可一下子变得开心了，他十分努力地点着头。爸爸摸着他的脑袋，让他再次躺回床上，离开前又在他的额头亲了一下。小罗可躺在床上，很快就睡着了。他知道，他很快就能看到小呆，因为爸爸从不骗他。

果然，一周后他就再次看到了小呆。见到小呆的那一刻，他猛地跑过去，直接亲了小呆一口。他在心里发誓，再也不让小呆离开了。

虽然爸爸说现在的小呆和以前不一样，不过在小罗可心中，小呆还是那个小呆。每次放学回来时，小呆还是会在门口用同样的叫声迎接他。在客厅写作业时，小呆还会像以前那样趴在茶几上认真地看着。同样地，每天饭后散步时的小呆还是那样生龙活虎，遇到那条拉布拉多时小呆仍会躲到他的身后。一切都和以前一样，没有任何变化。唯一发生变化的，是小罗可自己。

不久后，小罗可升到小学二年级，他也有了新的朋友。他开始邀请朋友来家中一起学习一起玩游戏，然而问题在于，小呆似乎并不喜欢小罗可的这些朋友。

有一次小罗可邀请同学到自己家玩，这个同学之前从没去过他家。同学刚进门，小呆就朝着他狂叫，这是小呆见到陌生人才有的反应。那天之后，同学又来玩过几次，每次小呆都是这种反应。迫不得已，小罗可只能将小呆锁在自己的房间里。后来那位同学也许是在意小呆的反应，来的次数越来越少。小罗可也觉得那样的小呆很吵，也没再主动邀请那位同学，他们将聚会的地点改到了对方家中。

虽然每天傍晚小呆都会陪着小罗可学习，但随着年纪增长，小罗可变得越来越贪玩。他开始经常在外面玩到饭点才回家，妈妈一开始还教训他，但后来也渐渐不管了。而且那段时间爸爸的身体不好，妈妈需要将更多的心思放在爸爸身上。也是因为这个，小罗可家一直以来都贯彻到底的餐后散步的习惯也不得不中止。那段时间，小呆似乎变得越来越郁郁寡欢。

有时小罗可也对小呆的表现感到忧虑。每当这时，他都会想尽办法逗小呆陪它玩。也只有在这时候，家里才会响起小呆兴奋的叫声。

除此之外，还有一件事也让小罗可十分在意。任何动物包括他自己在内都是要吃东西的，但小呆却不用。家里早就没有狗粮，他自己也已记不清给小呆投食是什么感觉。他曾经试着偷偷地将没吃完的肉丢给小呆，可很快就被妈妈发现，他也因此挨了批评。小罗可曾经偷偷观察小呆，直到自己的肚子已经饿得叫出声，他才确认小呆真的不用吃东西。

直到小学二年级快结束时，小罗可的这个疑惑才被强行解开。

那天妈妈陪爸爸去医院看病，小罗可只能自己用微波炉热了饭菜吃。吃完饭，他久违地带着小呆去公园散步。让小罗可放心的是，今天他没有遇到邻居家的拉布拉多。于是贪玩的小罗可就和小呆在公园里四处追逐，但在这时意外发生了。

小呆在奔跑时，无意间闯入一条看起来十分凶猛的黑色大狗的领地。黑色大狗的主人是一个高中生大哥哥，当黑色大狗向小呆冲来时，大哥哥也没反应过来。等到小呆已经被大黑狗咬住，对方才赶到，将大狗和小呆分开。小呆左前腿的棕色毛发上已经出现两处十分明显的凹陷。小罗可当时也被黑色大狗吓得不轻，他一看到小呆受伤，内心更是受到不小的刺激，差点哭了出来。

“小呆，你不要死！”小罗可看着躺倒在地不能动弹的小呆，几乎用尽全身的力气喊了出来。

这时那个大哥哥走了过来，他蹲下身子，检查起小呆的伤势。突然，他笑了一下。小罗可震惊地看着对方。

“啊，抱歉抱歉……”高中生挠了挠头，用略带歉意的口吻说道，“刚刚我家大黑的举动吓着你了吧？平时它一般不会这样的。还好，没酿成大祸。你家这位叫小呆？有趣的名字……”

小罗可听着对方喋喋不休，一副全然不管小呆伤势的模样，他顿时有些生气。

“我要小呆，它要死了，你还我！”

高中生愣住了，他用诧异的眼神看着小罗可：“一条机器狗，怎么会被咬死？”

机器狗……这是小罗可人生中第一次听到这样的名词。他知道机器这个词，也知道狗是什么，但这两个词组合到一起，他就完全不懂了。高中生看着小罗可愣在那里一动不动，只觉得自己遇到了一个很奇怪的孩子，也没多想，就牵着那条黑色大狗离开了公园。

正如高中生所说，在他和黑色大狗离开后没多久，原本奄奄一息的小呆就重新睁开双眼，随后原地站起。它一脸迷茫地看着自己的主人，像是在询问刚刚发生了什么。只是这时的小罗可完全没有见到小呆复活后的喜悦，他的脑海已经完全被另一件事占据。

机器狗……

回家之后，父母已经回来，他们在客厅讨论着什么，并没有在意小罗可的举动。小罗可趁机溜进书房，打开电脑，将机器狗的拼音一字一字地输进了搜索引擎。很快，屏幕显示出结果，小罗可直接点进第一条。

机器狗是机器宠物的一种，也是使用最为广泛的机器宠物。第一条真正意义上的机器狗诞生于2043年，这也得益于日趋成熟的意识转移技术。这种技术可以将活体生物的意识转移到为其量身打造的机器躯体中，使机器躯体也具有该生物生前的意识。

在此之前，人体的意识转移一直存在一个问题。如果只是简单地将人类记忆转移到一副机器躯体上，不可避免地会遇到人权问题。简单来说，这样的“机器人”究竟具不具有人的身份，这个问题已经在学界产生很大分歧。

不过自第一条机器狗诞生以来，这种技术在宠物界得到了广泛好评。相比流行于富人阶层的基于克隆原理的人体重塑技术，价格适中的机器宠物在普通人群中具有更为广泛的市场前景。目前全世界已经有多家公司拥有相关技术，在世界范围内引起了很大反响。

小罗可在电脑屏幕前看了很久，直到身后传来房门打开的声音，他才下意识地关闭浏览器。他回头看向站在门口的爸爸，直接跳下椅子，一下子跑了出去。经过客厅时，小罗可听到小呆的叫声，可是他什么都不敢看，就这样直接跑回自己的房间，躲到了床上。

机器是不用吃东西的，机器狗当然也不用，那小呆也是这样的机器吗……小罗可躺在床上，满脑子都是小呆浑身布满金属零件的模样。

突然，敲门声传来，紧接着响起爸爸的声音。爸爸在门外问他睡了没有，要不要吃水果。可是现在的小罗可什么都不想吃，什么也不敢想。他躲在被窝里，没有吭声。

“我想你已经知道，现在的小呆只是一条机器狗。”站在门外的爸爸突然说道，“也许对你来说这种感觉很奇怪，这也是我之前一直没告诉你的原因。”

小罗可不明白爸爸为什么知道自己心里的想法，但他还是认真听了下去。

“小呆来到我们家时，全家人都很高兴。你还记得吗，你高兴地将它抱起，原地转了好几圈。后来小呆也伴随着你一起长大，它就像我们的家人，缺一不可。再后来小呆病了，它要死了，为了救它，它不得不成为一条机器狗。”

小罗可当然记得小呆生病的那次，他当时也像现在这样一直躲在被窝里，哭了好久。直到爸爸到来，他求爸爸把小呆救回来。一周后他就再次见到了小呆。

“我看到你在网上查了很多资料，应该对机器狗有了了解。我想说的是，小呆还是小呆。虽然它现在是机器狗，但它还是和以前一样。你和小呆相处这么久，应该能明白我的意思。”

爸爸说完这些就走了。那天晚上小罗可躺在床上想了很久，第二天一大早他就醒了。当他揉着惺忪的睡眼走出房间，迎面就听到小呆清脆的叫声。小罗可睁大眼睛，低头看向比他矮上一大截的小呆。此时的小呆也正瞪着圆溜溜的大眼睛看着他。只见小呆摇晃着脑袋，似乎不明白主人为何不像往常一样摸它的脑袋了。

不过很快，小呆的心愿就得到了满足。小罗可蹲下身，直接将小呆抱起，带到盥洗室。他一边刷着牙，一边和小呆互相打闹着。没过一会儿，小罗可就挨了妈妈的批评。

那天之后，小罗可再次接受了小呆。他当然明白小呆是条机器狗，但他也知道，小呆就是小呆，和以前一样没有任何变化。不过随着年龄增长，小罗可有时也会对小呆的身体构造十分感兴趣。他很想知道，这么小的一个身体里，究竟塞进了多少零部件。它们又是如何协同运作，才能让一条机器狗看起来和一条真实的狗完全一样。除了不能吃饭之外，小呆几乎会做所有狗狗都会的事情。

小学五年级时，小罗可第一次带着小呆来到机器宠物店。虽说是宠物店，但这里比小罗可以前看到的任何一家宠物店都要大。在小罗可眼里，这栋庞然大物更像是一家医院。他带小呆来这里的目的是定期检查维护，之前这项工作都是爸爸来做。只不过这段时间爸爸身体更不好了，需要经常住院，所以这件事都由小罗可来代替。爸爸说这里工作的一个叔叔是他朋友，他已经联系好了，小罗可只需将小呆带到这里，其他的事那位叔叔都会帮忙。得到爸爸的保证，小罗可这才下定决心一个人到那家店去。

一进门，小罗可就注意到四周橱窗中琳琅满目的机器狗，着实被震惊到了。还没等小罗可反应过来，那位叔叔就找到了他。在叔叔的帮助下，小罗可带着小呆去了专门用来检查机器宠物的地方。检查维护的时间持续了足足两个小时，小罗可亲眼看到小呆失去电力支持后直接失去意识，也看到小呆在他面前被拆分成了数块，之后这些机器躯体组合一下又恢复成活生生的小呆。

直到从机器宠物店离开，小罗可的脑海中都一直播放着这些画面。之后每隔三个月小罗可都要带小呆去机器宠物店定期检查，这样的体验又重复了很多遍。除了去机器宠物店之外，他还有一个更为频繁的去处——医院。爸爸病倒了，还病得很重，几乎一直住在医院。

爸爸的情况很不好，躺在床上的爸爸骨瘦如柴，和以前相比完全像是另一个人。只有每次妈妈带着小罗可去医院看望时，爸爸才会露出微笑。爸爸虽然看起来很累，但他每次都会将一同前来的小呆抱在怀里，一边摸着小呆的头，一边和他们讲医院里的故事。爸爸每讲一个笑话，妈妈都会笑很久。有时候小罗可觉得并不好笑，但妈妈还是笑得很开心。只是后来，随着爸爸病情加重，笑声越来越少了。小罗可不止一次注意到妈妈躲在别人看不到的地方偷偷抹眼泪。

不久后，妈妈告诉小罗可，爸爸快死了。小罗可当然知道“死”代表什么，这意味着他再也见不到爸爸，就像他当初以为自己再也见不到小呆一样。那天，妈妈带着小罗可来到医院，看了爸爸最后一眼。躺在病床上的爸爸一动不动，像是真的死了一般。只有费力睁开的双眼证明他还活着。爸爸已经瘦得不成人形，胳膊上插满导管。没说几句话，妈妈就直接哭了出来。

小罗可看着病床上的爸爸，说出了这样一句话：“爸爸，你不会死的对不对？你之前答应我小呆会回来的，然后你做到了。现在你再答应我一次好不好？”

爸爸没有像以前那样笑着答应小罗可，他斜靠在枕头上，微微摇了摇头，用细不可闻的声音说："爸爸不是超人，不是任何事都能做到的。虽然爸爸很想答应你，但你也知道，这是不可能的，我不可能骗你。你知道爸爸从来不会骗你。不过爸爸可以答应你，我会一直好好看着你的。所以你一定要乖乖听妈妈的话，答应爸爸好不好？"

小罗可已经不记得那天他在爸爸面前点了多少次头，他只记得那句话说完后不久，爸爸就离开了。爸爸的葬礼在殡仪馆举行，那天来了好多人，小罗可一直低着头，强忍着没有哭出来。晚上回家后，他躲在被窝里，抱着小呆，哭了好久好久，就像以前失去小呆时那样，只不过这次他永远失去了爸爸。

小罗可永远都记得爸爸答应过会一直好好看着自己，爸爸从不骗他。爸爸走了，也许会在天堂看着他，但他再也看不到爸爸了。

很多时候，一看到小呆，小罗可就能想起爸爸，他想起那天是爸爸亲手将小呆递到自己手中。有些时候，小罗可看着小呆的眼睛，会觉得这就是爸爸，只有爸爸会用那种独一无二的眼神看着他。有无数次，小罗可觉得爸爸根本没有离开，也许他也会像小呆那样，换一种方式活下来。

但无数的事实告诉他，爸爸真的走了，他不会再回来了。为此小罗可又伤心了好久。

爸爸离开后，妈妈也出去找了一份工作。随着小罗可升上中学，妈妈的负担小了许多。也许是受到爸爸离开的影响，小罗可升上中学之后，学习更加刻苦。三年后他以优异的成绩考上一所知名高中，之后他又如愿考上本市的一所重点大学。

也许是中学时代繁重的学习任务带来的压力一下得到释放，刚成年的罗可像很多同龄人一样，将更多时间放在了玩乐上。他爱网游，爱聚会，爱一切能让他感到快乐的事情。除此之外，唯一能让罗可感到安静的时候就是周末。出于对母亲的考虑，罗可选择每周末回家住两天。除了能见到母亲，还能见到小呆。

普通博美犬的寿命一般只有十五年左右，然而小呆到他们家已经快十四年了，却什么变化都没有。不过机器狗虽然不会衰老也不会死亡，但却也有本身存在的问题。这也是罗可最近才意识到的。

父亲还在时，每次睡觉前都会习惯性地到客厅去和小呆打个招呼。摸摸头搔搔痒，这是小呆最喜欢的事情。后来父亲住院了，经常不在家，小呆每天晚上依然都在等待父亲临睡前的那个安抚。罗可清楚地记得，他有一次夜里上厕所，透过房门的亮光，看到小呆静静地蹲坐在父母的卧室前，像是在等待着什么。后来罗可摸头瘙痒许久，小呆才恋恋不舍地回到自己的窝中。

这样的情况罗可后来又遇到很多次，他本来只是觉得，这只是小呆内心想念父亲罢了。可后来父亲去世了，他每天晚上仍能看到小呆端坐在父母卧室前，一直持续到现在。每次周末回家后的夜晚，罗可总要如此反复安抚好久，小呆才会安心去睡觉。父亲已经去世多年，小呆难道还对他如此恋恋不舍吗？一开始罗可心里确实这样认为，直到后来他学习了有关机器宠物的专业知识，才终于意识到问题所在。

小呆并不是想念父亲，而是在它的意识中，父亲一直都还在那里。

对机器宠物来说，当宠物的意识转移到机器躯体上，它就已经停止生长——不仅仅是身体层面，更重要的还在于意识层面。虽然此时机器宠物体内的意识仍然属于该宠物的生前意识，但本质上已经是完全不同的属性。机器宠物体内的意识不允许拥有学习能力，也就是说，机器宠物的躯体和意识都不会随着时间继续成长。

机器人不允许有自主意识，这是所有当代社会人的共识。但很多机器人却被允许有不同程度的学习能力和反馈调节机制，这有利于提高机器人本身的适应性。机器宠物诞生之初，各种机器宠物都被赋予了极强的学习能力，以便它们更好地和主人相处。但大量问题暴露出来，有很多购买机器宠物的主人都反应随着相处时间增长，自己的机器宠物越来越不像原来的宠物，甚至后来还出现主人因此虐待机器宠物的情况。

不久后出现一波退货浪潮，这是机器宠物面临的第一次重大危机。为了解决这个问题，确保机器宠物的行为反应和以前保持一致，所有机器宠物都被禁止拥有学习能力。也就是说，当宠物的意识入主机器躯体那一刻，它就不再成长了，它的所有性格和认知都定格在生前。

所以就算父亲离世了，小呆还是认为他还活着，并一直在他的房门前苦苦等待。罗可想起父亲以前说过的一句话，小呆一直都是小呆，父亲说得没错。只不过现在的小呆一直都是罗可七岁前认识的小呆罢了。

罗可突然又想到一件事。小呆出事变成机器狗之后，他曾经带同学回家，但不管小呆看到那位同学多少次，都像是见到陌生人一样，每次都狂叫不止。那时他只以为小呆怕生，现在看来恐怕也是所有机器宠物的原本属性。机器宠物并不能接受新生事物。

也是从那时开始，只要小呆在家，罗可基本不会带陌生人回家。就算是现在，周末有时邀朋友来家中聚会，罗可也会提前将小呆安排到其他地方。可除了这个，小呆还有很多让罗可越来越不适应的地方。比如小时候他会不分场合地和小呆四处奔跑玩耍，为此无数次遭受母亲责骂。现在已经成年的他显然不会再这样，但小呆还和以前一样，每次见到罗可，都习惯性地到处乱窜，像是邀请他加入。

还有就是以前每天傍晚的散步，自从父亲去世后，这项活动就几乎停止。中学时，罗可每天很晚才放学，母亲下班也很晚，经常吃完晚餐就已经天黑了，根本没有多余的时间再带小呆出去活动。每当这个时候，小呆都会像以前下雨不能出去时那样，端坐在窗前，露出一脸忧郁的神情。也许是想着补偿小呆，现在罗可每周末回家，傍晚时分都会带小呆出去散步。

但后来，这项活动也进行不下去了。原因很简单，罗可恋爱了。不知从何时开始，罗可变得很在意一个人的目光。每次只要碰到她，心跳都会不自觉地加速。后来罗可开始主动接近她，从一起讨论问题，到一起吃饭，再到表白约会，一切都顺利得不可思议。

罗可将更多的心思花在恋爱上，所以回家的次数越来越少。到后来，罗可甚至已经记不清上次回家是什么时候。母亲理解罗可的行为，对此并没有发表什么意见。至于小呆，只有在偶尔回家的那一刻，罗可的注意力才会因为小呆的叫声被短暂吸引过去。很多时候，他甚至已经忘记小呆的存在。在那时的罗可心里，小呆变成了家中一个很常见的物品。

恋爱的时光是快乐的，但也是短暂的。半年后，罗可失恋了。是女生先提出的分手，在她眼里，分手并不是因为谁做错了什么，只是两人感情淡了，吵架次数多了，分手是最合适的选择。但这是罗可的初恋，他一时接受不了。面对女生的决绝，罗可表面和平分手，心里却伤痕累累。那段时间，他不止一次和朋友外出买醉，也不止一次酒后泪流满面。

周末的时候，罗可久违地回到家中，面对小呆的盛情欢迎，他只觉得狗叫声令人烦躁。罗可很想找个清静的地方休息，但小呆却一直跟在他后面狂叫不止。终于，他做出一个从未有过的举动：踢了小呆一脚。预想中的惨叫并没有响起，只见小呆站在一旁用可怜兮兮的目光盯着罗可，随后又欢快地叫了起来。

小呆的异常举动让罗可更加心烦气躁，他再次清楚地认识到，小呆只是一条机器狗，一个只会重复以前行为的机器……小呆出事之前从没有受过虐待，所以它不会哀嚎，就算当初被大黑狗咬中身体，也没有发出一声惨叫，它的机器脑中并没有存储这样的指令。想到这里，罗可的内心更觉憋闷。他绕过一直欢叫不已的小呆，径直进入自己的卧室，直接将门锁上。

罗可本以为那天晚上又是一个不眠之夜，可没想到却出奇地睡了个安稳觉。等他醒来时，已经接近中午时分。母亲给他留了字条说是要加班，很早就出门了，家里只剩下罗可一个人。他本来想去厨房倒杯水喝，余光却瞥到正趴在窝中注视他的小呆。看到小呆这幅乖巧模样，罗可对自己昨晚的行为愧疚不已。他靠近小呆，伸手摸了摸它的头。小呆一脸舒服地在他手上蹭着，罗可露出了微笑。

没过一会儿，罗可感觉肚子饿了。他准备简单地煮点面吃，由于水烧开需要一点时间，所以他就回到卧室玩起了手机。很快他就沉迷在和朋友的聊天中。不知过了多久，罗可突然感觉头很晕，他立刻意识到事情不对劲，可这时他已经有些头重脚轻。他踉跄着走到厨房，发现燃气灶的火已经被沸腾的水浇灭。罗可意识到发生了什么，可这时他的四肢已经完全不听使唤。

他下意识地呼唤着小呆的名字，小呆是条机器狗，不会燃气中毒，所以只要它通过智能宠物门出去找到邻居，自己就还有机会。然而当他把目光移向身后的小呆时，却一下子愣住了。此时的小呆歪倒在地，不停抽搐着。

不会的……小呆是机器狗，怎么会中毒？在满心的疑惑中，罗可感觉自己的脑袋越来越沉，他离完全失去意识已经不远了。倒地之前，罗可突然想起了一件事，一件从以前开始就一直被他忽略的事。

那天也是周末。父亲上午刚好要去见一个客户，妈妈原本在家里准备午餐，可是准备到一半的时候发现盐不够了。当时燃气灶上正煮着鱼汤，去超市前妈妈嘱咐小罗可十分钟后将燃气灶关闭，小罗可以前帮妈妈做过很多次，所以根本不是问题。妈妈走后，小罗可突然想起之前答应过同一个小区的同学去他家一起看漫画，他看了一眼时间已经到点，于是就留下一张小纸条偷偷溜了出去，完全忘了要帮妈妈关燃气灶的事。

等小罗可回到家，就看到倒在地板上奄奄一息的小呆。还没等他反应过来，爸爸也赶回家中，之后爸爸带着小呆离开了。妈妈说爸爸是带小呆去宠物医院看病去了，小罗可不知道小呆得了什么病，他只记得小呆离开时倒在爸爸怀抱中那绝望的眼神。小呆离开后，小罗可注意到厨房的燃气灶上溅满了乳白色的污渍。

脑海中的画面最终定格在这里，早已支撑不住的罗可终于失去了意识。

嘀，嘀，嘀。

脑海中不断响起这样的声音，罗可终于睁开眼睛。他看到身穿白大褂的医生，看到站在他面前喜极而泣的母亲，看到站在一旁高兴不已的邻居夫妻，还有站在被子上冲他欢叫不停的小呆。

汪，汪，汪！

罗可看着小呆，下意识想要撑起身体，然而浑身的虚弱让他刚撑到一半就直接跌回病床。小呆继续叫着。这时他从小呆的眼神中察觉到一丝异样，这种眼神他只从一个人身上看到过。只是眼神一闪而过，当罗可想要继续看向小呆时，妈妈已经伸手将小呆抱离病床。

恍惚间，罗可想到什么，心里想的那个词已经到了嘴边，然而最终还是没有说出口。他将目光从小呆身上移开，转到一直喊着他名字的妈妈身上。

“妈！”

一声呼喊直接响彻整个病房。

穷人模拟器

1.

“啊，好痛！”

沈临摸着自己隐隐作痛的后脑壳，大叫一声，直接从地上弹起。然而更惨的是，弹起的一刹那，前额不知又撞上什么。只听哐当一声响，顿时眼冒金星。

“什么玩意！”

沈临啐了一口，摸着后脑的手此时换到前额，另一只手则向前一挥，将“顶撞”他的东西直接打翻在地。一阵哐哐当当后，终于恢复了安静。沈临又揉了一会儿额头，这才龇牙咧嘴地睁开眼。他看着地上的破铁盆，刚想开口大骂是谁这么不长眼，只是他的嘴张到一半，便再也动不了。刚刚他的视线扫过一周，沈临终于意识到自己的处境。

这是什么鬼地方！

他的四周堆满各种“垃圾”，有不知破了多少洞的旧床单，有油光锃亮的硬纸板，还有那堆积如山的矿泉水瓶。这时，沈临闻到一股很奇怪的味道，一种像是许久未洗的香港脚，再配上啃了两口就扔掉又发酵了十天的烂苹果的气息。他猛吸两口，寻着气味的来源，将视线下移。随后，他看到了一辈子都忘不了的画面：他的身上竟盖着一条黑不溜秋锃光瓦亮的棉被！

不，这不是棉被，这是吃人的怪物！沈临大叫着跳起。他一边四处乱跳，一边用手猛地在自己身上胡乱拍打，直到他累得气喘吁吁双臂再也摆动不了才停了下来。歇息片刻后，沈临看着周围这番破烂景象，只觉得自己在做梦。不，这不是梦，他沈临怎么会做这种梦！

这时他注意到自己身上的穿着，一件只剩一只袖子并且脏到分辨不出原本颜色的破衬衫，还有一条看似正常的牛仔裤。只不过当他视线右移，便看到一条从大腿外侧一直延伸到小腿的裂缝，他气得差点晕了过去。

这不是真的，这不是真的……沈临猛地摇头，不停喃喃自语。这时，一段记忆碎片从他的脑海里闪过。他想起来了，但同时也变得绝望，因为眼前这个画面很有可能是真的。

就在不久前，他被自己的亲生父亲无情地抛弃了。

2.

这一切还得从他昏迷前说起。

身为一个富二代，沈临平时的爱好就是豪车派对加美女。对他来说，只要是能用钱解决的事就不是事，谁让他的老爹那么有钱呢！记忆最后一刻的那个夜晚，他也像平时一样，开豪车带着美女准备回家过夜。可没想到他刚到家，就被那位平时很难见到的老爹叫去。

一看到老爹难看的脸色，沈临意识到大事不好。上次老爹露出这种脸色，他足足被停发了半个月的零花钱。可沈临转头一想，他这几天也没做什么错事，老爹为何会露出这种脸色？

不过为了以防万一，沈临还是一脸谄笑向老爹走去。他刚想说些好听的话，老爹却毫不留情地率先质问。

“你最近是不是又给我惹祸了？”

“没……没啊……”

老爹果然是来找他麻烦的，确认这点的沈临更为小心翼翼。

“没有？再给你一次机会。”

一看到老爹的脸色变得更加阴沉，沈临顿时慌了起来。可无论他怎么想都想不出这几天到底闯了什么祸。

“要不……您给个提示？”

“混账东西！”

没等沈临有所反应，老爹一个巴掌就扇了过来。沈临摸着火辣辣的右脸，还是弄不清现在的状况。这时老爹再次开口：

“昨天晚上，你在酒吧里是不是和一个人起冲突了？”

“昨天晚上……我想想……好像是有这么一回事，您不提我都快忘了。大家都喝得有些多，我们是有一些口角。不过经过朋友的劝说，很快就没事了。”

在老爹的提醒下，沈临终于想起昨晚在酒吧发生的那件事。事情的起因只是一件微不足道的小事。当时他看上一个女孩，想带着到下一个酒吧继续玩。可没想到上个厕所的工夫，那个女孩就搭上另一个男的。他那时也有些醉了，跑过去跟那个看起来同样是富二代的男人互相推搡了几下。沈临仗着老爹的势力在这一带骄横惯了，身边的朋友也以他马首是瞻，所以他以为只要自己一发威，那个富二代就会立马退缩。只是沈临没想到，那个男人不光没退缩，反而笑出了声。沈临正要生气，这时酒吧老板急忙赶了过来，看在老板的面上，他才放过那个男的。现在已经过了一天时间，沈临原本快把这件事忘了，可没想到老爹竟在这时提了起来。

“那你知道那个人叫什么名字吗？”老爹冷冷地问。

“当时喝醉了，记不清。”沈临苦思冥想了好一会儿，最后只能实话实说。

“他叫李修铭，现在你想起来了？”老爹冷笑一声，随即狠狠盯着沈临，像是在等着他的反应。

“李修铭……不可能！他的模样我可是认识的，昨晚那个人不可能是他！”

沈临猛地吼出声。他当然知道李修铭是谁，那是大名鼎鼎的李氏集团的继承人，就是给他十个胆子，他也不敢动对方一根汗毛。但昨晚那个人绝对不是李修铭，三年前他偶然间曾在酒吧外见过一次李修铭，那次李修铭还差点为了两个女孩和一群小混混大打出手。沈临对此印象深刻，他就是喝得再多，也不可能将一个大活人认错！何况对方还是一个他绝对惹不起的存在。

“呵呵，你别管他究竟什么模样，我说那是李修铭，那他就是！怎么，你个小兔崽子现在连我都怀疑了？”

在沈临质疑的目光中，老爹缓缓向他走来。沈临抬起头，遇上老爹那冰冷的眼神，连忙摇头否认。

“所以你现在意识到情况的严重性了？你应该知道李修铭他爹李武通是什么人，这是个咱们惹不起的人！不光咱们惹不起，你那些狐朋狗友全都加在一起，都抵不上李修铭一个！”

“爸，我知道错了！”

还没等老爹说完，沈临已经满头大汗浑身颤抖。他双腿一软，一下子跪倒在地。

“你向我下跪没用，你该跪的是那位李公子才对。不过想必他现在也不想看到你这条烂鱼……”

“爸……”

看着老爹那冰冷的双眼，沈临知道自己现在说什么都没用。他当然知道李武通是什么人，光是听到李氏集团这个名字，就已经将他吓个半死。沈临靠着老爹的关系，在本市可以畅行无阻，但李氏集团可是一家大得离谱的跨国公司，光是销售利润的一个零头，就够沈家忙活个几十年了。

“也罢……看来只有这个办法了。就算这次李公子大人不记小人过，下次呢？下次你这家伙又不知道会给我惹出什么麻烦……哎！”

在沈临的注视中，老爹叹了口气，随即离开。老爹刚离开，就有几个黑衣人闯了进来。其中一人掏出一截黑色的棍子，沈临只觉得浑身一麻，瞬间失去意识。

3.

再次醒来后，沈临就发觉自己成了这副模样。此时的他俨然化身成一位常年居住在桥洞底下的流浪汉，身边的这些物件应该是流浪汉的所有物。沈临看了眼不远处那澄清得有些发绿的河面，不由得唉声叹气。

不多久，沈临终于接受了现实。经过刚才那番折腾，他现在也有些累了，但又不想躺回那油腻腻的硬纸板。于是沈临找到一块石头，直接坐了下去。可刚一落座，屁股传来的阵痛就让沈临大呼受不了，他现在坐也不是站也不是。就在沈临气恼不已时，不远处有一道人影向他靠近。那人走近后，沈临才注意到对方应该也是这里的流浪汉。

沈临平时最不喜欢和有异味的人打交道，更不用说浑身恶臭的流浪汉了。所以那人靠近后，沈临下意识地想要走开。只是他刚迈开步子，突然意识到，现在自己也是一个流浪汉。就在沈临愣神的片刻，来人已经向他打了招呼。

“呦！已经醒了？”

沈临静静地看着对面这位看起来比他大上不少的流浪汉大叔，一时不知该怎么回应。

“今天早上我起来后，就看到你晕倒在河滩上。就在那边。”

顺着流浪汉手指的方向，沈临看了过去。那片河滩离这个桥洞不远，旁边还有很多杂草。根据这个流浪汉的说法，沈临猜到他被黑衣人电晕之后，被扔到了这里。只是老爹为什么要这么做？沈临心里再次升起疑问。

就在沈临内心不断揣测时，流浪汉再次说道："虽然我不知道你身上发生了什么，但不管怎样现在你也饿了吧？来，吃点东西。"

说着，流浪汉给沈临扔了什么东西过来。沈临猝不及防地伸手接过，发现是一小袋面包，只不过是已经被啃过的，而且有些地方还发了霉。他想都没想就要丢掉，可肚子却突然不争气地叫了起来。沈临看着手中的面包，猛地咽了口唾沫。

不管了，先填饱肚子再说！想到这里，沈临终于狠下心，他闭着眼睛张嘴咬了一口。还好，没有想象中那么难吃。沈临一边在心里自我安慰，一边几口就将这块面包啃食完毕。吃完，他打了个响亮的饱嗝。没想到只一块已经发霉的面包，就让他如此满足。一想到自己竟沦落到如此境地，沈临顿时有种想哭的冲动。

流浪汉大叔又递了一瓶已经开封过的饮料过来，早已破罐子破摔的沈临想都没想就一饮而尽。看着手中空瘪的塑料瓶，沈临又叹了口气。

"怎么，为什么要这么叹气？"流浪汉大叔一边大口吃着自己的东西，一边向沈临问道。

"变成这样一副德行，轮到谁都想哭吧……"沈临手中拿着塑料瓶，一下子坐在地上，他看着不时有漂浮物漂过的河面，有气无力地说着。

听到这句话，流浪汉顿时笑了出来："看来你是第一次成为流浪汉，有这种想法也很正常。想当年我和家人分开，第一次来到这河边的时候，也是同样的感受。当时我看着眼前这条河，一想到再也看不到宝贝儿子，心想不如死了算了。还好最后我想通了，活了下来。过了这么久，现在回头想来，当一个流浪汉也不错，你看咱多自由！等时间长了，你就习惯喽！”

等时间长了……一听到这个，沈临立刻慌了。他现在还不知道自己为何变成这样，但只要一想到接下来要一直维持这种状态，他再也坐不住了。

“等等，你去哪?!”流浪汉大叔看沈临突然站起像是要离开，急忙问道。

沈临这时也顾不上和这个流浪汉继续闲扯，他现在要摆脱这样的困境，只有一个办法。一打定注意，沈临便立刻开始行动。他向流浪汉大叔借了一双露出左右两个脚趾的运动鞋，在对方不解的目光中，直接离开了桥洞。

4.

离开桥洞后，为了不被更多人看到，沈临尽量选人不多的小路走。他这次的目的地也很简单，就是他老爹的公司，准确地说是公司分部。

他刚向一位路过的美女询问这是哪里，美女捂着鼻子很快逃走了，但还是向他透露了有用的信息。之后沈临又陆续问了几个人，信息汇总后他终于得到比较准确的结论。好消息是他现在还在本市。不幸的是，他目前位于郊区，得走好远才能找到离他最近的公司分部。

沈临不是没想过打电话，但他接连向几个路人借用手机都被无情拒绝，最后差点下跪才好不容易借到手机。然而拿到手机的那一刻，沈临才意识到，自己根本不记得身边所有人的手机号码。最后那个好心的路人骂了一句“疯子”后就头也不回地离开了，沈临在原地差点绝望地哭出来。

经过这番波折，沈临颓废了好一段时间，才决定继续行动，没钱的他只能徒步行走。现在他走了至少两个小时，双脚早已磨出水泡。所以当沈临瞪大双眼，看到老爹公司熟悉的标志后，激动得差点再次哭了出来。

只是在即将行动的前一刻，沈临突然又犹豫了。他想到自己现在这副样子，万一被公司里的人认出来，岂不是要被笑死。就在他犹豫不决时，不远处的玻璃门内走出两个西装革履的年轻人，刚好向沈临这里走来。在相遇的前一刻，沈临下意识地闪躲了一下。两人没走多远，沈临就听到了他们的对话。

“刚刚那个人也太臭了吧，比粪池还臭！”

“垃圾就是垃圾，要不是还有点用处，这种垃圾就不要在街上到处跑啦！”

两个年轻人边说边笑。此时的沈临已经处在爆发的边缘，他很想冲过去将那两个人狠揍一顿，但最后还是忍住了。现在的他还有更重要的事情要做——恢复自己的少爷身份。他相信，只要他一进门，肯定有主管会认出他，到时他定要叫刚刚嘲笑他的那两个浑蛋好看！

沈临终于鼓起勇气，他连跨几步，直接打开身前的玻璃门。第一个注意到他的是公司前台的职员小妹，沈临也不指望她能认出自己。只是让沈临没想到的是，这个前台小妹在看到他这个“流浪汉”后，竟没有露出丝毫厌恶的表情，反而直接迎了上来。

“请问您有何贵干？是来登记的吗？”

对方果然没认出自己。虽说眼前这个女孩确实很靓，但此时沈临已经顾不上这个。他大声说道：“叫你们主管出来，他知道我是谁。”

“你不是来登记的？”

沈临完全听不懂面前这个人在说什么，只是觉得她很烦，就顺手将她推开了。没想到他刚一出手，这个女孩顿时大喊起来。

“来人啊，把这个乞丐赶出去！”

“什么，你叫我乞丐？跟你说，我可是……”

沈临话还没说完，就已经有好几个保安围了上来。

“哪来的乞丐？赶快出去出去！”

几个保安围着沈临，不由分说地驱赶起来。沈临本想解释一番，可话还没说出口，就已经被围堵到门口。只不过由于他身上的各种异味，那些保安也不敢太过靠近，只是站在离他几步远的地方一脸嫌弃地催促他赶快离开。

“如果你们想知道我是谁，就让你们主管出来，他肯定能认出我！你们说话客气点，别到时吃不了兜着走！”

沈临放下狠话后，用轻蔑的目光扫视一圈，随后不再言语。周围的这些保安似乎被眼前这个乞丐的奇怪言语惊到了，他们互相对了下目光，随后其中一人不知从哪抄起一把扫帚，直接扇了过去。沈临一个不注意，被扫帚打中身体。这时他真的生气了，便与那人扭打在一起，现场混乱至极。

“住手！”

随着一声怒吼，现场终于安静下来。一个身材壮硕的中年男子拨开人群，站在沈临的面前。

“你是这里管事的？”沈临理了理打斗中撕碎的唯一一截衣袖，向面前的中年男子问道。

中年男子一脸狐疑地打量着沈临，随后点了点头。

“那你应该认识我是谁吧？”见来人有点靠谱的样子，沈临顿时打起精神，满怀期待地追问道。

中年男子眯起眼睛，似乎在思考。不多久，他重新睁开双眼，看向沈临。

“不认识，你不就是个乞丐吗？”

“欸？我跟你说，我可是……”

“滚！”

“赶快滚吧！”

“也不照照镜子看清自己的身份，臭乞丐！”

……

沈临话还没说完，就被交织在一起的谩骂声打断，随之而来的还有众人的推搡。没一会儿，沈临就被赶出大门。他还想进去理论一番，但一看到里面已经有人掏出棍棒之类的东西，沈临胆怯了。

“混账东西！连本少爷都不认识！等少爷我恢复身份，定要把你这狗眼挖出来！”沈临气急败坏下，向面前的玻璃门吐了口唾沫。

离开后，尽管十分生气，但沈临还是在思考着接下来该怎么办。经过一家理发店时，沈临的余光无意中瞥到了理发店门前的一块镜子。然而看到镜中那张脸的一刹那，沈临愣住了。

那不是自己的脸。沈临在内心确认了无数遍。

5.

看到镜中那张脸后，沈临着实震惊好久，但最终他还是接受了这个现实。只是让他不解的是，他为何会变成这副模样。沈临想了许久，唯一的解释就是这一切一定和老爹有关。难道这就是老爹的惩罚吗……沈临内心深处不停思考着。

又在路边走了许久后，沈临最终还是决定弄清整件事。为此他首先必须得找到网络，只要连上网络，将他现在的情况用关键词搜索一番，应该就能有所发现。但问题是，现在的沈临不光没有任何通信工具，而且还身无分文。

烈日炎炎下，没走多远，沈临就已经饥渴难耐。他在路边的树荫处找个地方坐下，正准备休息一番，突然有人朝他脚边丢下几枚硬币。还没等沈临反应过来，那人已经走远了。他刚想破口大骂，可目光一转，看到地上的那几枚硬币时，心中又有了另一个想法。

不行……如果捡起来，那他岂不是真的成了一个乞丐？沈临又想起刚刚在公司分部所受的辱骂，内心百感交集。犹豫许久，沈临最终还是捡起脚底的那几枚硬币。现在他的当务之急是弄清整件事的来龙去脉，那点自尊又算得了什么？沈临只能如此安慰自己。

不一会儿，沈临找到一家网吧，在和网吧老板承诺只待半小时后，沈临好不容易被放了进去。找到一台电脑后，沈临直接打开浏览器，将自己这半日来的奇遇输入搜索栏中。很快，一条条结果呈现在电脑屏幕上。沈临简单浏览一番，很快找到其中最关键的条目——穷人模拟器。

穷人模拟器是流行于当今富人阶层的一种游戏。顾名思义，这种游戏的规则就是富人将自己模拟成穷人，从而体验穷人的生活。这种方法不是简单地让富人伪装成穷人，而是彻底将富人改头换面，变成一个完完全全的穷人。

穷人模拟器的核心是意识转移。简单来说，就是将一个人的意识完全转移到另一个人的身体中。意识转移技术，最先开展于机器宠物的研究中，随后这种技术被李武通博士应用于克隆人领域，从而开创了一门全新的人体重塑科学。

不久之后，异体间意识转移的相关研究也逐渐展开。由于异体间意识转移的成本远低于重新培养一个克隆人，所以这项技术发展迅速，并且得到广泛关注。唯一的问题在于意识转移受体的获取。受体必须也是一个活生生的人类，更重要的是，受体必须主动放弃自己原本的意识。所以很长一段时间内，异体间意识转移都面临受体短缺的问题。再加上与生俱来的人权问题，这项技术从诞生之初便困难重重。

两年前，受体租借这一措施被提出。一个人可以选择将自己的肉体出租，从而获得相应的报酬。出租时间越长，对应的报酬也就越多。这一措施提出之后，出现了一波受体出租热潮，之前的受体短缺问题也随之解决，之后甚至诞生了专门从事受体租借这项服务的公司，也就是广为人知的六芒星公司。至此，异体间意识转移技术才真正得到广泛应用。

受益于这项技术的发展，穷人模拟器也逐渐流行于富人阶层。除了体验穷人生活，很多富人也会将这种游戏当成磨炼下一代的手段，而众多真实案例都表明这种方法确实可以改善富二代身上的富人病，所以现在越来越多的富人采用穷人模拟器来培养自己的接班人。

培养自己的接班人……看到最后这行字时，沈临顿时产生想砸电脑的冲动。哪有这样培养自己儿子的……老爹还真是老糊涂了，连这种事都敢信。沈临想对老爹破口大骂几句，然而一想到昨天老爹那张阴沉沉的脸，他又畏缩了。最终沈临只得叹了口气。

还有那个六芒星公司，不就是自己家的公司吗……原来他们家是做这种生意的，沈临这还是第一次知道。作为一个绝对的纨绔子弟，沈临对老爹的生意毫不关心，他只会关心自己每个月的零花钱到账了没有。让沈临没想到的是，现在老爹竟在自己身上用了这种手段。

这时，沈临又意识到了另一点。他被老爹丢到穷人模拟器中正是因为无意中招惹了李氏集团的大少爷李修铭。而沈临又清楚地记得，当时他招惹的那人绝不是李修铭。这一切似乎都有了解释。这个李修铭定是使用了异体间意识转移这项技术，当时他的意识在另一具新身体上，所以沈临才会没有认出，这也才有了现在的下场。想到这里，沈临顿时产生了一种有力无处使的憋闷感。

随后沈临又浏览了一些其他搜索结果，最终确信了自己的推测，看来老爹是真打算通过穷人模拟器来磨炼自己了。老爹啊，你也太狠心了，竟然直接让自己儿子一穷到底变成一个彻彻底底的流浪汉。沈临正想点开别的网页看看，电脑突然蓝屏，沈临这才意识到自己的时间已经到了。没办法，他只得离开座位。经过网管那里时，沈临注意到对方捏紧鼻子，一副让他赶快离开的样子。

哎，没办法，谁让自己现在变成这副德行呢……沈临似乎也想开了一些。虽然自己现在变成人人嫌弃的流浪汉，但他也知道这只是老爹对他的考验罢了。既然是考验，那肯定是有时间限制的，只要他通过考验，就肯定能恢复原状。想到这里，沈临心里又轻松许多。

然而这种心情没能持续多久。沈临刚出网吧，突然就被一个迎面奔跑而来的人扯住破烂不堪的衣袖。袖子被扯断不说，沈临也差点摔倒。好不容易稳住身子，看到对方似乎也是一个流浪汉，沈临刚想开口大骂。没想到对方一看清他的脸，顿时开心地笑了出来。

“阿川，怎么是你小子！”

6.

沈临呆呆地看着站在对面兀自高兴的流浪汉，一时有些糊涂。如果他没听错的话，刚刚这个人叫自己阿川？沈临当时的第一反应就是眼前这个“疯子”认错人了，可随后他就反应过来，此时的他同样也不是原来的那个“沈临”。

难道说……他现在的这具身体，是一个叫作阿川的人？想到这里，沈临再度将目光移回眼前这个流浪汉身上。然而他刚想开口，对方却突然睁大眼睛，面露恐惧地看着他的身后。

“快跑！”

话音刚落，沈临只感觉自己的胳膊上突然传来一阵大力。紧接着他就被拽向前方，和身前的流浪汉一起跑了起来。

“什么……发生什么了……”

“别问了，赶快跑就是了！”流浪汉头也不回地说道。

然而在好奇心的驱使下沈临还是一边奔跑，一边使尽全力回头看了一眼。只见宽阔的街道上，一列类似影视剧中才会出现的装甲车正浩浩荡荡地行驶在道路中央。路边虽然也有一些普通人驻足观看，但他们眼里没有一点惊讶的表情。

这究竟是怎么一回事……

沈临虽然在脑海里努力思考着，可身体剧烈的运动已然让他无法分心他顾。跟随着流浪汉的脚步，他们二人窜进一条小巷子，在里面疯狂奔跑着。伴随着方向的不停转换，沈临早已分不清具体的方位。更重要的是，没过一会儿，沈临已经感觉五脏六腑正在发出即将崩溃的警告。

这时，前方的流浪汉突然停了下来，沈临也终于有了喘息的机会。他停下脚步，躬下身，大口呼吸着新鲜空气。

“刚刚那是城管，要是被他们逮住了，可就不是关几天的小事了。”

流浪汉也在不停喘息着，不过相比沈临，他的情况明显好上许多。又过了十几秒，沈临才稍微恢复一些，他一边喘着气，一边向流浪汉说道：“城管？那……那些装甲车……”

“就是这些城管用来耀武扬威的工具罢了！不用怕，只要跑得快，他们也管不着！”

此时沈临的脑袋已经像浆糊一样，所有的思维都没有一个焦点。他想了好久，最终嘴里才蹦出这样一句话——

“那他们为什么要抓我们？”

面前的流浪汉突然笑了出来。

“这还用问吗？因为咱是流浪汉呗！这个社会不需要流浪汉，他们自然就想方设法清理我们了。”

流浪汉轻描淡写的语气反而让沈临更加摸不着头脑，他刚想再问几句，却被对方抢先。

“不说这些了。我说阿川你怎么回事？上个月突然就消失了，我们大伙儿还以为你死了呢！”

“我……”

正当沈临不知该如何回答时，流浪汉却主动替他解了围。

“不过还好现在知道你没事了。没事就好，没事就好啊！这世上哪有什么事比活着更重要？虽然咱是流浪汉，可好歹还活得好好的啊！咱活得开心，活得自由！嘿嘿……”

之后眼前的流浪汉又说了一些有的没的，可沈临一句都没听进去。他现在关心的只有一件事，那就是他之后究竟该怎么办。按照刚刚这个流浪汉的说法，目前城里不允许流浪汉随意出没，如果被抓住了，肯定不会有什么好事发生。看来老爹给他设下的这个考验，可不是一般的难啊……想到这里，沈临感到头大如斗。

“啊，对了！这里有一件当时你留下的东西，我想着没准以后还能见到你，就一直带在身上。”

说着，流浪汉从裤兜掏出一样东西。沈临将目光移去，看到流浪汉手里拿着一个钥匙扣。钥匙扣上有个挂件，上面有一张小女孩的照片。沈临接过这个钥匙扣，仔细看了两眼。他对照片上的这个小女孩没有一点印象，这是肯定的，毕竟他不是真的“阿川”。

不过沈临此时并不想戳破这点，所以他还是规规矩矩地接过钥匙扣，顺便开口感谢两句。见沈临接过钥匙扣，流浪汉突然换了一副态度，开始猛地用眼神示意着什么。见沈临一直不说话，他终于急了。

“我的那个小宝贝啊！当时不是借给你玩两天的吗，可没想到后来你失踪了。我还以为你卷着我的宝贝私逃了呢……”

听流浪汉解释一番，沈临才终于弄清对方口中的小宝贝是什么。原来“阿川”失踪的前一周，他的好伙伴，也就是面前的流浪汉，在河边捡到一块十分漂亮的石头。这块石头通体晶亮透明，内部还有煞是好看的纹路。当时流浪汉就认为自己捡到宝了，整天拿着这块石头到处显摆，引得很多同伴眼馋。可流浪汉一直把它带在身上，别人根本无从下手。几天后“阿川”用一份捡回来的大餐，好不容易从流浪汉手中换得几天的观赏期。然而没想到两天之后，“阿川”竟突然消失了。

“你别说你身上没有……”

“真的没有。”沈临实话实说道。

流浪汉用一百个不相信的眼神看着沈临，随后他竟亲自动手搜起了身。然而无论怎么搜查，沈临除了那一身破烂不堪的衣服，其他什么都没有。找不到想要的东西，眼见流浪汉的情绪就要失控，沈临赶忙解释。

“其实那天晚上失踪后，第二天一早醒来，我发现自己浑身赤裸地躺在一片河滩上，被一个同样是流浪汉的大叔发现……”

之后沈临便将今天早上发生的一切说了出来，只不过他口中所有事情的发生时间都提前了一个月。当然，他不是“阿川”这件最重要的事情沈临自然没说。

“怎么会这样……难道是有人见财起意，将你洗劫了？不过不对啊，就算是抢东西，可为啥要将你脱光呢？咱们的衣服又不值钱……”

流浪汉这时开始自言自语起来。眼见天色渐暗，沈临便想赶快找个借口离开这里。他可不想留在这个所谓的“朋友”身边。他本身并不是“阿川”，万一不小心露出马脚让对方识破，虽说也不是什么大事，可对现在正处于考验关键期的沈临来说，自然是多一事不如少一事了。

于是沈临很快便借口还有要事处理，马不停蹄地逃离了这里。

7.

摆脱那个流浪汉后，沈临没高兴多久，就再度陷入困境之中。他在一条无人小道上徘徊着，一时不知道该去哪里。按照刚刚那个流浪汉的说法，现在到处都很危险，他这样漫无目的地乱逛只会将自己置于更加危险的地步。

思前想后，沈临只想到一个去处，那就是今天早上醒来时所在的那个桥洞。那里有很多“垃圾”，看起来并不像全为流浪汉大叔所有，所以那个桥洞底下应该不止大叔一个人住。既然那么多人选择在那里定居，就说明那个地方必定较为安全。想到最后，沈临最终还是决定回到那里。

沈临记得那个桥的名字，所以一路上他只要向路人打听，便能找到回去的路线。然而和来时一样，最大的问题还是他的体力。虽说太阳下山后气温降了许多，不再有脱水中暑的危险，但沈临自从中午吃了那块发霉的面包后，就再也没进食过。

回程中沈临也曾看到有人将吃剩的食物扔进路边的垃圾桶，他好多次抑制住翻垃圾桶的冲动。沈临一直在心中提醒自己，他不是一个流浪汉，如果他真的这样做了，那便彻彻底底地沦为一个真正的流浪汉了。就这样强忍腹中的饥饿，沈临一直靠自己强大的意志力向前迈动步子。走到后来，沈临突然意识到了一点，也许这就是老爹安排这场考验的目的吧。现在的他比任何时候都要虚弱，但也比任何时候都要强大。

终于，在长途跋涉两个多小时后，沈临看到那座熟悉的大桥。桥上灯火通明，桥底却是截然相反的另一个世界：这里是不被任何人关注的地方，却常年居住着微不足道的小人物。沈临不记得自己是否曾经驾车穿越这里，但现在的他只想回到桥底，回到那个熟悉的地方。

用尽最后一丝力气，沈临终于来到桥底。桥底黑黢黢一片，看不清任何事物。沈临只是凭着自己的感觉向前摸索着。突然，他似乎踢中一个易拉罐，顿时便有一阵清脆的碰撞声响起。沈临屏住呼吸，将所有的注意力集中到前方。过了一会儿，周围还是一片安静，似乎没有人发现他的存在。沈临这才稍稍松了口气。

然而就在这时，一个略显沙哑的声音传了过来。

“你回来了？看来似乎不是很顺利啊……”

沈临听出这正是那位流浪汉大叔的声音，只是让他吃惊的是，这个大叔仅凭一个易拉罐的碰撞声就直接认出了他。不一会儿，前方有一处亮起了灯光，具体来说是手电筒的光亮。沈临走了过去，黑暗中他看到了大叔熟悉的脸庞。

沈临还没说话，大叔就递过来一份盒饭。和早晨发霉的面包一样，这份盒饭的卖相同样称不上好看，甚至还有一个被啃了一半的鸡腿。可此时的沈临却像是换了一个人似的，他毫不犹豫地接过盒饭，一顿狼吞虎咽。没一会儿，大半盒饭就已经被沈临吞入腹中，他甚至觉得这是自己活到现在吃过的最美味的一顿。沈临看着眼前这位今天一直帮助自己的大叔，心里感激不已。

那天晚上，虽然只是简简单单地躺在硬纸板上，沈临却感到无比满足。一天的劳累让他很快就睡了过去。第二天一早，流浪汉大叔将沈临叫了起来，让沈临陪着他一起去拾荒。沈临很清楚拾荒这个词意味着什么，但他并没有拒绝。沈临知道昨天自己吃的那两顿饭是怎么来的，如果他还坚持那可笑的自尊心，无疑会饿死。所以沈临毫不犹豫地答应下来，陪着大叔一起离开桥洞。

之后的事是沈临从来没有经历过的，他第一次翻了垃圾堆，第一次捡了别人吃剩的东西，第一次看到那些残羹冷炙时吞咽口水。当沈临吃饱喝足美美地打了个饱嗝后，他第一次觉得原来人生还可以这么简单。饭后休息和流浪汉大叔闲聊时，沈临终于知道了大叔昨晚是怎么在没开灯的情况下认出自己的。

这一切都是因为味道。一般流浪汉的身上都有一种挥之不去的特殊气味——许久没有洗澡浑身积攒的酸臭味。但沈临身上没有，所以昨天早晨在河滩边发现沈临时，流浪汉大叔才一下子就判断出沈临之前不是一个流浪汉。昨晚也是这样，流浪汉大叔察觉出有人靠近，但是又没有闻到来人身上的那股气味，再加上一般除了流浪汉同伴之外根本没人会来这里，所以他才立刻认出了沈临。

不过这天之后，情况很快就有了变化。一连多天不洗澡后，沈临身上也有了这种味道，当然他自己是意识不到的。只有每次在路上遇到行人，他们几乎都会不约而同地捂住鼻子快速离开时，沈临才会确认这一点——自己终于成为一个合格的流浪汉了啊！沈临不时发出这样的感慨。

就这样又过了半个多月，沈临和流浪汉大叔的关系也越来越好，他们之间甚至已经到了无话不谈的地步。除了自己是使用穷人模拟器才变成流浪汉这一点，沈临几乎将自己的所有背景都和盘托出。在沈临的描述中，他是因为父母破产自杀又被仇人逼债才不得已成了一个流浪汉。不过除此之外的其他地方沈临都是如实说的，包括他以前当富二代时花天酒地的生活。每当沈临提到以前的富人生活时，流浪汉大叔都会发出羡慕不已的赞叹声。

至于大叔自己，沈临也从他本人口中了解不少。大叔原本有一个美丽的妻子和可爱的儿子，但是多年前他经营的公司破产，为了不连累家人，他主动与他们断绝了联系。自此以后，大叔就成了一名流浪汉，而他也再没有见过妻子和儿子。听到这些话后，沈临突然想起一件事，他从裤兜中掏出了那串钥匙扣。

这是前一阵那个流浪汉交给自己的，是“阿川”，也是沈临现在这具身体曾经的主人的私人物品。钥匙扣的一个挂件上有一张小女孩的照片，想必是“阿川”的亲人，极有可能就是他的女儿。只是“阿川”将这具身体租了出去，恐怕他没机会再见到女儿了，沈临不无同情地想。

也许是被这具身体主人的残留记忆所感染，每当沈临看到小女孩的照片，心里总会产生一种别样的情绪。所以后来沈临便将这个钥匙扣放在每晚入睡的地方，不再随身携带。

有时沈临也会感到好奇，阿川到底经历了什么？他为何会变成流浪汉？后来又为何选择出租身体？他现在又在何处呢？夜深人静的晚上，沈临躺在硬纸板上，心里总是有着类似的奇怪想法。而他最想知道的，就是老爹对自己的考验到底要持续到什么时候。

事实证明，考验远未结束。一个月过去了，如今的沈临已经变成彻头彻尾的流浪汉。掌握技巧之后，每次外出拾荒，他都能有不小的收获。后来有一次拾荒的过程中，沈临又遇到那位仍把他当作“阿川”的流浪汉。在之后的接触中，沈临了解到对方的绰号叫大庄。只是让沈临没想到的是，大庄在他们再次见面时说出的第一句话，还是关于那个宝贝石头的。

“阿川，我知道那个宝贝究竟去哪了！肯定是被那天救你的流浪汉大叔拿了，我就知道，他那天对你这么好，肯定没安什么好心！”

看着大庄那一副双眼发亮的兴奋模样，沈临也不好意思说什么，他打了个马虎眼就离开了。这之后，大庄经常来他们这片拾荒，美其名曰“巧遇”，实际原因沈临很清楚，他这是为了监视眼中的嫌疑人——大叔。大叔显然对此一无所知，所以每次见到大庄后都会笑着打招呼。时间久了，他们几人竟真的熟识起来。不过沈临为了防止暴露自己的身份，还是始终和大庄保持一定的距离。

正当沈临不停期待着自己的考验早点结束时，一个巨大的变故突然发生：大叔不见了。

8.

那天大庄像往常一样赶来和他们一起拾荒，还没到中午大叔就因身体不适提前回去了。中午时分沈临也回到桥洞，身后跟着甩都甩不掉的大庄。一开始没看到大叔本人，沈临并没有十分在意，只以为他有事出去了。但随着午休时间结束，大叔仍没有回来，沈临这才意识到出问题了。

现在正值盛夏，中午时分外面更是烈日炎炎，普通人一不小心就会中暑。而对他们这些无依无靠的流浪汉来说，任何一点小疾病都完全可能会要命，所以没有人会选择拿自己的生命开玩笑，同住一个桥洞底下的同伴这时候基本都会选择回来休息。沈临扫了一眼四周，发现除了大叔，其他熟悉的面孔都在桥洞各处休息着。

“他不会是携款私逃了吧……不要啊，我的宝贝！”

看着大庄一脸悲痛的模样，此时的沈临完全没有心情和他计较。他在大叔的住处四下查看，并没有发现缺少什么东西。也许，大叔真的是有什么事在外面耽搁了吧……沈临只能在心里如此安慰自己。

“他可能不会再回来了。”

突然，沈临听到不远处传来这样一句话，赶紧将目光移去。声音的主人是沈临很熟悉的一个流浪汉，他和大叔年纪差不多，两人平时的关系也不错。沈临走过去刚想发问，坐在对面那个流浪汉就继续说了起来。

“上午的时候，我看到他一脸焦虑地走了回来。我本来想过去和他打个招呼，顺便问一下发生了什么。但他的心情好像非常不好，只是简单敷衍我一下就不说话了。之后他一直坐在那里，不知道在想什么。我本以为他只是遇到什么事心情不好，冷静一会儿就好了。可没想到大约过了半个小时，他突然从纸板上站起，直接离开了。”

沈临听着流浪汉的讲述，并没有发现什么特殊的地方。上午大叔的心情的确称不上多好，可沈临以为只是因为他肚子痛的缘故。不过现在看来事情并没有这么简单。

“大叔也许只是暂时出去一下，你为什么说他不会回来了？”沈临发问道。

流浪汉突然笑了笑，说：“我们虽然都是蝼蚁，却都有自己珍视的东西。比如你藏在身边的那串钥匙扣，上面那张照片应该就是你的女儿吧？”

沈临并没有为此解释什么，只是耐心等着对方接下来的话。

“他当然也有珍视的东西，那就是他的儿子。你恐怕也听他提过很多次吧，除了结发妻子，他最在意的恐怕就是那个宝贝儿子了。他可能对你说过自从成为流浪汉后就再也没有见过家人，其实这是假的。”

“假的？”沈临顿时惊住。

“没错，假的。你来之前的那几年，他经常偷偷去他以前的家附近，一边拾荒，一边偷偷观察他的妻子和儿子。后来不知发生了什么事，次数渐渐少了。不过我知道他一直都很在意他的家人。今天上午，他离开的时候，带走了一张照片。”

“照片……”

流浪汉再次笑了，继续说道：“没错，就是一张照片。这张照片是他家的全家福，平时他都藏得好好的，绝不会让其他人看见。我曾经偷偷看到过一次，上面是他们一家三口的模样，可能是很多年前照的了吧。照片里的他还很年轻，儿子看起来也特别小，一家人都笑得很开心。”

沈临明白流浪汉刚刚说的这番话，因为他自己也有这样一张照片。虽说照片上的那个女孩和他没有一点关系，但他也是选择将这张照片藏起来，不想让任何人看到。只是沈临没想到，大叔竟然也有一张这样的照片，而自己竟一点都不知晓。

这时流浪汉继续说了下去。

“他带走这张照片，也就是带走他在这里的唯一挂念。所以啊，他不会再回来啦！我也感到很惋惜，毕竟失去了这样一位朋友。但对我们流浪汉来说，这是再平常不过的事情。流浪汉嘛，自然是到处流浪了，哈哈……”

说着说着，眼前的流浪汉再次笑了。过了一会儿，见沈临没有其他反应，他再度躺回自己的硬纸板，闭目养神去了。

“不可能，大叔不可能一句话不说就离开的……”

沈临仍接受不了大叔离开的事实，他直愣愣地站在那里，心情极度失落。虽说他和大叔才认识不到一个月，但正是这一个月的时间让沈临学到很多，也让他从以前那个纨绔子弟变成现在的模样。他对大叔心存感激，不仅因为他曾经救过自己，更因为经过这一个月的相处，沈临已经将大叔当作自己的朋友，一个他从没想过这么快就会失去的朋友。

“所以你们想去找他？”

又一个声音传来，沈临赶紧将自己从失落的状态中拉回。说话的那人是刚刚就坐在一旁听着沈临他们对话的另一个流浪汉。

“你知道他去哪了？”听到流浪汉的话后，沈临顿时打起精神，一个劲儿地问了过去。

流浪汉赶紧摇了摇头：“不不，我不知道他在哪，我只是想说一下昨晚遇到的情况。昨晚我起来到河边尿尿，看到他也没睡，不知道在河边干什么。我刚过去他就走了。尿完之后，我在河边的石头上捡到一张揉成一团的纸，借着月光看到上面好像写了一些东西。我想这张纸可能就是他丢的。”

“纸呢？”沈临赶紧问道。

“没了。”

“没了?!”

“对啊，后来我又上了一个大号，这张纸就用掉了，现在应该已经被河水冲走了吧。”

面对流浪汉轻描淡写的叙述，沈临的心情只能用“无语”两个字来形容。刚刚到手的线索就这样没了，换成任何人都接受不了。

“你别急啊！我还没说完呢。当时借着月光我好像看到纸上有一张图，上面有一个六角星，还插了一支箭。”

等等！六角星……沈临的脑海里顿时闪过一道亮光，这不就是自己家公司的标识吗……

“哎，我说啊，想走的人你怎么都拦不住！”大庄这时突然说道，“就像阿川你，前段时间不也是莫名其妙就不见了吗，不过后来还是被我撞到了。这就说明咱俩的兄弟情分还没尽。所以啊，咱们那位大叔迟早也会……”

大庄的话沈临一句也听不进去，他只是直愣愣地盯着大庄，说不出一句话。通过之前在网吧的那番查询，沈临第一次知道自己家公司的业务正是专门提供人体意识转移中受体租借服务的。沈临现在这具身体的主人正是大庄口中的阿川，只不过因为种种原因，自己租借了这具身体。

难道……大叔也要走同样一条路吗……

“阿川，你怎么了？别吓我啊！”大庄这时发现了沈临的不对劲，急声问道。

沈临看着不知情的大庄，苦笑一声。他并没有怎样，只是不知道该怎么办而已。许久之后，他终于拿定主意，这也应该是他活到现在做出的最艰难的一个决定。

9.

“阿川，你要不再考虑考虑，咱犯不着为那个老头给自己找麻烦啊！”

一路上，大庄都在沈临身边不停劝说着。大庄之所以会这么说的原因很简单，沈临和大叔非亲非故，而且才认识一个月，犯不着为了找这样一个人惹麻烦。沈临一开始也是这么想的，但他的心里总有另一个声音，也是这个声音最终让他做出了那番决定。

“好吧，既然你执意要去，那你自己去吧。”

大庄说完竟直接停下脚步，只剩沈临一个人走在前面。这时沈临也停了下来，他看着摆出一副苦脸的大庄，内心毫无办法。他当然可以一个人去找大叔，但有大庄这样一个帮手那是再好不过的。这时，他突然想到一个主意。

“你不想找你那块宝贝了？”

一提到这个，大庄的眼睛顿时亮了，不过很快他便摇起了头。看到大庄的表情，沈临顿时觉得有戏，于是接着说了下去。

“其实你之前说得没错，你的那块宝贝确实是在大叔手上。我现在想去找他，也是为了那块宝贝。去晚了，宝贝可就指不定到谁的手上了！”

沈临这番话一出口，大庄的表情立刻变了。他赶紧问道：“你是说他想要把我的宝贝卖了?! 不行，那是我的宝贝！”

一番对话过后，大庄反而表现得比沈临更加积极。毕竟事关他宝贝的归属，他不能不着急。

“你知道这个浑蛋去哪了？”大庄赶紧问道。

“放心，包在我身上！”

说完这些话，沈临二人便沿着河边小路一直向前走。沈临当然知道大叔会去哪里，因为那个地方他不久前刚好去过。大叔既然拿着绘有自家公司标识的纸，正说明他很有可能会到公司去。而离桥洞最近的那家公司分部，就是一个月前沈临为了确认自己身份去的那个地方。虽然隔了一个月之久，但沈临仍能凭着印象找到当天去时的路线。

“这不是上次我遇到你的地方吗？”到达目的地后，大庄吃惊地问道。

沈临没有回答，而是在心里仔细思考接下来的打算。一个月前他来过这家公司，当时就被当作流浪汉赶了出来。如果他现在还是这样莽撞地进去，下场应该也是一样。虽然沈临贵为公司老总的儿子，但现在的他仅仅是一个流浪汉。这时，沈临突然想到一个主意。

“哎，你就这么进去？不怕被赶出来？”大庄拉住沈临，一脸胆怯道。

“不用担心，我自有办法。”沈临胸有成竹地说道。

沈临想的主意也很简单。既然大叔能够进入公司内部，他自然也可以按照同样的方法行事。只要他假装自己也是来进行身体出租服务的，对方自然不会阻拦。沈临这才意识到，难怪上次他刚进门时，那个女职员会对他露出一脸欢迎的表情。原来在对方眼里，他们这些“流浪汉”才是最大的潜在客户群。

果然，当沈临他们二人进门后，在场所有职员的目光都被吸引过来。而当沈临主动表明来意时，前台女职员的表情更加丰富了。

“请坐请坐！你们先喝口茶，我马上叫主管出来。”

女职员一走，一旁的大庄立马低声问道：“阿川，这是怎么一回事？他们的态度怎么这么好……还有，你刚才说什么出租来着……”

沈临刚想解释一下，只见一个身材高大的中年男子从里面走了出来，他的身后正跟着刚才出去的女职员。沈临当然见过这个中年男子，正是上次将他亲手赶出去的那个家伙。

“啊，两位好，我是这里负责接引客户的主管，你们叫我小马就行。你们先填一下表格，之后的事我来安排。来，喝茶。”

看着面前这个毕恭毕敬而且年纪肯定比他和大庄都大的“小马”，沈临一下子不知道该说什么。这些人真是见人说人话，见鬼说鬼话。当然，他们也是贪着他和大庄二人的身体，不然也不会把姿态放得这么低。

沈临见这张表格上要填的都是一些最基本的身体参数，并没有其他，于是就放心地填了起来。由于大庄不认识字，所以很多地方都由沈临代填。填完两张表格，他们在“小马”的带领下，进入公司内部。

一进电梯，沈临假装无意中提到：“看来我那个朋友推荐得果然不错，竟然真的有这种赚钱的轻松法门！”

沈临话一出口，马主管顿时笑了出来，“当然，我们公司可是穷人的福音！多少人都抢着来我们这里呢！”

沈临虽然嘴上奉承着，但内心却是冷笑一声：你们是穷人的福音，可事实是穷人才是你们的利润来源，你们连穷人的最后财产——身体都想剥夺，真是最恶毒的吸血鬼了。可沈临转念想到这家公司正是他老爹亲手创办的，内心顿时又变得无力了。

这时，沈临突然注意到一旁的大庄一直在给他使眼色，这才想起此行的真正目的。沈临一边责怪自己想得太多，一边有意无意地和马主管提起了大叔。

“啊，两个小时前是有这么一个人来过，不过他已经办完手续，现在应该已经在等待最终的程序了吧。”

一听到大叔真的来过这里，沈临顿时变得高兴起来。大叔还没有走最后一道程序，也就说明他们还有机会。沈临刚想再问几句，电梯的铃声突然响起。

“啊，到了！请两位跟我这边来！”

马主管的声音将沈临从兴奋的心情中拉回到现实。几人走出电梯后，来到一处很宽敞的工作间，里面摆放了很多平时在医院里看到的各种检查仪器。应该是要进行进一步的身体检查吧，沈临如此想到。

果不其然，沈临二人进去后，立刻就有一个身穿白大褂的医生模样的人走过来。马主管和他简单说了几句就离开了。之后沈临和大庄在医生的要求下，脱去上半身衣物，开始了各项检查。

半个小时后，趁着对方去上厕所的间隙，沈临找准机会和大庄一起溜走了。

10.

和大庄一起溜出去后，沈临赶紧跑到楼梯口，往上一层跑去。刚刚在和医生的聊天中，他套出了进行最后那道程序所在的房间，正是这一楼层的上面两层。也许是从没有经历过这么刺激的事情，一旁的大庄甚至显得比沈临还要兴奋。

只是让沈临没有想到的是，这里的每一层都要比普通建筑物楼层高得多，沈临才爬一层，就已经累得气喘吁吁。不过他不能停下，一旦医生回到房间发现他们溜走了，必然会引发一场大乱。他必须赶在这件事发生之前找到大叔所在的房间。很快，沈临咬牙坚持一番后，他终于走出楼梯。然后他看到了一个绿色的门牌。

受体制备中心

门牌上写着这样几个大字，恍惚间沈临觉得他似乎曾经看到过这样的标识。但他现在已经没时间理这个，深吸一口气后，沈临和身后的大庄一口气冲了过去。出乎意料的是，门竟然没锁。沈临握住门把手，只轻轻一扭，门就打开了。门口的高强度亮光让沈临不得不眯起眼睛。

几秒钟后，沈临的双眼重新恢复视觉。只一眼，沈临就发现了坐在不远处的大叔。大叔换了一身衣服，变得干净整洁，就连那从没有打理过的胡须现在都已经被剃得一干二净。若不是心里早有准备，沈临根本不会一眼就认出大叔。

沈临二人的出现也吸引了大叔的目光，只不过大叔目光中闪现的不是惊诧，而是从未有过的呆滞。与此同时，沈临注意到房间里的另一个人。此人同样身穿一件白大褂，只不过和刚才看到的那位医生模样的人不同，这个人戴着一副面具。面具上的那张脸乖张丑陋，显得极为怪异。

沈临不知道，当他二人闯进来时，那张面具下的脸究竟是何表情。但很显然，那人并没有任何惊慌失措的举动。在发现大叔不对劲后，沈临赶紧跑了过去，只是无论他如何喊叫，大叔都没有任何反应，呆滞的目光中甚至察觉不出任何焦点存在。

“完了，他是不是傻了？我的那块宝贝呢？!”

没想到最先着急的是大庄，眼见自己苦苦寻找的人俨然成了一个痴呆，大庄急了。他在大叔的衣服口袋里四处翻找着，想要找出自己的那块宝贝。而此时沈临的目光已经移到那个面具人身上。他愤怒地盯着对方，如果目光能杀人的话，那么此时沈临已经将对方杀死好几遍了。

“你将大叔怎么了？!”沈临怒吼道。

听到沈临的吼叫声，面具人一动不动。如果不是能看到对方的眼睛在动，沈临甚至会以为面具后的那个根本不是活人。几秒钟后，面具人终于动了，他先是向前走了几步，随后将右手搭在面前的一个棺材似的玻璃容器上。

“我能怎么样，只不过帮他完成他想要完成的愿望罢了。”

面具人的声音有一丝熟悉，只是此时的沈临已经完全被愤怒冲昏了头脑。

“这么说，你已经完成最后那道程序了？”

“没错，如果你们是想找他的话，那你们的确来迟了。”面具人点了点头，他说话的语气极为平淡。

“你……”

沈临盯着面具人，眼中甚至要喷出火来。他将目光再次转向大叔，看到大叔那一脸呆滞的模样后，沈临心痛不已。没想到还是来迟了……而一旁的大庄，也许是找遍大叔身上所有地方都没有发现自己的宝贝，他也将目光转向现场的那个面具人身上。

“我的宝贝是不是被你拿走了？快还给我，那是我的宝贝！”大庄真的生气了，他对着面具人怒吼道。

“宝贝？”面具人似乎有些不解，不过他很快就给自己找到一个合理的解释，“如果你是指面前这位大叔的身体，那抱歉，他现在确实归我们公司所有。如果你们想要回去的话，就得付出一定的代价！不过看你们这样子，应该也没钱吧？”

说到这，面具人突然笑了起来。沈临气得握起拳头，可他又毫无办法。大叔确实是主动出卖自己的身体的，现在变成这样，也只是走正常程序，自己没有任何办法。

很快，面具人的笑声停止了。他看着沈临二人，又开始说道：“不过也不要着急，你们这两具身体很快也要归我们了。我听马主管说刚刚又有两个新来的流浪汉想要出卖自己的身体，指的应该就是你们吧？”

面具人仔细打量沈临和大庄，似乎在脑海中评估着这两具身体的价值。

“如果我没记错的话，我们似乎还没签所谓的‘卖身契’吧？”看着面具人那一副欠揍的样子，沈临顿时气不打一处来。

“哦，是吗？那你们再仔细看看这是什么？”

只见面具人不知从哪里掏出两张纸，走到沈临身前，将那两张纸直接展示在他面前。沈临半信半疑地看过去，几秒钟后，他不可置信地大声喊了出来。

“不可能！我什么时候签过这个了?!”

只见那两张纸上均写有“身体出租协议”几个大字，右下角也分别有沈临和大庄的签名。然而沈临想破脑袋也想不出自己到底何时签过这个。从进公司之后他唯一填写过的就是一楼前台给的身体参数表。难道会是那个……

“不用想了，你们既然选择进来，那就说明早有此意，早签晚签又有什么不同？再说了，这也是为你们好。身体给你们也是浪费，不如回收再利用，给社会做贡献，对大家都好。对你们这些社会蛀虫来说，摆在眼前的只有两条路，一是被城管抓过来送给我们处理，二是主动过来将自己卖给我们，这样你们还能得到一笔赏金，何乐而不为呢？”

面具人的这番话完全超出沈临的认知范围，现在的沈临早已出离愤怒。他不能忍受这家公司如此无耻，竟用这种下流手段来骗人。他更没有想到的是，城管搜捕流浪汉之后竟也是直接送到这里，难怪当时大庄说很多人有去无回，原来真相竟然是这样。

“怎么，我说的这番话可对你们有用？罢了罢了，都已经这样了，多说也无用，我还是喊人上来将你们先制住再说吧……”

说着，面具人举起手臂，对着手上的腕表说了句什么。沈临狠狠地盯着面具人，他完全顾不上其他，大声吼了出来。

“那你知道我究竟是谁吗?!”

沈临的话让面具人愣了一会儿，不过很快他就有了反应。他看着沈临，一字一字地说：“我当然知道你是谁，你是沈临，这家公司的少爷。我说得对不对？”

这次轮到沈临愣在原地，他完全想不到，眼前这个面具人竟会知晓自己的一切。

“我不光知道你是沈临，还知道你现在被穷人模拟器换了身体，你根本不是那个傻大个口中的阿川，是不是？”

面具人的这番话直接让一旁的大庄从地上跳起，大庄看着面具人，大声问道：“他不是阿川？不可能！他明明就是阿川的模样啊，我又不是瞎子！你这个戴面具的坏得很，想要挑拨我们两兄弟对不对？”

“他是不是你所谓的兄弟，你自己问问就知道了。”面具人用戏谑的语气说道。

然而还没等大庄有所反应，沈临就已经主动开口：“大庄，我确实不是阿川，一直以来都骗了你，对不起！”

“不可能……不可能！”大庄看着沈临，嘴中不住地喃喃自语。

一段时间后，大庄又突然将目光转向面具人，大声喊道：“这就是阿川，你们都在骗我是不是？你这个戴面具的，真是个坏蛋，看我不打死你！”

说着，大庄就向面具人冲了过去。他一边喊着，一边挥起拳头砸向面具人。只见面具人不知从哪里掏出一根黑色的橡胶棒戳向大庄。在二人即将碰撞的那一刻，沈临的一声大喝让二人止住动作。之后，沈临将目光移向面具人。

“既然你知道我的身份，那为何还不停下来？不怕我向老爹告状，让你这个躲在面具后面的家伙卷铺盖滚蛋吗?!”

沈临的这番威胁让在场的所有人都安静下来。面具人也看着沈临，不过他早已预料到现在的情况。

“怕，我当然怕！谁都知道，这家公司的老板最疼爱他那个宝贝儿子。别看他平时对儿子不管不顾的，可实际上在他心里这个宝贝儿子可要紧得很。为了不让儿子知道自己在公司里干的罪恶交易，他甚至不让儿子参与公司的任何管理，还给这个儿子大把的钱在外面花天酒地。多好，连我都想要一个这样的老爹啊！”

面具人阴阳怪气的样子让沈临一阵厌恶，不过仔细一想，这家伙的话也不无道理。也许老爹平时对他不管不顾，可能真是出于这方面的考虑。毕竟他也是通过这次的穷人模拟器，才偶然得知老爹这家公司的真实面目。这时，沈临的心里有些愧疚。他愧对大叔，如果不是老爹开的这家公司，大叔就不会变成现在这样。

想到这里，沈临对面具人说道：“既然知道我是这家公司的少爷，那现在赶快把大叔的身体还给他！”

让沈临想不到的是，这番话直接让面具人笑了起来。

“这么着急吗？哈哈哈！你要知道，你的这位大叔可是为了救自己的儿子，才主动将身体卖给我们的。如果你非要让我们把身体还给他，那他刚刚得到的那些用来救命的报酬，可是要收回的哦？你可要想清楚。”

“这些钱我出就是，你先把大叔救回来！”沈临立刻下了命令。

“好，好！不愧是我们的大少爷！有钱就是任性啊……不过，这件事上可能你的那些钱……哦不，应该说是你老爹给你的那些钱……可能派不上用场！”面具人突然语气一转，接着说道，“你知道他为什么要救儿子吗？放心，不是得了什么绝症之类的狗血剧情。他儿子也把自己的身体卖给了我们，而且是永久租借哦！换得的好处是他的意识可以在我们的虚拟器中快活五年。”

虚拟器……这又是什么？面对面具人刚才的这番话，沈临皱了皱眉。

也许是察觉到了沈临的反应，面具人很快解释道：“虚拟器就是能够存放人类意识的机器，从记忆存储器发展而来。虚拟器中的每一个意识，都能够活出自己想要的生活，里面所有的一切都会按照他想要的方式来安排。他甚至还能选择修改自己的记忆，包括删除以前的记忆。对那些生活在底层的民众来说，虚拟器简直是福音般的存在。不过代价也很大，一般来说，将自己的身体出租五十年，才能换得为期五年的虚拟器体验生活。”

沈临听了这段话后，对这些东西大概有了一些了解。面具人继续说道：“你应该也想过，如果人类将自己的身体租出去，那么他们原本的意识应该如何处理。虚拟器就是其中一种处理方式，不过这种方式的代价太大，大部分人还是选择记忆存储器。也就是说，他们可以将自己的记忆存储在这里。和虚拟器不同，记忆存储器仅仅用于储存记忆罢了，并没有其他功能。一旦到了租期，记忆就会被重新导入原来的身体中。与此同时，他们会得到租借身体换来的金钱。”

“那在虚拟器中待够了五年之后呢……”沈临愣愣地问道。

面具人这时再次笑了：“看来我们的少爷也理解这其中的关键啊！没错，一个人的意识在虚拟器中待的时间超过五年怎么办？他的身体已经被永久租借出去，此时的他已经没有其他的资本。其实解决这个问题的方法很简单，那就是直接抹除。”

抹除……沈临被面具人最后说的这两个字惊到了。如果一个人的意识被这样抹除，那岂不是意味着……

就像是读出了沈临心中所想一般，面具人继续说道：“没错，如果一个人的意识被抹除，那他其实就是死了。这也很正常，一切都是买卖而已。本钱花完了，难道还要在他身上浪费处理器的资源吗？而给这个人续命的唯一办法就是依靠另一个人的生命，准确地说是他的身体。只要有另一个人主动出租自己的身体，自然能替那人在虚拟器中换得更长的体验时间。”

面具人的话虽然冷酷无情，但沈临也能理解其中的几分道理。也就是说，大叔是因为儿子的意识即将被抹除，才奋不顾身出租自己的身体。只是不知道他的这次牺牲，到底能为儿子换来多少时间。

“大叔选择将自己的身体出租多久？”沈临问道。

面具人竖起两根手指，说：“二十年，这已经是给他的最大优惠了！他这把老骨头，身体也不是很好，我们还得花不少钱调养一番。准确来讲还是我们亏了……哎，不过也没办法，谁让我们公司现在的订单这么多呢……”

“这么说，我不能赎回大叔了？”

此时沈临的心情已经跌到谷底，他对赎回大叔几乎已经不抱希望了。他再次看向不远处正茫然看向四周的大叔，内心十分纠结。这时面具人突然说话了。

“倒也不是不能，只要你以后乖乖听话，说不定哪天我开心了，自然会帮你。”

面具人的语气一下子变了。沈临抬起头，看着面具人举起右手，将自己的面具缓缓摘下。面具后的那张脸最终露出时，沈临直接愣住。因为这是一张他再熟悉不过的脸。

“小兔崽子，这次的考验表现不错。看你以后还敢不敢给老子我闯祸了！”

“老爹！”

沈临看着老爹那张沧桑的脸，一下子愣在原地，可随后他的心中充满狂喜。沈临直接冲了过去。在彼此拥抱的那一刻，沈临才意识到，这番考验终于结束了。原来面具人就是老爹，难怪刚才他会对自己的情况了如指掌。而他冲到公司来救大叔，就是这次考验的最后一道关卡。不过好在现在他已经成功通关，相信马上就会重新恢复原来的身份。

通过这次考验，沈临觉得自己学到很多。最起码他明白自己以前的所作所为完全是错误的，完全是在浪费时间和生命。今后他一定要重新步入正道，既不辜负老爹的期望，也要走出自己的路。

这时，沈临的余光扫到了大庄。大庄看着他，像是在看一个奇怪的生物一般。

11.

嘀！

您的余额已充值。

现在您的所剩时间是——

一年三百六十四天二十三小时五十九分五十秒。

一片光亮中，一个浑身赤裸的男人醒了过来。他似乎还处在困惑之中。他用同样困惑的双眼看着自己的双臂，似乎在感受手臂处那残存的温暖……

死者，AI

1.

邱河看着嫌疑人被扑倒在地，现场围观的人也越来越多。一向不喜人多的邱河后退几步，准备离开这里。只是他刚挪步，身后就有一个人追了上来。

“邱先生，您别着急离开！我还有事要请教您！”

来人是警队的副支队长，正是他主导了这次的抓捕行动。邱河站在原地，看着对方一脸兴奋，只是稍稍点头，并没有过多表示。

“邱先生，我是真的没想到，这家伙……这家伙真是我们要找的那人！您真是神机妙算。之前听警局的前辈都在说您神通广大，这次我算是彻底信了！”

年轻的副支队长一口气说完了这些。

“好了好了，堂堂一个刑警队副支队长，别使劲吹捧我了。有话快说！”邱河见多了这种场面，赶时间的他只想让对方快点把话说完。

“好好，我现在就说。”年轻的副支队长笑着摸了摸鼻子，开口问道，“案发当天和死者接触过的人很多，为什么您就能确定犯人一定是这个快递员呢？”

果然该来的还是会来，邱河早已预料到会有这个问题。他看了一眼副支队长。

“其实答案并不难想到，我一说你肯定就能明白。”

眼看神探终于开始解答，年轻的副支队长顿时双眼一亮。

“一切答案都在死者身上。死者在家腹部中刀，失血过多而死。现场有一大片血迹，死者腹部以下都被鲜血染透。除此之外，死者右手也浸满鲜血，应是死前用右手捂住腹部所致。这些都可以从死者死前行为判断出来。唯一的疑问是，死者右手拇指、食指、中指内侧各有一处没有被鲜血染到。据此可以推测，死者临死时手上应该是握着什么东西。但你们警方搜遍死者家中，也没找到带血或曾经带血的物件。所以最有可能的情况是，凶手离开时带走了。然而据死者家属称，家中并未丢失物件。所以剩下的一种可能就是——东西是凶手带来的。”

“您说的这些我们当然知道，只是到最后我们也不知道这东西究竟是什么……”年轻的副支队长不好意思地挠着脑袋。

“是一支笔。”邱河直接揭晓了答案。

“一支笔？”

邱河点了点头，说：“案发时这个快递员敲响了受害者家的大门，将快递交付受害者。然而当受害者拿着快递员递过来的笔签收快递时，命案发生了。快递员趁对方不注意时，用准备好的刀捅向受害者的腹部，导致对方大出血。之后受害者下意识地用拿着笔的右手捂住腹部，但还是因失血过多倒地不起。这时凶手才注意到死者手中拿着的笔，他当然不能将这支笔留下。这支笔上沾有他的指纹，警方一查就会查到他。所以最后他将这支笔带走了。”

“原来是一支笔……难怪……原来我们的出发点从一开始就错了……”

看着喃喃自语的副支队长，邱河笑了笑，直接转身离开。

远离人群后，邱河终于松了口气。虽说他是一个侦探，可却并不喜欢这种跑来跑去的调查工作，根源还是在于他不喜欢人多的地方。

从事侦探职业的十多年里，邱河大部分工作都是重新整理警方搜集到的证据，进而找出新的突破点。他很少亲自去案发现场，也很少四处走访，甚至平日里好几天都不会外出一次。这次他特意出门，也只是为了亲眼确认嫌疑人。在看到嫌疑人交付快递之后确实会递笔给收件人签收时，邱河才终于确认了自己的推理。

现代社会发展日新月异，很多事物都有了新变化。比如快递行业，用笔签收的情况越来越少，很多时候都是电子签收。如果真是这样，那邱河之前的推理自然不成立。所以每次办案一遇到新情况，四十出头的邱河都会在心中感叹自己真的快赶不上时代节奏了。

想到这里，邱河已经来到一个十字路口。没过多久，他拦下一辆出租车。邱河不想留在这里的原因很多，除了不喜嘈杂之外，还有一个更重要的原因，他真的有事要办。

上车后，邱河吩咐司机直接赶往下一个地点。昨天邱河接到一件新委托，委托人提前付了他一大笔钱，让他马上前去调查。不过因为邱河与警方的合作仍未结束，所以并没有立即答应。今天上午一完事，他就立刻坐车赶去。

二十分钟后，车稳稳地停了下来。邱河付完车费，直接走下车。随后他便见到面前的这栋建筑，以及建筑顶端那个异常显眼的六芒星标识。

2.

邱河之前也听说过这家六芒星公司，据说是一家意识转移领域的高科技公司，提供的受体出租服务在穷人和富人阶层都很受欢迎。不过邱河一向对这些新鲜玩意不感兴趣，如果不是自身职业需要用到各种社交软件以便和委托人随时沟通，邱河甚至连智能机都不打算用，更不用说现在火遍市场的全息手机了。

想到这里，邱河快步走进面前这栋十分气派的大楼。前台工作人员倒是很客气，在邱河表明来意后，他们很恭敬地将他带到二楼的会客室。来这里之前，邱河已经和委托人约定了见面时间。进入会客室后，邱河看了一眼手表，时间正好。

很快，会客室的门再次被打开。一位西装笔挺并且留有一副标志性山羊胡的中年男子向邱河走了过来。

“邱先生您好，鄙人是六芒星公司的董事长沈万。久仰邱先生大名，一见面就感觉先生果然不同凡响。”

“过奖过奖！”

眼见对方如此客气，邱河只好连连谦虚。来人直接坐到邱河左侧的真皮沙发上。

“我这次也确实是没办法，不然也不会这么着急非要将您这尊大佛给请过来。哈哈哈！来，喝茶！”

一番简单的寒暄后，邱河喝着茶，看着眼前这位颇为豪爽的沈万董事长，说道：“客气的话我们就不要再说了，还是直接说正事好。沈总您能否和我说说这次的委托？”

一般来说，每次有委托人找来，邱河都会让委托人先表明委托内容，然后直接判断到底是接还是不接。不过昨天他接到这份委托电话时，对方并没有在电话里明说，而是直接打了钱，让他见面详谈。这种事邱河以前也不是没遇到过，一般像六芒星公司董事长这种有钱人，或多或少都有很多秘密。隔墙有耳，这种人对在电话里谈事难免有所顾虑。

“哈哈，邱先生果然爽快！好，那我就直说了。这次找邱先生来，实则是为了一起命案。”

“命案？”

沈万这句话直接让邱河愣住了。一般来说，这种私下委托不可能是命案之类的大案。如果真有这种案件，对方应该直接报警才对。

察觉邱河的疑虑后，沈万笑着拍了一下脑袋，立刻补充道："你瞧我这脑子！怪我没说清楚。刚刚我和邱先生提到的这起命案，死的不是一个人，而是一个AI。"

"AI……"

简直是一波未平一波又起，沈万这句话让邱河更加疑惑了。他放下手中的茶水，直接问道："沈总，你刚刚提到的AI，是否是人工智能的意思？"

"正是正是！哈哈！"沈万不知怎的突然兴奋起来。也许是察觉了自己的失态，很快他又恢复如常。

"抱歉邱先生，一提到本公司的业务，我就情不自禁地高兴起来。想必邱先生在来这里之前，也听说过我们六芒星公司吧？"

"这是当然，不过邱某对人工智能这种高科技的玩意一向知之甚少，还请沈总详说。"

"哈哈，没事没事，那我就简单说一下。刚刚我提到的AI，翻译过来就是人造的智能，这是一个与人类自身智能相对应的概念。从1956年人工智能学科被正式提出算起，多年来，人工智能已经取得了长足发展。总的说来，人工智能的目的就是让计算机能够像人一样思考。从某种意义上说，我们目前基本已经能够实现这点。也就是说我们现在完全能够让一个AI像真正的人类一样思考，图灵测试更是不在话下。"

沈万满意地喝了口茶，再次说道："不过出于伦理考量，目前AI在机器人领域并没有得到很广泛的应用，反倒是在虚拟现实领域大展拳脚。公司自成立以来，重心一直都在意识转移领域。您应该也知道，我们公司是受体出租的最大供应商。不过受益于AI的发展，这几年我们的重心逐渐向虚拟现实领域过渡。最近我们公司推出了一项广受欢迎的产品——虚拟器。"

虚拟器……邱河好像听过这个词，不过一时半会儿他又想不起来。

“哈哈，不用怀疑，邱先生您肯定听过。”沈万笑着说道，“我们公司的虚拟器服务顾客群体可是很广泛的，其中就包括本市警局。虚拟器通过脑机接口让顾客的意识进入虚拟场景，这些虚拟场景都是按照顾客的要求预先设定好的。一般来说，场景的定制化程度越高，费用也就越高。我们公司目前和警队有很多合作，其中一项就是警队训练。我们会按照警队的要求，在虚拟器中定制一系列具有健全设施的训练场景。除了日常训练外，还有很多独特之处，比如反恐演习。这样一来，警员既能得到很好的训练，又能节省人力物力，当然最重要的是可以避免训练过程中不必要的伤亡。您和警局合作颇多，对此应该有所了解。”

经沈万这么一提醒，邱河立刻想起老朋友——警队支队长章奇——曾经就在他面前吹嘘过这个虚拟器的神奇。

“这么说来，沈总你刚刚提的那个被害的AI，就是在虚拟器中被害的？”邱河问道。

“邱先生果然料事如神！没错，用你们的术语来说，案发现场就是虚拟器内部。不过具体的情况您还得听我细说。”沈万呷了一口茶，继续说道，“刚刚我也提到，虚拟器中的虚拟场景都是按照顾客的要求预先设定好的，其中自然包括一些NPC，也就是非玩家角色。一般的NPC都由人工智能控制。虚拟器中的NPC自然都由高智能的AI控制。定制的NPC人数越多，智能程度越高，花费的金钱自然也就越多。但是NPC人数过少，玩家体验也会大打折扣。所以目前公司采取的策略是共享NPC。”

“共享？”

“没错。我们会事先了解每个顾客的个性化定制需求，再由设计师将其分配到不同顾客群。之后工程师就会按照设计打造出各种量身定制的场景，之前分配好的每个顾客群都会共享其中一个相同的场景。”

“你的意思是，同一个顾客群里的玩家，都会和同一批 NPC 打交道？”邱河试探性地问道。

“没错，看来邱先生您已经理解我刚刚说的这番话了。那我就直接点，说说这次找您来的缘由。刚才我也提到，命案中死的是一个 AI，说得直白些，就是虚拟器中的一个 NPC。我们为顾客提供三种顾客群以供选择，分别为低级群、中级群和高级群。其中低级群的顾客人数是十人左右，配套 NPC 大概是一百个；中级群的顾客人数是五人左右，配套 NPC 四百个；高级群顾客只有一人，配套 NPC 有一千个。”

听到高级群顾客只有一人而对应的 NPC 有一千个时，邱河不禁感叹这恐怕是有钱人才能玩得起的游戏了。

“哈哈哈，邱先生您别惊讶，高级群虽然花费多，不过可是我们公司最赚钱的项目！有钱人不就图个刺激嘛！在我们的虚拟器中，他们想干吗就干吗，比到处都有条条框框的现实世界有意思多了。哈哈，不多说了……还是谈正事要紧。这次出事的，就是一个中级群。”

沈万停下来看了一眼邱河的反应，随即又说道：“中级群的场景设定要求是写实，所以综合考量之后，我们将场景仍然设定为本市，顾客在虚拟器中的身份也都和现实一样。不过即便身份一样，他们的人际关系却不同。喜欢这种场景设定的顾客，或多或少都对现实生活中的人际关系不满意，所以才想在虚拟世界得到新的认同。这类群体在我们的顾客群中也占有相当大的比重。”

“那死者呢？”邱河提醒道。

“啊，一不小心又说过头了。抱歉抱歉……死者呢，就是服务这个中级群的四百个 AI 之一，她的职业是一个酒吧女郎。”

“酒吧女招待？”

“正是。”

邱河没想到，虚拟器中为数不多的四百个 AI，竟然有一个是这样的职业。不过反过来想这也正常，顾客到虚拟器中自然也是想着去放纵，类似酒吧女招待这样的职业恐怕为数不少。

“等等，我突然想到一个问题。”邱河突然问道，“既然所有事都是发生在你们的虚拟器当中，那这个酒吧女招待是如何被害的，你们肯定都有记录吧？”

一听邱河提到这个，坐在对面的沈万突然苦笑起来。

“邱先生您说的是，按理说这种事我们服务商自然知道。但很可惜的是，从半年前开始这一切都变了。”

在沈万接下来的叙述中，邱河了解到其中的内情。原来一开始虚拟器中发生的任何事确实都有记录，然而半年前六芒星公司的一位技术员根据虚拟器中的记录，窃听了一位顾客的秘密，并以此勒索钱财。但技术员没想到顾客竟是本市最知名的律师。最后技术员一分钱没捞到不说，还导致六芒星公司被告上法庭，理由是侵犯隐私权。六芒星公司败诉，并且承诺今后在虚拟器中发生的任何事都属于顾客的隐私范畴，不准有任何记录，所有人都不得查看。

“现在是特殊情况，你们就不能想想办法？”邱河试探着问道。

沈万再次苦笑道：“就算是警方亲自下命令，我们也不能允许。您也知道，隐私问题是虚拟器服务的根基，一旦打破后果不堪设想。而且这次出事的毕竟只是一个 AI，还没到需要报警的地步。”

邱河点了点头，大概也能理解这位沈总的难处。

邱河继续问道：“既然像沈总您刚刚说的，出事的毕竟只是一个 AI。所有的 AI 都是贵公司设计出来的，重新安排一个对你们来说是什么难事吗？”

“邱先生说的是，对我们来说重新安排一个 AI 当然简单。但现在的难题并不在我们，而是这次事件中的一个顾客。”

“一个顾客？”邱河疑惑道。

“没错，正是这个顾客强烈要求我们公司一定要彻查这件事。”

沈万放下茶杯，露出一副无奈的表情。

3.

在沈万的介绍下，邱河了解到这位顾客名叫邹泰。他是本市一个中型科技企业的创始人，如今算是刚刚跨入亿万富翁行列。

邹泰是六芒星公司的老顾客，他的公司也涉足意识转移领域的产业，两家公司有合作关系。不过跨入亿万富翁行列之后，年逾四十的邹泰渐渐对虚拟器产生兴趣，后来干脆就成了虚拟器项目的老主顾。邹泰虽然很有钱，但却对独自一人的高级群不感兴趣，他喜欢和其他人一起进行游戏。六芒星公司的顾客群中这种人也有不少，他们更喜欢半虚拟半现实的感觉。

这次出事的是一个中级群的 AI，而邹泰就是这个中级群五名顾客中的一员。

“邱先生，这次约您在本公司见面，同时我也约了邹先生。他现在就在另一个会客室，有需要的话我可以带您去见一见。”

“既然这样，那就有劳沈总了。”

一番礼节后，在沈万的带领下，邱河来到另一间会客室。会客室就在隔壁，看来沈总对此早有安排。

一进门，邱河就见到一个中年男子正在会客室里焦急等待着。见到邱河等人后，他立马起身，径直走了过来。

“邱神探，请问您是邱神探吗？”

见到邱河后，中年男子的神情颇为激动，这倒让邱河有些意外。看来这人就是沈万口中的邹泰了。

“正是在下，不过神探之言，实在是过誉了。”

见邱河承认自己的身份，邹泰显得更加兴奋。他直握住邱河的手，激动地说：“邱先生，您一定要帮帮我，您一定要查出实情，还小环一个公道！”

“邱先生，小环就是出事 AI 的名字。”沈万在邱河耳边低声道。

邱河点了点头，让神情激动的邹泰坐下来再说。在沈万的吩咐下，很快就有茶水送了过来。

“邹先生，您不要急。沈总这次请我来，自然是为了帮你解决这个问题。刚刚我也听沈总大致说了一下案情，可还有一些不明白的地方。现在我想请教一下邹先生。”

“您尽管问，邱先生，只要我知道的，一定都说出来！”邹泰急忙回应道。

“那好，第一个问题，我想问一下，那位……小环，是这个名字吧？小环是怎么出事的？”

邱河说出这个疑问后，便喝了一口茶，静静等待对方的回应。

邹泰听到问题后，没有任何犹豫：“邱先生，我直接和您说了吧。我觉得杀害小环的凶手不是别人，就是刘坤那个王八蛋！”

突然听到刘坤这个名字，不光邱河，就连一旁的沈万都愣住了。

“邹先生，你可不要胡说，刘先生不是您的朋友吗？”沈万赶忙问道。

“我没有胡说，除了他就没有别人会干出这种事！”邹泰咬牙切齿地说道，“邱先生，我是相信您，才会和您说心里话的。我邹某人从来不随便诋毁任何人，要不是因为小环，我更不可能随便指认自己的朋友是凶手。”

“好好，那邹先生你就和我详细说说，这一切到底是怎么回事。”邱河赶紧回应道。

在邹泰的叙述中，邱河终于了解到事情的原委。刘坤原本是邹泰的朋友，两人也经常相约一起去虚拟器中快活。小环确实是一家酒吧的女招待，邹泰和刘坤都是经常光顾这家酒吧的常客。小环因为年轻貌美，个性活泼可爱，深得顾客们喜爱，几乎所有顾客上门都会首先点名小环来招待，有时也会有顾客同时上门又同时点名要小环招待的场面发生，这种时候总免不了有一番争执。刘坤和邹泰的矛盾也因此而来。

那天刚好刘坤和邹泰一起在虚拟器中上线，两人一上线就去了酒吧，点名要小环招待。那天没有其他客人，所以小环也就前来招待。不过后来在喝酒的过程中，却发生了一些矛盾。刘坤觉得小环总是陪着邹泰聊天而冷落自己，便借着酒劲冲小环发了火。正在兴头上的邹泰自然要维护小环，两人便争吵起来。后来在酒吧老板的劝说下，两人虽被劝开，可也心生嫌隙。从此之后，两人再未一起露面。

案件的导火索就发生在此后的一周。那天凑巧邹泰和刘坤又同时出现在酒吧，而且同时点名要小环招待。一般这种情况下酒吧老板自然要劝说其中一位顾客放弃，转而选择其他女招待。但是这次邹泰和刘坤怎么说都不肯放弃，最后由小环做主选了招待邹泰，刘坤气得当即拂袖而去。这件事发生的第三天，也就是昨天，案件发生了。

“昨天我也按时在虚拟器上线，一上线我就去找小环。可到了酒吧后，酒吧老板却和我说今天小环没有上班，他还说印象中这是小环第一次无缘无故翘班。后来在我的百般请求下，酒吧老板才把小环的地址给我，我当即驾车前往。赶到小环家后，我发现房门没锁。一进门，我就发现地板上全是没干的血液，小环浑身是血倒在地板上……”

说到最后，邹泰的脸已经扭曲起来。他闭着眼睛，不住地喊着小环的名字。邱河盯着变成这副模样的邹泰，微微摇了摇头。随即，他将目光转向一旁的沈万。

“沈总，我还有一个问题，之前忘记问你：虚拟器中的 AI，也有被害的程序设定吗？”

“这个……”沈万停顿一下，接着说道，“原本是没有的，可是后来改进了。”

“怎么说？”

“邱先生您也知道，我们虚拟器中的AI是非常智能的，几乎和真人一样。所以他们也会受伤，也会感受到痛苦，甚至也会去医院。一开始我们并没有给AI设定死亡，因为这在虚拟器中基本是不可能发生的。顾客都是去虚拟器中找乐子，犯不着做出谋财害命的勾当。当然，我们的AI也不会对顾客做出危险的行为。只是后来，随着业务的增多，虚拟器中提供的场景又多了一样，那就是模拟侦探。”

“模拟侦探？”听到这个熟悉又陌生的词汇，邱河不解道。

“不是人人都能成为像您一样的大侦探，他们自然想有个追求梦想的渠道啊。”沈万笑着说道，“虚拟器中的模拟侦探项目刚好提供了这一便利。在模拟侦探场景中，每个玩家都是侦探，他们要共同侦破一件匪夷所思的案件，胜者则会获得公司提供的奖励。听起来很酷吧，哈哈！”

看着沈万一脸得意的样子，邱河不置可否：“你的意思是，在模拟侦探这里，会有死人出现？”

“当然。”沈万当即肯定道，“邱先生您自己就是一位神探，自然知道侦探必定会遇到各种各样的案子，命案就是其中最具挑战性的一种。模拟侦探项目刚一推出，就获得很大反响，来玩的顾客络绎不绝。在模拟侦探中，侦探由玩家扮演，死者自然就由AI扮演。自从开创这个先河后，我们在虚拟器其他项目的AI设定中，也添加了死亡这一设定。”

“AI死亡后，会发生什么？”邱河继续问道。

“什么都不会发生。”沈万看着邱河，直接说道，“AI就是虚拟器中的一道程序，死亡也是程序的一部分。所以一个AI死亡，并不会影响什么。后续就是我们会将这个 AI 再按照其他客人的需求修改设定，之后再重新推出。”

“不！我不要修改，我只要小环！我只要小环啊……你们还我的小环！”

刚刚一直喃喃自语的邹泰突然大声喊叫，惊得门外的安保人员直接闯了进来。好在沈万及时反应过来，让这些安保人员赶紧出去。之后他又开始安抚起情绪失控的邹泰。

“邹先生，我当然不会对您的小环怎样。您是我们的顾客，只要您一声吩咐，我们自然会将小环重新送到您的面前，保证一模一样。”

“不！就算你送回来了，也已经不是我的小环了……我的小环已经死了！对……就是刘坤那个家伙干的！他因为之前的事对小环怀恨在心，所以才对小环下手……可怜的小环啊，就这样没了……”

说着说着，邹泰又哽咽起来。

“您别伤心，这次我不是把邱神探给请过来了嘛。您不相信我，总该相信邱神探吧？放心吧，邱神探一定会找出凶手的。”

“真的？”

邹泰先是抬起头，犹疑地看了沈万一眼，随即就将目光转向一旁的邱河。邱河也注意到对方的目光，他只能无奈地点了点头。

“不过要想找出凶手，我还得见一个人。”邱河突然说道。

“谁？”

“刘坤。”

邱河注视着沈万，随即站起身走出会客室。

4.

巧合的是，刘坤今天恰好到六芒星公司体验虚拟器服务。于是沈万便让管理人员通过虚拟器中的AI之口将刘坤叫了出来。

邱河等人早已等候在包裹着一层透明玻璃的蛋形服务舱之外，只等刘坤的意识从虚拟器中转移出来，便能立即会面。果然，当刘坤从服务舱中醒来，他一下子就发现站在不远处的邱河等人。也许是讨厌自己在虚拟器中玩乐时突然被外界打扰，所以他的脸色并不算好看。

从服务舱中出来后，刘坤一直在打量众人。当他的目光扫到邹泰时，神情立刻一变。

“你这家伙不在虚拟器的温柔乡中快活，跑来打扰我干吗？”刘坤一边整理着自己的衣领，一边向邹泰走来。

然而还没等刘坤走近，邹泰就已经冲了过去。刚一照面，他就揪住刘坤刚刚理好的衣领。

“你这是干吗？放开我！”刘坤的面色顿时变得难看，他向近在咫尺的邹泰大声喊道。

“你这个浑蛋，还敢出现在我面前！”

说着，邹泰举起拳头。只是在拳头即将挥下的一刹那，有人阻拦了他。

“邱先生，你放开我，今天我必须教训一下这个浑蛋！”

“慢着！”

这次是沈万出手了，他让一旁的安保人员将纠缠在一起的两人拉开。刘坤显然还没弄清到底发生了什么事，于是他一边整理衣领，一边生气道：“你这个疯子，我又没招你惹你，发什么疯？沈老板，你应该让手下把这个疯子赶出去！”

“刘先生，你先消消气。我们贸然来打扰你，自然是有正事。邹先生也是因为此事一时冲昏了头脑，你不要见怪。对了，这位是鼎鼎大名的神探邱河，刚刚也是他提议要来找你的。”

“邱河……”

也许是听说过邱河的大名，刘坤的目光移到邱河身上时，表情变得柔和许多，不过依旧透着一丝警惕。

“不知邱神探找我有何贵干？”刘坤整理着衣袖问道。

“刘先生不要紧张，我来找你只是想确认几件事而已。”在得到对方的首肯后，邱河接着说道，“你知不知道小环？”

一听到小环，刘坤的脸色立刻有了变化。

“你提小环干吗？她不就是虚拟器中的一个酒吧女吗？我现在可和她没有任何关系。”说完这句话，刘坤不自觉地用轻蔑的目光扫了对面的邹泰一眼。

“你……你还敢说和她没关系！难道不是你害了她吗？”没等邱河说话，邹泰抢先回了一句。

“你在胡说什么，我怎么害她了……你肯定是疯了！”刘坤再次大声喊道。

刘坤的话让邹泰再次情绪失控。就在邹泰即将爆发的前一刻，沈万发话了。

“好了好了，我看刘先生对所有的事还不是很清楚。还是由我简单介绍一下吧，也免了不必要的麻烦。”

沈万的一番言行让剑拔弩张的两人稍微冷静下来。随后，沈万便将小环之死当众复述了一遍。听到小环被害时，刘坤的表情也非常惊讶。直到最后，当沈万说出邹泰认为他是最大嫌疑人后，刘坤脸色顿时一变。

“沈先生，这个疯子的话您也信吗？我跟他是有些过节，可那些事都已经过去了。现在我根本不去那家酒吧了。再说了，我根本没必要为了一个酒吧女大动干戈，一个虚拟器中的 AI 而已，我犯得着吗？”

“小环才不是一个 AI！她就是一个活生生的人！是你杀害了她，就是你干的！现在还来狡辩……我要替小环报仇！”

说着，已然情绪失控的邹泰又要准备动手，周围的安保人员再次围了过来。这时一直没说话的邱河终于开口了。

“刘先生，我还有第二个问题要问你。你能和我说说昨天的行程吗？你有没有来六芒星公司？”

一阵骚乱过后，现场终于安静下来。刘坤也将目光移向邱河，他略微思考一下，很快有了回应。

“既然是邱先生问话，我自然一切都会实话实说。相信邱先生也会秉公处理。我是凶手什么的鬼话，大概只有那个疯子会信了。”刘坤冷笑一声，继续说道，“昨天上午我都在家陪孩子。下午三点左右我来到六芒星公司，之后玩了大约两个小时的虚拟器，五点左右离开。晚上我先是陪一个客户吃晚餐，大约九点就回家了。”

“你确定是五点左右离开这里的？”邱河问道。

“应该没错，我记性一向很好。不信的话你可以问沈老板，他那里一定有我的登陆记录。”刘坤十分自信地说道。

“好，邹先生，我也要问你一句。昨天你发现小环被害的时候，大约是几点？”

见对方将目光转向自己，刚刚还在气头上的邹泰顿时收敛心神。他仔细想了想，说：“我昨天大约六点半上线，发现小环没来上班后马上就向她家赶去，中间大约花了半个小时。”

“所以你发现小环被害的时间，大约是七点？”邱河确认道。

邹泰犹豫了一下，还是点了点头。

得到对方肯定后，邱河继续说道：“如果我没记错的话，你发现小环被害的时候，地板上的血迹还未完全干涸，这说明当时离案件发生不会超过一小时。而你赶到小环家是七点钟，也就是说凶手杀害小环的时间不会早于六点。这么说的话，五点就已经离线的刘先生是没有作案时间的。”

“不可能！他肯定使用了什么骗术……或者他就在骗我们，他根本不是五点离线的……他骗人！”

邱河的话让邹泰彻底崩溃了，他大声喊叫起来。只是现在的他也只能大喊大叫了，因为他的身体早已被一旁的安保人员制住了。

“邹先生，刚刚我向工作人员询问了一下。刘先生确实是在昨天傍晚五点就已经离线了。”一旁的沈万说道。

“骗子……你们都是骗子……”此时的邹泰早已说不清任何话，他只是不停地重复着同样的语句。

“怎么样，我没有嫌疑吧？还说我是凶手……真是个疯子！”

在确信自己的嫌疑被完全洗脱之后，刘坤松了口气，当即开始讥讽起一直怀疑他的邹泰。

“好了，如果没什么事的话，我就要再进入模拟器了。沈老板，刚刚可是你将我叫出来的，我也好好配合你们了。今天的费用你不给我报销一下可说不过去啊……”

“好好，这是自然。”沈万笑着回应道。

得到对方的肯定答复后，刘坤心满意足地哼了一声，随后转过身，准备重新进入服务舱。然而就在刘坤即将进入服务舱的时候，邱河突然说话了。

“刘先生，我也想进虚拟器试试，要不我们一起？”

5.

躺进服务舱之后，没等邱河自己反应过来，他就已经醒了。一切都快得超乎他的想象。就像是做了一个梦，此时的他如同大梦初醒，周围的一切在他面前都显得如此真实。

已经身处虚拟器之中的邱河正站在一条人烟稀少的人行道上，周围只有很少的建筑，邱河确信自己没来过这里。很快他就发现，刚刚一同进入虚拟器中的刘坤并没有出现在他身边，看来刘坤是把自己的出现地点设定到了别的地方。邱河摇了摇头，下意识地掏出手机。

打开手机地图后，邱河感到吃惊：手机地图在这里竟然也能使用。不过随后他又想到，这里是号称所有东西都能模拟的虚拟器，手机的这些功能自然也不例外。邱河很快就注意到，手中的手机并不是他“自己”的。手机样式和里面的APP都不是自己平常见到的那样，想必是六芒星公司没有完全掌握他的所有信息，自然不可能将所有与他相关的事物都原模原样地复制出来。

邱河简单操作了一会儿，发现这个手机和现实世界中的手机几乎一模一样。他输入记忆中那个酒吧的名字，很快就有了导航路线。按照导航的提示，邱河找到了那家酒吧。

到达酒吧后，邱河看了一眼手机上的时间，现在是下午四点。看来虚拟器中的时间是和现实世界完全一致的。没怎么多想，邱河就走进这家看似很普通的酒吧。也许是还没到营业高峰期，酒吧里除了刚来的邱河，一个顾客都没有。

邱河在前台点了一杯威士忌，顺势坐了下来。酒保是个年轻的小伙子，他只是随便看了一眼坐在那里的邱河，就回头准备去了。很快，一杯加冰的威士忌递到了邱河面前。

“能点个女招待吗？”邱河接过威士忌，随口问道。

“现在还没到点，先生。”

“哦，也是……可惜了，好久没见到小环了啊！”

邱河喝了一口威士忌，假装随口提到这个名字。没想到一听到小环的名字，年轻酒保的脸色顿时有些变了。他看着邱河，犹豫一下，最终还是说了出来。

“抱歉先生，小环昨天在家里出事了。以后都不会来上班了。”

“她辞职了？”

“她死了。”年轻酒保不无悲伤地说道。

“什么?!”邱河惊诧于自己表现得过于自然的反应。

“先生您小声一点，我们老板禁止大家讨论这件事呢……毕竟小环曾经也是我们店的大红人，人红是非多嘛……”

如果不是事先知道面前这个年轻酒保只是一个AI，邱河一定认为他就是一个活生生的人类。邱河故意压低声音，继续向年轻酒保询问道：“那她是怎么死的？”

酒保刚想说话，这时酒吧里又进来一位顾客，他下意识地闭嘴了。这位顾客同样点了一杯威士忌，然后坐在邱河旁边。

“新来的？”接过酒保准备好的威士忌，新来的顾客一边摇晃着酒杯，一边向邱河问道。

邱河不明白来人这句话的意思。他不知道对方口中这句“新来的”，指的是第一次看到他出现在酒吧，还是第一次看到他出现在虚拟器中。

“是啊，第一次来。”邱河同样没有给出明确的回应。

“是吗？”对方喝了一口威士忌，突然笑了起来，“既然第一次来，那就认识一下吧，我叫蔡晓，请问尊姓大名。”

“邱河。”

“邱河……是个好名字，等等……你是那个鼎鼎大名的神探邱河？”

这位叫蔡晓的顾客似乎一下子认出了邱河，随后他看向邱河的目光顿时变得有些异样。而对方的反应也让邱河立刻明白，面前的这人应该也是虚拟器中的顾客之一，所以刚刚才会认出自己。见邱河点头默认，蔡晓突然开始喃喃自语。

“难怪难怪……一直以来这里只有我们五个顾客，刚才我还纳闷怎么突然出现一个新人。我还打算出去后找工作人员问问呢……现在算是知道了。对了，邱先生来这里是为了……”

邱河也并不打算隐瞒什么：“为了昨日被害的小环。”

“什么？！小环死了？”

蔡晓顿时露出惊讶的表情，随后就是长达几十秒的沉默。也许是最初的惊诧已经消退，许久之后，蔡晓又再度开口了。

“但小环只是一个 AI 罢了，死了一个 AI，有必要惊动邱大神探您吗？”

“这个你就不用管了，自然是有人请了我，我才出现在这里的。”

蔡晓若有所思地点点头，随后便默默喝了一口威士忌。

“那找到凶手了？”蔡晓突然抬起头问道。

听到这个问题后，邱河笑了出来。不过他并没有回答对方的疑问，而是问道：“你认识邹泰和刘坤吗？”

“他们俩……认识倒是认识，毕竟我们都是一起进这个虚拟器的。不过我和他们不是很熟，平时也是各玩各的。他们俩好像原本是很好的朋友，后来因为小环闹翻了。”

听到蔡晓说的话后，邱河突然问道：“那你觉得刘坤会不会是凶手？”

贸然听到这个提问，蔡晓也愣了一下，随后他回应道：“刘坤的话，和他交流的时候就感觉他整个人挺阴暗的，不怎么讨喜，不知道邹泰怎么会和这种人成为朋友。那天他们因为小环大打出手时，我也在场，刘坤当时确实被气得不轻。不过后来的事我就不清楚了。小环在这里人气很高，几乎所有顾客都会点名要她作陪，当然大部分顾客都是 AI。也许程序就是如此设定的吧，除了刘坤，还有好几位顾客都曾因为小环大打出手过。这里的 AI 在设定中好像不能害人，不然我还以为小环的死是 AI 干的呢……”

蔡晓停了下来，看向邱河，接着又说道：“你刚刚说小环死了，还提到刘坤，排除那些 AI，确实只有他有杀害小环的理由吧。不过他有没有那个胆气我就不知道了。但这里毕竟是虚拟器嘛，杀一个 AI 泄个愤，应该也不是什么大不了的事吧……”

“等等，你是说之前这里也有 AI 被害过？”邱河发现了对方话里的漏洞。

“这个……这个我就不知道了，我也只是听说，听说……”蔡晓突然变得欲言又止。

就在邱河想要继续询问时，蔡晓的手机突然响了。接过电话后，蔡晓就以自己还有事为由离开了酒吧。蔡晓离开后，邱河又在酒吧待了一会儿，期间并没有新的顾客出现。看来因为 AI 和顾客本来就不多的缘故，这个酒吧也显得有些冷清。喝完第二杯威士忌后，邱河结了账，又想办法向酒保要了小环的地址，之后也离开了酒吧。

离开酒吧后，邱河直接向小环的住处赶去。邱河上了一辆计程车，半个小时后便赶到小环的住处。邱河不知道虚拟器中发生命案之后是怎么处理的，连这里有没有警察都不知道。如果来之前先将这些疑问都向沈万仔细了解一番就好了，邱河有些后悔。

按理来说，以邱河十几年的办案经验，他定然不会犯下这样的错误。只是这次的案件实在过于特殊，邱河感觉自己像是个十足的新手。想到这里，邱河不禁叹了口气。

邱河站在小环所住的单元楼下，抬头看向眼前这栋略显破旧的小楼。这栋建筑物不知道是多少年前的建筑了。进楼后，邱河仔细观察了四周，并没有发现摄像头的踪迹。很快，他来到小环屋前，光看房门并没有什么特别之处。邱河很快注意到房门并没有锁，只是虚掩着。

邱河伸出右手，将房门轻轻推开。视野中出现一片红色，这是早已干涸的血液，覆盖了面前的一大片地板。视野正中央，斜趴着一个年轻女子，女子腹部中刀，看起来早已死亡多时。看到小环的尸体后，邱河确认虚拟器中果然没有警察。

之后邱河花了大约十分钟简单勘察了一遍犯罪现场，可惜的是，他并没有发现什么有价值的线索。看来凶手没有在房间里待多久，他一进门就将死者杀害，之后便逃之夭夭。只是这里没有警察，自然也没有痕检人员提供进一步的物证，更没有法医告诉他关于尸体的更多信息。

很多人对邱河都有很大的误解，他们以为神探是天纵奇才无所不能，能破很多警察都解决不了的案子。但真实情况是，在和警方合作的大部分案子中，邱河都只是一个旁观者，所有线索都来自警方。他唯一能做的就是从这些大家都知道的线索中，找到隐藏的突破点，从而窥探犯罪者的一些特征。神探也只是一个人，并不能独立完成需要专业技能甚至多人合作才能完成的任务。

所以越是大案要案或是情况复杂的案子，邱河就越要依赖警方提供的线索。然而现在的问题是，虚拟器中根本没有警察的存在，这让邱河感受到了前所未有的头大。

就在邱河眉头紧皱时，他的脑海中突然响起一个声音。这声音很熟悉，邱河很快便听出它来自沈万。

“邱先生，有要事，你先出来。”

6.

从虚拟器出来的过程同样十分顺利，顺利到邱河一点感觉都没有。他只觉得自己眼睛一闭一睁，就已经换了一个世界。

“老邱啊，你可算是醒了。”

刚从服务舱醒来的邱河听到熟悉的声音，他转过目光，看到一张熟悉的面孔。

“章队，你怎么有工夫来这？”邱河一边问着，一边从服务舱里出来。

眼前这个身材瘦削却目光锐利的中年男子正是刑警支队的支队长章奇，同时他也是邱河多年的好友，两人合作破获了不少大案要案。

章奇平时爱好不多，很难想象他是为了体验虚拟器才来这里的。难道……他也是为了小环被害的案子？邱河心中不无疑惑地想。

也许是察觉了邱河心中的疑惑，一旁的沈万立刻回应道："邱先生，章队长这次前来，是为了一件十分重要的事。就在刚刚，星河公园里发生了一起命案。"

"命案？"

听到这个词的一瞬间，邱河不禁皱了皱眉头。原来不是小环的案子……不过如果是这样的话，他现在正忙于调查虚拟器中小环被害一案，实在没有时间再插手其他案件了。

"章队，我……"

邱河正要开口解释一番，却被章奇打断了。

"老邱，你就不问我为何要来这里？"

章奇的话一下子点醒邱河。如果章队是为了另一件命案想要找邱河咨询的话，大可以一个电话了事。如此这般亲自上门，可不是惜时如金的章队的风格。再说了，邱河今天来六芒星公司一事，他没有告诉任何人，章队根本不可能知道自己会在这里。念及此，邱河在内心苦笑一番。刚才真是一时心急，竟连这些都没想到。

"好了老邱，其实我也是因为查案需要刚好来到六芒星公司。听沈总说你恰好因为另一件案子现在也在这里，我就想着找你一起商量商量。刚好我们马上有一个临时搜查会议，如果你有时间的话，不妨来听一听？"

邱河仔细听着章奇刚才这番话，顿时察觉出他这番话其实是话中有话。章奇查的案子和六芒星公司有关，而自己查的案子也是在六芒星公司发生的。这么短的时间内接连两起案子牵扯到同一家公司，不得不让人怀疑这两起案子有没有什么关联。看来章队也是察觉出了什么，所以才邀请自己去旁听一下搜查会议。

"好。"

邱河答应后，几人便一起离开虚拟器接入大厅。邱河发现自己回到了刚开始来这里时的会客室。

“时间匆忙，我就临时向沈总借了这间会客室，当作临时的搜查会议地点。还得感谢沈总的帮忙。”章奇说着就向一旁的沈万致谢道。

“哪里哪里，能帮到章队长，要我做什么都行。来，请。”

在沈万的带领下，邱河几人进入会客室。会客室里人数不多，有很多都是邱河熟悉的面孔，他们大部分都是章奇手下的警队精英。沈万进入会客室后并没有马上离开，而是留在这里。按理来说这种重大案件的会议不应该让沈万这种外人参加，不过邱河注意到包括章奇在内的警方人员都没有对此发表异议，看来沈万的出席也是得到了警方首肯的。

也许是看出了邱河的疑虑，章奇很快解释道：“这次的案件和六芒星公司牵扯甚多，所以我们允许沈总留下来，也好随时解答疑问。”

沈万此时也向邱河致意，邱河点头回应。搜查会议终于开始了，会议主持人是章奇手下的得力干将武辉。

“事情的原委在场的其他人都已经知晓，不过有邱先生在，所以我就将案发原委再简单地重述一遍。”武辉的开场白很简短，“今天上午，本市星河公园发生了一起命案，死者是一名公司高管。上午九时，负责清洁公园的一名清洁工发现了死者尸体。”

邱河看着大屏幕上投影出的死者照片，大概了解了当时的案发现场。

武辉继续说道：“死者名叫高非，男，三十一岁，是一家外贸公司的财务总监。死者有每天早晨去公园跑步的习惯，预计凶手正是瞅准了这个时机，才埋伏在公园内，将被害者杀害。死者胸部中刀，心脏破裂而死。凶器预计为一把短刀，刀身长六到十厘米，宽两到三厘米。被害者中刀倒地后，凶手将凶器拔出带走，目前并未找到凶器。预计死亡时间为上午七点半到八点半。该公园十分偏僻，目前为止我们还没有找到案发当时的目击者。”

“现场的摄像头呢？”邱河直接问道。

随着监控摄像头的全面普及，现在很多案件的侦破都要依靠摄像头的辅助。就算是邱河这样屡破奇案的神探，也不得不承认，现在的高科技为破案提供了很大便利。

听到邱河的提问后，武辉摇了摇头：“很可惜，这个公园比较偏僻，并没有安装摄像头。我们查询了公园附近的几个摄像头，案发时刻附近也没有发现什么可疑人员。”

听到武辉的解释后，邱河点点头。他很明白这种案件一般现场线索并不多，因为凶手杀害死者后很快就会离开，如果没有摄像头或目击者的话，凶手的身份就很难确定。不过，这种案件也有一个很容易想到的突破口，那就是死者的人际关系。以邱河的经验来看，刚刚他听到的这个案件很可能是仇杀，所以只要理清死者的人际关系网，便很容易锁定嫌疑人的身份。

想到这里，邱河便直接问道：“死者的人际关系呢？”

“哈哈哈，老邱你果然一下子就想到了。”还没等武辉回应，一旁的章奇就已经按捺不住，“我们自然也调查了死者高非的人际关系网，这才确定一个最有可能杀害他的嫌疑人。不然我怎么会来这里？”

“你是说这个嫌疑人在六芒星公司？”邱河的语气中不无惊讶。

“他只是恰好这个时间在六芒星公司罢了，并不是六芒星公司的员工。”

“顾客？”

章奇点了点头，接着说道：“我们仔细理清了死者生前的人际关系网，很快就发现一个具有强烈杀人动机的嫌疑人。该嫌疑人一周前因为和死者高非有财务上的纠纷，曾经扬言要杀了对方。一周后，高非遇害。”

“既然这样，那你们大可用协助调查的理由将这个嫌疑人带走就是。但我看你们现在搞这么大的阵仗，事情想必不会这么简单吧？”

“邱先生您说的是，我们来了之后，才发现事情并不是想象得那么简单。”武辉这时也说道，“我想您听到我接下来说的话后，想必就会了解我们的苦衷。”

武辉顿了一下，苦笑一声，接着说道：“嫌疑人案发当时正处在虚拟器中，并没有作案时间。”

7.

没有作案时间……听到这句话后，邱河不禁愣了一下。

小环被害的案子中，最有可能在虚拟器中杀害小环的嫌疑人刘坤也是没有作案时间。而且更重要的是，案发时他根本不在虚拟器中。而刚才出现的新案子中，唯一的嫌疑人竟是因为处于虚拟器中，才没有了作案时间。两者情况相同，原因却刚好相反。

“现在你理解我们要把沈总留在这里的原因了吧？”章奇说道，“刚刚我在沈总那里听说你也遇到了类似情况，总之案件的症结就在于这个虚拟器。我从警这么多年来第一次遇到这种情况，少见，少见……”

见章队连连叹息，邱河心里也是感慨不已。他自己心里何尝不是这样想。现在的科技日新月异，邱河总有一种稍不留神就会被时代抛弃的感觉。

感慨够了，章奇将目光转向一旁的沈万：“沈总，你就和我们说说吧，一个人如果在虚拟器中，那他能不能做到同时在另一个地方杀害另一个人。”

听到章奇的疑问后，沈万苦笑道：“章队长说笑了，您也知道，就算科技再怎么发达，一个人哪能够一心二用……”

“也就是说蔡晓是不可能在那个时刻杀害死者高非了？”

“蔡晓?!”

“对，嫌疑人就是这个名字。怎么，老邱你认识这个人？”面对邱河的奇怪反应，章奇疑惑道。

邱河当然认识这个人，而且还是刚刚认识的，就在虚拟器中，离现在不过一个小时而已。只是邱河怎么也想不到，那时在酒吧认识的这个人，竟会成为另一起案件的嫌疑人。邱河按捺住心中的惊讶，将今天来这里后的所有遭遇都说了出来。

“这么说，蔡晓和邹泰、刘坤都是同一个中级群的顾客？”听完邱河的讲述后，一旁的武辉忍不住问道。

邱河点了点头：“看来这两起案件之间必定有什么联系了……”

“这样小武，你帮我们把这两起案件的时间线都再理一下，看看能不能发现什么线索。”章奇吩咐道。

接到任务后，武辉开始在电脑前整理起来。五分钟后，他开口道：“现在我简单叙述一遍这两起案件的时间线。首先是虚拟器中一个名叫小环的AI于昨晚六点到七点在家中被害，嫌疑人是与死者有嫌隙的刘坤。但是刘坤当天只是于三点到五点在虚拟器中上线，之后便一直没有登录过，一直到第二天也就是今天中午十二点才再次上线。沈总，我说得没错吧？”

“没错。”沈万确认道。

“好，那我继续。刘坤在死者被害时有足够的不在场证明，他当时根本不在虚拟器中，自然不可能杀害只在虚拟器中存在的AI小环。”武辉顿了一下，看向在场众人，接着说道，“接下来就是高非被害的案子。高非于今天上午七点半到八点半被害于偏僻的星河公园，唯一有嫌疑的是一位名叫蔡晓的男子，但蔡晓却声称自己案发当时已经在虚拟器中，根本不可能有时间前去杀害高非。之后我们向沈总求证，蔡晓说得并没有错。”

“是的，我调查了虚拟器的在线记录。这位名叫蔡晓的顾客于今天早晨七点就已经登录虚拟器，一直到刚才下午四点半都在线。”沈万再度确认道。

“所以蔡晓根本没有杀害死者高非的时间，他在这个案子里同样也具有绝对的不在场证明。”武辉总结道。

“两个案子高度相似，又如此有关联，真是少见啊少见……”章奇再次感慨道。

“更重要的是，蔡晓和邹泰、刘坤都是虚拟器中同一个中级群的顾客。”武辉这时提醒道。

武辉的话让在场的人都沉默下来，一旁的沈万脸色也不是很好看。很显然，接连出现两个案子都与他的公司有关，不管是谁心里都会不太舒服。

“对了沈总，我有一些问题想要听听你的看法。”章奇这时突然说道。

“章队您说。”沈万立刻回应道。

“既然虚拟器成了我们这两个案件的关键点，那么我有两个问题。首先，登录你们这个虚拟器的话一定会在你们公司留下记录吗？另外，一个人能不能让自己伪装成上线的状态，其实他本人根本不在虚拟器中。”

章奇的疑问邱河同样想到过。刘坤是因为小环被害的时候不在线，但如果他曾经在那个时候偷偷登录过而不在六芒星公司留下记录，那么他就有机会杀害小环了。而蔡晓是因为高非被害的时候处于虚拟器中，所以不可能一心二用在现实世界中杀害高非。

听到章奇的疑问后，沈万神情一变，赶紧解释道：“我们公司虚拟器的安保等级十分高，可以抵挡住任何网络攻击。而且登录虚拟器的地方只有一处，那就是虚拟器接入大厅，通过那些服务舱。而且任何人登录后一定会留下上线记录，不可能存在隐瞒情况，更不可能出现伪装上线的情况。”

“好，有了沈总的保证，那我就放心了。只是……更让人头疼了啊……”章奇不无感慨地说道。

就在这时，一旁的武辉突然说道：“章队，我有一个想法，不知该说不该说。”

“犹犹豫豫，这可不像你的风格，快说吧。”章奇笑道。

武辉深吸一口气，之后用他那粗重的嗓音说道：“四个字——交换杀人。”

武辉的话让整个会客室都静默下来，众人看向武辉，一时竟没有任何人说话。几秒钟过后，章奇终于开口了。

“小武，你这个想法很好，能详细说说吗？”

犹豫片刻后，武辉开口道：“刚刚我也说了，虚拟器中一个名叫小环的 AI 昨晚六点到七点被害，嫌疑人是与死者有嫌隙的刘坤，但是刘坤却没有作案时间。高非于今天上午七点半到八点半被害，嫌疑人是蔡晓，但蔡晓同样也没有作案时间。表面上看来，这两人都不可能完成这两项不可能的犯罪。但实际上我们换一种思路，如果杀害小环的是蔡晓，而杀害高非的是刘坤呢？”

武辉顿了顿，看了众人一眼，接着说道：“刚刚我查了记录，昨晚在小环被害的六点到七点间，虽然最有嫌疑的刘坤并不在线，但蔡晓却刚好在线。而今天上午高非被害的七点半到八点半之间，最有嫌疑的蔡晓因为一直在虚拟器中没有作案条件，但刘坤却并不在线。而且刘坤和蔡晓都在虚拟器的同一个中级群，他们肯定本来就认识。更重要的是，因为在同一个中级群中，蔡晓也能遇到同一个场景中的 AI 小环，他完全有作案条件。”

“你是说他们事先商量好了，互相替对方杀掉与自己有仇的人？”章奇问道。

“目前看来这是最有可能的解释了。”武辉想了想，最终还是如此说道。

“老邱，你是什么看法？”

见众人将目光转向自己，邱河下意识地摸了摸额头。很快他就有了回应。

“小武刚才的想法确实很有道理，互相之间并没有矛盾，而且也能解释这两起案件。不过有一个地方，小武你刚才恐怕忽略了。”

“哪个地方？”武辉急忙问道。

“交换杀人，对双方来说自然是对等的。A 帮 B 杀了想要杀害的人，B 再帮 A 也杀了他想要杀害的人，并且帮对方制造不在场证明，这是交换杀人最基本的准则。但是这一切都需要一个前提——对等原则。我们现在遇到的这两起案子，一个被害者只是虚拟器中的 AI，而另一个被害者却是活生生的人。如果蔡晓是帮助刘坤杀害了身为 AI 的小环，那么刘坤就是帮蔡晓杀害了高非这样一个原本活生生的人。想必换作任何人，都不会做出刘坤这样的举动吧。”

邱河的话让在场众人沉默下来。尤其是武辉，他听到这番话后，更是叹了一口气，脸上展现出失望之色。

“这么说，我们又回到原点了啊……”章奇丧气地说道。

8.

从会客室出来后，邱河深深呼出一口气。虽说最后两个案子还是没什么头绪，但邱河并没有多少失落的感觉。只是会客室的空气有些浑浊，让他感觉不是很舒服，所以才在门外大口呼吸新鲜空气。

“老邱，接下来你打算怎么做？”

就在邱河放松的片刻，章奇走了过来。他的脸色不是很好看，看来案子遇到难点，他这个支队长肩膀上的压力也不小。

“饿了，先吃个饭再说吧。”邱河伸了个懒腰，直接说道。

没想到老朋友这样回答，章奇先是一愣，随后便笑了出来。正当二人准备往前走的时候，身后有一个人追了上来。

“章队长还有邱先生，如果不嫌弃的话，就在我们公司的餐厅解决一下晚餐吧。”沈万一脸诚恳地邀请道。

“既然沈总这么热情，那老邱你就留下来吧。队里还忙着案子，我得带他们回局里一趟，就不留下来了。多谢沈总好意。”

说着，章奇就带着武辉等人离开了。邱河本来并不想继续留在这里，但他还有一些问题要找沈万了解一下，于是点头答应了。

很快，沈万带着邱河来到餐厅。说是餐厅，其实并不是普通员工就餐的地方。看周围高档的环境布置，这里应该是公司高层就餐的地方。

也许是因为能邀请到鼎鼎大名的神探一起用餐，落座后，沈万显得十分高兴。他一边帮邱河打点着餐桌上的各种事情，一边介绍自己公司的各种业务。听了十几分钟之后，当沈万聊到虚拟器中模拟侦探项目时，邱河终于明白了，原来沈万是在这里等着他呢。

“邱先生，实不相瞒，我想请您当我们模拟侦探项目的代言人，不知您意下如何？”沈万一边帮邱河斟上红酒，一边说道。

见邱河久久没有回应，沈万放下红酒，又说道：“当然，如果您答应了，我们一定不会亏待您的。还有那个疯子邹泰，我也会替您打点一下，保证不让他再烦着您！”

“哦？看来沈总是觉得邱某解决不了这个案子？”邱河瞥了沈万一眼，细声说道。

“哪有哪有……这不是，这不是以防万一嘛！我还信不过鼎鼎大名的邱神探吗？”沈万赔笑道，“只是今天下午警方也掺和进来，这案子听起来水很深，怕是一时半会很难解决了……”

邱河注视着沈万那副笑里藏刀的模样，内心冷笑一声。邱河早就知道沈万一定不简单。别看他对任何人都客客气气，其实这种人才最难应付。邱河现在甚至有些怀疑小环这个案子是不是沈万背地里搞的鬼。为了将自己引来，他设下这个局，当自己进退维谷之际，他再以一副朋友的模样讨好自己一番。表面上是讨好，实际上却是赤裸裸的威胁，为的就是逼迫自己答应他接下来的要求。邱河神探之名深入人心，如果成为模拟侦探项目的代言人，背后的利益可想而知。

想到这里，邱河不动声色，只是淡淡地说道："一切都好说，不过现在我有一些疑问想要请教一下沈总，不知您是否有时间？"

"当然可以，邱先生有话直说，我定不瞒你。"眼见事情有戏，沈万高兴不已，他十分爽快地答应下来。

邱河看了一眼沈万，接着说道："今天我听说一件事，小环这样的案子，以前也曾发生过。不知道沈总对此有何评论？"

"这……"根本没想到邱河会说出这样的话，沈万顿时愣在那里。过了一会儿，他才继续开口。

"不知道邱先生您是从哪里听来的。确实，只是那件事已经过去半年。而且……而且那件事早就被定义成意外，那个AI只是因为程序紊乱，不小心从高处跌落下来摔死罢了。至于有人谣传那是谋杀，只是一些捕风捉影……"

"难道不是因为没有邹泰这样的疯子，所以你们才大事化小，小事化无吗？"

"哈哈，邱先生说笑了……没有的事，我有必要骗您吗？对了，快将拿手菜端上来，别怠慢了邱先生！"沈万向身旁的侍者吩咐道。

邱河一直在观察沈万，刚才面对自己的讥讽，沈万丝毫没有表露出任何恼怒的意思。既然这样，那也不好继续打破砂锅问到底。所以，他打算提另一件事。

"沈总，关于今天的两件案子，邱某还有一种想法。只是想法还不成熟，所以刚刚在搜查会议上没有说出来。现在我想请沈总指点二。”

“指点不敢当，沈某虽不才，若是可以帮邱先生一二，那可万分有幸了。”也许是有了刚才的敲打，此时沈万毕恭毕敬地附和道。

看到沈万的反应，邱河笑着说道：“沈总不必过于拘谨，我这个想法也很不成熟，就怕让您见笑！那我就直说了。刚刚在搜查会议中，小武说了一个很有意思的想法——交换杀人。这个想法本身很好，只是有一些致命的缺点，所以最后被我驳回了。但后来我又有了一个想法，或许可以解决之前那个问题。”

“哦？邱先生既然有了想法，那快请讲！”沈万兴奋地说道。

“我之前说了，交换杀人，对双方来说自然需要对等。只是今天的这两起案子，一个被害者是虚拟器中的AI，另一个被害者是活生生的人，所以才造成了不对等的情况。如果刘坤帮蔡晓杀害高非这样一个活生生的人，而蔡晓只是帮刘坤杀害身为AI的小环，那这是一笔不对等的买卖。但是如果我们换一种想法，假定杀害高非的凶手就是蔡晓本人，而杀害小环的凶手是刘坤呢？”

“但是……他们两人不是都因为虚拟器，所以才都没有作案时间吗？”沈万指出了这一关键之处。

“不不不，正是虚拟器帮了他们。”邱河十分认真地说道，“小环被害的时候，刘坤真的不在线吗？高非被害的时候，蔡晓真的在线吗？”

“邱先生，你这是什么意思……”

“我的意思很简单，小环被害的时候，记录虽然显示刘坤不在线，但蔡晓却是在线的。如果那时登录蔡晓账号的是刘坤呢？而另一边，高非被害的时候，记录同样显示刘坤不在线，而蔡晓在线，但如果此时登录蔡晓账号的是刘坤呢？”

“你的意思是……他们互换了身份?!”沈万大惊失色地喊了出来。

“所以我想问一下沈总，这样的操作有没有可能？”

“这个……我得问一下工程师才能知道。你等一下……”说着，沈万掏出手机，拨通了电话。

刚才这个想法邱河早就已经有了，只是他自己也不知道究竟可不可行。思前想后，邱河也只得出了这唯一可行的想法。很简单，既然刘坤帮蔡晓杀害高非和蔡晓帮刘坤杀害小环是不对等的，那只要让刘坤和蔡晓的身份再调换一下就可以了。

昨天小环被害的六点到七点之间，登录蔡晓账号的其实是刘坤，但记录显示的是蔡晓在线。之后化身蔡晓的刘坤找到AI小环，将其杀害后离去。由于有了虚拟器不在线证明，他就有了摆脱嫌疑的理由。另一方面，今天上午七点半到八点半高非被害的时候，登录蔡晓账号的也是刘坤，营造出蔡晓在线的假象。而真正的蔡晓这时已经在公园中接近高非，将高非杀害后立刻逃遁。由于有虚拟器在线的不在场证明，蔡晓也有了摆脱嫌疑的理由。

更重要的是，这样的做法避免了交换杀人的不对等。杀害小环的是刘坤本人，杀害高非的也是蔡晓本人。如果杀害高非的事情败露，刘坤顶多也只是从犯而已，风险显然低了许多，不对等的情况几乎完全被扭转过来。只是邱河并不清楚他刚刚提的这个方法究竟可不可行，所以才借晚餐的机会向沈万打听。

这时，沈万打完了电话。

“邱先生，刚刚我问了工程师，他们也不确定您刚刚说的这个方法能否施行，还得讨论一下。我想明天应该能给您一个确切的答复。”

“不急不急。来，我们先吃饭。”

了却这几件事之后，接下来的时间两人都在安安静静地吃着各自的晚餐。就算有些聊天，也都是一些不痛不痒的小事。

就在晚餐即将结束的时候，邱河收到了章奇的一条信息。看完这条信息的邱河直接叹了口气。因为这条信息几乎推翻了他之前所有的猜测。

信息上写着今天上午七点半到八点半的时候，刘坤虽然没有登录虚拟器，却一直在家休息。他们家的监控清清楚楚地记录着发生的一切。也就是说，除了蔡晓之外，刘坤也确实没有作案时间。

如果两人同时都没有作案时间的话，不管是交换杀人，还是身份替换，都没有任何意义。离开前，邱河对沈万说了一句话。

“刚才说的这件事，你就当没听过吧。接下来我要好好冷静冷静，如果有新的发现，我会直接联系你。”

9.

一冷静，就冷静了将近一周。一周内，邱河虽然偶尔也会外出调查，但更多时间还是待在自己的屋子里。他思考了很多种可能性，但最后均被一一排除。

能杀害小环的只有可能是邹泰所在中级群的几个人。然而一番调查后发现，当天小环被害的时候，五人中只有蔡晓一人在线，但蔡晓又完全没有杀害小环的动机。高非被害一案也是如此，虽然在死者的人际关系网中找到了一些与高非有嫌隙的人，但都没有作案时间，包括最有嫌疑的蔡晓。不管邱河假设哪种可能性，最后都会被接连出现的新证据推翻。久而久之，邱河觉得自己遭遇了从业以来最大的危机。

期间，沈万也多次联系过邱河，每次除了询问最新进展外，都会顺带着提一下邀请邱河做代言人的事，不过都被邱河毫不犹豫地拒绝了。除了邱河之外，章奇也顶着巨大的压力。相比邱河，章奇面对的可是一桩实实在在的命案。一周都毫无进展，局里上下面临着巨大的考验。

这天，已经把自己锁在家整整两天的邱河决定放松一下。他带上久未使用的渔具，准备去河边钓个鱼。也许放空一下会有新的思路也说不定。就在邱河带着渔具驾车到达河边时，他接到章奇的一个电话。

邱河接起电话，电话那头响起章队如狼吼般的声音。

“老邱，我们抓到嫌疑人了！我们抓到了！哈哈，果然得来全不费工夫，没想到这小子藏得这么深！老邱，你有时间过来一趟，我好好请你吃一顿羊肉火锅！”

章队的声音十分兴奋，邱河明白他兴奋的原因。对章队来说，一周的煎熬一下子得到释放，会这么高兴也属正常。邱河打心底替章队高兴，虽然他自己的案子还没破。

之后章队在电话里又简单叙述了一遍抓捕前后的情况。原来通过仔细调查走访，警方最终还是找到了一个案发时刚好在公园的目击证人。目击证人虽然没有看清嫌疑人的长相，却提供了有用的线索。通过这些线索，警方不懈努力，最终抓获了犯罪嫌疑人。

“老邱，我们正在审这个犯人呢。这个家伙嘴巴可紧了，一直狡辩说不是自己干的。不过他当我们警察都是一群吃干饭的吗?！当我们把证据一一摆在面前时，他立刻吓得尿裤子了。哈哈哈！”

听着章队电话里的那股高兴劲，邱河也露出微笑。

“虽然抓到了这个家伙，不过还是有一个问题要解决一下。我们前前后后查了许久，但真的没有发现他和死者高非有什么关联。他们根本就不认识，当我把高非的照片摆在他面前时，他甚至问我们这是谁。不过所有证据都摆在面前，他就是不承认也没用！对了老邱，你那边怎么样了？AI 谋杀案调查明白了吗？”

“这个……还需要一些时间。”

趁着这个机会，邱河本打算就案件的一些疑问和章队讨论一下。可正当邱河准备开口时，电话那头却突然传来了章队的怒吼声。

“什么？你说抓到的那个家伙凭空消失了?！怎么可能！快找，快！”

电话里传来一阵嘈杂的声音，随后电话就被挂断了。

邱河放下手机，直愣愣地站在那里。他看着空荡荡的河面，脑子里一片空白。许久之后，邱河抬起双手。他看着自己这双饱经风霜的手掌，深深地叹了口气。

“难道这就是世界的真相……”

另一个我

备忘录——4 月 17 日

从今天起，我要开始写备忘录了——不，准确地说应该是我们。

早在四年前，我就计划拥有一个和我一模一样的克隆人。这还得多亏时代进步还有科技的发展，之前严格控制的克隆人研究政策前几年终于有所放宽。五年前，李氏集团率先推出“双胞胎”计划，申请这项计划的每个人都能拥有一个和自己一模一样的克隆人替身。区别于初始的人体重塑技术，这项计划的进步之处在于，克隆人替身可以和本体同时存在。

那时虽刚入职场不久，但从小就对克隆人充满好奇的我最终还是下定决心加入这项计划。得益于“双胞胎”计划的分期付款制度，从我加入计划的那一天开始，我一直省吃俭用，几乎将自己的所有积蓄全都投入这个项目。接下来的十年时间，我要持续为这项计划投入资金，好消息是——就在今天，你被送到了我的面前。

作为我的克隆人，你在苏醒的那一刻，就已经被植入了我的记忆，所以你肯定早就了解我刚刚说的那一切。但为何我还会再重复一遍呢？这应该还是我作为一个编剧的习惯吧。我时常幻想着，也许十年后、二十年后，我们留下的这些备忘录能有机会出版，好让所有人都看到。那么一本书定然需要一个开头。既然这样，我自然要将事情的前因后果都解释清楚，读者才不会疑惑。这是编剧兼作家的责任。

进一步思考，我们为何要留下这些备忘录呢？原因很简单，不是想留，而是必须留。虽然“双胞胎”计划让我们可以拥有一个克隆人替身，但针对克隆人的限制仍有很多。其中最重要的一项就是克隆人不能拥有完全独立自主的身份。也就是说，“双胞胎”计划生产的克隆人只是本体的附属，拥有的也只是本体的身份。因此，为了进一步保证社会秩序，必须制定一项限制克隆人使用的规定——克隆人与本体不能同时处于清醒状态。也就是说，一个人的身份只能由一个“人体”代表——克隆人或本体，不能出现同时有两个“人体”代表同一个身份的情况。所以我们必须通过备忘录提醒对方已经做的和将要做的事情。

既然本体和克隆人不能同时清醒，那“双胞胎”计划的意义是什么？原因很简单——为了缩短睡眠时间。正常人一天要睡七到八个小时，即便在科技如此发达的今天，也没法改变这一规律。有了克隆人替身之后，在我们睡觉的这段时间里，克隆人替身就可以替我们做很多事。更重要的是，克隆人替身有我们以往的全部记忆和思维方式，完全可以保证我们各项工作的顺利进行。公平起见，我将我俩的作息时间都调整为十二个小时。也就是说我们各自都有十二个小时的清醒时间和十二个小时的睡眠时间。

虽然身为克隆人的你完全复制了我的所有意识，但从你苏醒的那一刻开始，你已经是一个独立个体了。今后的所有事都需由我们共同努力。为了进一步保证工作的连续性，我在沉睡前都会留下当天的备忘录。备忘录上写有今天已完成及未完成的工作，希望你能更好地适应。

为迎接你的到来，我忙了整整一天，今天并没有什么重要的事需要记录，那我就写到这里了。

另一个我，让我们一起加油吧！

备忘录——4 月 18 日

另一个我，我看到你留下的备忘录了，写得真好。哈哈，这样说是不是同时也在夸奖我自己，毕竟你是另一个我嘛。好了，废话不多说，谈一下今天的任务。

今天一醒来，我就看到电脑桌上你写好的剧本。没想到你能写得这么快，几乎是我平时写作速度的两倍。你知道吗，这种感觉很奇妙，就像是看一个陌生人的作品。但其实这就是“我”的作品啊！所有的想法、所有的构思，都是我脑袋里早已想好的。这种感觉怎么描述呢，就像是睡了一觉，然后发现自己梦到的东西全部变成了现实。

没错，另一个我，是你将它们都变成现实了。

看到躺在休眠仓中和我长得一模一样的你，有时我会产生一种错觉——我真的存在吗？也许躺在那里的才是真的我，站在这里的我只是一个幻象。很可笑是吧？明明是我将你带到了身边，可我却有这种奇怪的想法。还好这种想法转瞬即逝。

好了，我们还是谈正事吧。刚刚我浏览了一遍你写好的剧本，我又稍稍修改了一些，然后接着写下去了。还好，今天我的状态也不错，写了不少。虽然不及你在同时间内写得多，但至少超过了我的平均水准，我已经很满意了。

其他的话我也不多说了，相信你醒来看过我写的部分，应该能知道接下来的剧情是什么。

晚安。

备忘录——4 月 23 日

这几天我们的配合真是天衣无缝呢！

原本预计还要好几个星期才能完成的短剧剧本，我们一个星期内就已经完成初稿了。今天敲完最后一段对话后，我叫上几个朋友去了常去的酒吧，直接大醉一场。可惜你不在，不然我一定要将你介绍给朋友们……

不对，你本来就是“我”嘛……看我这脑袋，一喝多就晕晕乎乎的，脑子也不听使唤。不过我今天真高兴！明天醒来你也不要亏待自己，反正工作已经完成得差不多了，你也可以尽情放松一下。

好了好了，我先休息了。对了，有件事差点忘记说了。明天上午九点有个水管工要来检修管道，你记得接待一下。

备忘录——4 月 25 日

我查了一下这两天的消费记录，另一个我，你根本就没有出去嘛……我知道你可能对自己克隆人的身份感到些许在意，但我想让你知道的是，这根本不算什么。

对我来说，你根本不只是“替身”，更是我的朋友。这种说法听起来很怪，但我确实就是这么想的。我们在同一个房子里生活，一起努力工作，这不就是亲密无间的朋友间的感觉吗？所以，我们当然要一同分享朋友间的快乐。作为一个朋友，我“命令”你，一定要出去放松一下。

刚刚我已经将这个短剧剧本修改好发给对方了，他们说看完之后会联系我。所以说这几天我们应该没什么其他的工作，另一个我，抓紧时间放松哦！

备忘录——4月29日

太棒了！刚刚我收到制作组的消息，我们的剧本通过了初审。我就说嘛，这应该是我最近写得最好的剧本了，怎么会通不过！最重要的是，这是咱们两个一起努力的结果，事半功倍这个词用在这里最合适不过了。

不过还有一些需要修改的地方，制作组会派一个工作人员过来和我见面详谈，约定的时间是明天下午三点，刚好是在我清醒的十二点到二十四点之间，所以就由我出面了。另外，今天我又收到一个导演的邀稿消息，是一部电影的剧本，原作是一部悬疑小说。这部小说我没看过，具体怎么样由你来把关吧。

备忘录——4月30日

和制作组派来的工作人员谈得非常顺利，都是一些小问题，稍微修改一下就行。而且你肯定猜不到，制作组派来的是个很漂亮的女孩，开始我还吃了一惊。好在最后我们谈得还算愉快，还一起吃了晚餐。

对了，那部悬疑小说你看了吗？我看你今天的备忘录里没有提，如果改编难度不大，对方给的条件也不错的话，我就接下来。

备忘录——5 月 7 日

今天我也抽空看了那部小说，内容不错，改编出来效果应该会非常好。看来我们的眼光还是一如既往地相似。如果对方没有其他要求，我想我们也可以着手进行改编了。具体怎么改，这两天我们都想一想，之后再在备忘录里讨论讨论。

另外我看到你在备忘录里写的留言了。聚会的时候，我那群朋友看到你，没有感到奇怪吧？毕竟你是我的克隆人替身，各方面都和我一模一样，他们不可能发现。我也觉得这种事不说出去比较好，毕竟现在这类新兴事物还没有推广开，很多人对此都不理解。能少惹一点麻烦自然更好。

还有一件事，今天我又见到了上次来谈短剧剧本的女孩。虽说是工作上的一些小事，不过最终我还是决定主动约她。她叫欣欣，如果她刚好在你清醒的时候联系，另一个我，你帮我留意一下。

备忘录——5 月 13 日

看来我们还是很难在剧本的改编方向上达成共识，这样下去也不是办法。还剩不到两个月的时间，我们必须拿出初稿。

这样吧，这次先按照我的想法进行改编，下次的剧本再按照你的想法来。反正我们本来就是同一人，不分彼此，何必这样争吵？刚刚我已经写好一部分大纲，主要剧情还是贴合原著，剩下的要点你就按照我之前在备忘录中提到的补上就行。

另外，我还想问一下，这段时间欣欣有联系你吗？我有点着急。

备忘录——5月14日

没想到我才刚问你，欣欣今天就联系我了。我们一起吃了晚餐，很开心。另一个我，你应该已经察觉出来了吧，我好像有点喜欢上她了。

从看见她的第一眼，我就确定她是我喜欢的类型。随着之后的交流，我发现她的性格也很不错，是我能合得来的那种。第一次见面后的那几天，我的脑海中总是会突然闪现她的身影。我忍着不看手机的冲动，但心里却一直想着她。

直到后来她主动联系了我。在手机消息栏里看到她头像的那一刻，我感觉整个人都震住了。我鼓起勇气，再次约她出来。在消息发出等待回复的这段时间里，我的心狂跳不止。我不害怕她拒绝我，而是怕她会因为我的唐突而厌恶我。如果让她觉得我是一个轻浮的人，那我真的是冤枉至极。

当我看到她对我的邀约给出肯定的答复时，我简直高兴得快要跳起来。那天见面我们只是谈及一些工作上的琐碎小事，但对我而言却迈出了一大步。我能感觉到，她对我也有好感。分别后，我们还约定以后要经常联系。只是我没想到，之后的一周她一直都没联系我。

直到今天，我终于收到她的消息。她解释说这段时间比较忙，短剧已经进入后期制作，马上就要开播。今天她好不容易挤出时间和我见个面。再次接到消息的我当然十分激动，当即就订了餐厅。

这次见面的过程我就不详说了，总之我们聊得挺愉快。另一个我，我觉得和她应该有很大概率能更进一步，你觉得呢？

备忘录——5 月 23 日

另一个我，谢谢你这段时间给我的鼓励还有各种帮忙。要不是你，我恐怕也没办法应付这么多事。

首先是电影剧本，虽说这次是按照我的想法进行改编的，但基本还是由你主导，这样我也省去了很多麻烦。我能将更多心思放在照顾生病住院的母亲身上。这一周多的时间里，我每天都要去医院看望母亲，虽然也可以让你代替我去，但我总觉得这样不好，有一种欺骗母亲的感觉。

啊，另一个我，你知道我不是这个意思。我一直都把你当朋友看，你是我的替身，更是我最好的伙伴，由你去照顾母亲，我当然放心，母亲也不会发现什么。但如果真的这样做，我心里总是有些过意不去。就好像是我在母亲面前，使用了一些小伎俩占了便宜一般。

另一个我，希望你能理解我，我也由衷感谢这段时间你对我的帮助。

备忘录——6 月 2 日

母亲终于康复出院了，这应该是我这段时间最高兴的事了吧。另一个我，多亏了你，我才能抽空去照顾母亲。

送母亲回家后，欣欣联系了我。她抱怨我这段时间为什么没有找她，我这才向她解释了缘由。另一个我，你知道我是一个最不喜欢给别人添麻烦的人，所以母亲生病的事我并没有告诉欣欣。这段日子为了多花时间照顾母亲，我很少联系她。当接到她的电话时，我本以为她会生气，可没想到她并没有，反而夸赞我做得很对，并且还为自己一开始的鲁莽道了歉。

今天，我们在时隔半个多月后又一起吃了晚餐。再次见到欣欣，我竟有种好几年没见她的错觉。在医院照顾母亲的时候，我的心思全放在母亲身上，那时我的脑子里什么都没想。然而当母亲出院，我身上的所有压力全都卸下时，思念便如潮水般向我急速涌来。晚餐时我喝了一些红酒，借着酒劲，我向欣欣表白了。

当时的我脑子一片空白，连自己说了什么都不知道。直到欣欣握住我的手，略显激动地看着我，我才清醒过来。我表白成功了！

另一个我，现在我的心情十分激动，就连打字的手指都是颤抖的。也许人生就是这样，大起大落之间才能感受到美好。

晚安，另一个我。

备忘录——6月15日

关于最近的剧本创作，有一句话我不得不提，另一个我，你最近写的东西似乎偏离了我们最初的大纲。

我知道你可能对我一开始的独断专行有所怨言，但既然大纲已经敲定，而且你之前也同意按照目前的大纲进行写作，我们就应该一直这么写下去。如果你非要中途改变路线，坚持按照自己的想法写，这对我们目前的剧本改编没有丝毫益处。

我希望你能明白我的意思，不要再固执己见了。

备忘录——6月16日

另一个我，我已经看过你今天留下的备忘录。说实话，你的想法令我很失望。你说我们可以分别按照各自的想法写下去，写完之后再一起提交给制作组评价，谁写得好就选谁的。我不知道你写下这句话的时候是不是意气用事，如果这真是你心中所想，那我只能说你这种想法大错特错。

一方面，我们只剩半个月的时间写剩下部分的剧本，虽说内容不多，但却关系到整个故事的高潮，我们必须专心致志把这部分写好才行。我知道你对自己的想法很有信心，但如果我们分开来写，势必会拖慢进度，吃力不讨好。另一方面，最近我有相当一部分时间花在和欣欣的约会上，这正是你最应该帮助我的时候，可你现在却像一个孩子似的撒脾气，我觉得这样十分不好。你要明白，你是我的克隆人替身，你应该时时刻刻站在我的角度考虑，而不是任意妄为。

另一个我，希望你能想清楚。

备忘录——6 月 20 日

好吧，另一个我，我明白你的意思了。既然你这么坚持，那这次我就让步一下。我同意按照你的思路写接下来的剧情，而且我也会尽量配合。离截稿日期只有十天了，我们不能再这样争论下去。

今天要完成的部分我已经写好，你醒来后可以查看一下。希望在我们的默契配合下，能够按时完成这个剧本。

晚安，另一个我。

备忘录——7 月 2 日

另一个我，没想到我们紧赶慢赶写出来的剧本，竟真能得到导演组的认可。虽说当初是你不按计划来，但现在的结果倒还不错，我原谅你之前的行为了。不过下次可不能再这样，我们从事文字行业的，一定要按计划办事。

我们也应该好好庆祝一下。今天我约了欣欣一起吃饭，现在有些累了，实在没力气再去和那群朋友疯。另一个我，这次也由你代替我去吧。我们已经约好了地点，就是上次的酒吧，你醒后直接去就行。

另外还有一件事我想问你，另一个我，你是不是有些讨厌欣欣？今天上午欣欣发消息给我，你本可以模仿我的语气回复一下，或者干脆不回复等我清醒之后再说，但你为什么回了一句让欣欣感到生气的话？如果你是对我之前独断专行的表现感到生气，大可以对我发火，不必牵连欣欣。如果你确实讨厌欣欣，我也不知道该说些什么。我只是想让你记住，你是我的克隆人替身，不应该做违背主人意愿的事。

备忘录——7 月 10 日

另一个我，也许我最近对你的态度确实有些差，在此我向你道歉。

你不光是我的克隆人替身，还是我最亲密的朋友。最近也是因为和欣欣闹了一些矛盾，我才心情不好，迁怒于你，非常抱歉。至于为什么和欣欣闹矛盾，其实都是一些鸡毛蒜皮的小事，我也不想多说。女人就是这样，经常会抓住一些不痛不痒的小事大做文章，其实我根本没有她脑子里杜撰的那些想法。

和欣欣刚认识的时候，我本来以为她是特别大度的女人，但现在看来，她和我以前认识的那些女人没有两样。如果她最近还联系你，不要给她好脸色。不过这个我倒也放心，毕竟你本来就看不惯她。现在看来，你一开始的看法是对的。对我说实话，另一个我，你是不是从一开始就看穿了她的真面目？

哈哈哈，如果真是这样的话，说明我已经被爱情蒙住双眼，这才没有看清事物的本质。另一个我，你本来就是另一个我，站在旁观者的角度自然能看清她的真面目。想到这里，我的心情多少也舒畅了一些。

好了好了，我休息了。晚安，另一个我。

备忘录——7 月 16 日

另一个我，我现在甚至有些怀疑自己的判断了。那个女人怎么还在纠缠我，我明明已经和她说了要分手，她还纠缠不清，让我负责。我又没干什么，凭什么要负责？真是个没脑子的怪女人！

好了，不说这个，提起这个就生气。明天还有一件重要的事，可不能出差错。另一个我，从你来到我身边开始算起，已经整整三个月了。按照“双胞胎”计划的要求，每隔三个月，参与这项计划的人都要再去一下总部，对本体和克隆人替身实施记忆清零。

“清零”自然不是将我们这三个月的所有记忆消除，而是有选择性地替换。这个步骤十分重要，是整个“双胞胎”计划中不可或缺的一环。正常来说，从我们得到克隆人替身的第一天开始，克隆人替身虽然有着和本体一模一样的记忆和行为。但随着时间推移，二者之间的差别也会越来越大，这样就会不可避免地导致本体和克隆人替身之间的矛盾冲突升级。

另一个我，现在你应该清楚了吧。之前我和你之间因为剧本创作理念不同有了不小的摩擦，原因就在于此。如果时间继续推移，即便思想完全一样的两人最终也会形同陌路。“双胞胎”计划设立之初的目的就是让克隆人替身和本体充分协调合作，以发挥最大价值。如果放任不管，岂不是背离初衷？为了避免这种情况的发生，每三个月就要进行一次记忆清零。

通过记忆清零，克隆人替身可以和本体重新获得完全一样的记忆，如此一来矛盾也会消除。而记忆清零过程中选择哪一份记忆，完全由本体做出判断。虽说这样对克隆人替身多少有些不公平，但世上本没有绝对公平的事。况且克隆人替身原本就没有完全独立自主的人格，为了让这个项目得以延续，只能如此决定。

不过另一个我，你不要担心。你是我最亲密的朋友，我会尽量公平。明天的记忆清零，我会选择随机留存，无论我们二人中谁的记忆得到保留，双方都没有怨言。这是对另一个我负责，也是对自己负责。

另一个我，请你相信我。

备忘录——7月17日

没想到最终还是我的记忆被保留下来了。另一个我，真的十分抱歉。

当我再度醒来时，甚至有一种错觉，一种死而复生的感觉，我不确定自己的记忆是否能够保留下来。如果没有保留，是不是意味着以前的我已经“死”了？幸好醒来后的我仍然拥有原本的记忆，我还“活”着。

在记忆清零之前，我甚至一度有另一种想法，要是我的记忆被清除就好了。这源于我的一个小算盘——一直纠缠我的欣欣。面对她的纠缠，虽然我早已提出分手，但在她的穷追猛打下始终不能下定决心。每次听到她那像是要哭出来的声音，我的心就软了。但我知道，我们不可能继续下去，因为彼此的性格并不合适。就算这次和好，那下次呢，我能继续忍受下去吗？这是一个无止尽的黑洞，一旦跌落绝无生还可能。我想狠下心果断拒绝她，但光凭我自己显然做不到这点。

但是另一个我原本就讨厌欣欣，如果记忆清零之后，我的记忆被他代替，这一切就都可以解决，而我也可以从此走出这个泥潭。可惜我的一番谋划最终落空了。现在的我仍然“活”着。

当然，另一个我也在，只是换成了你。你是我的新伙伴。

接下来的三个月里，我们一起加油吧！

备忘录——7 月 25 日

另一个我，有了之前的经验，现在我们的合作明显比之前更加顺畅了。本来我觉得这个公益广告剧本还得花上几天才能搞定，没想到两天就完成了。真是意想不到的收获！

当然，还有另一件喜事。你猜是啥？哈哈，你肯定猜不到。我们接到新的剧本啦！这次是一个网剧剧本，别看是网剧，投资可不少。我私下问了对方，因为我们上次的电影剧本得到了资方好评，这才有了这份新工作。这次我们更得抓紧，如果完成得好，我们也算进入一线编剧的行列了。

剧本我已经接下，工作量比较大，不过这次我们有半年时间慢慢打磨，时间应该够。所以这次我们一定要齐心合力把这个剧本做好。有时我会想，如果我们能够同时苏醒，另一个我，我一定要好好请你喝一杯！

好了，正事说完，我还有一件私事要问你。欣欣最近还联系你吗？前几天她还寻死觅活，这几天不知为何突然安静了。她不会出了什么事吧？当然，我并不准备和她复合，只是纯粹担心她罢了。她年纪还轻，如果一时想不开，那可就不好了……

如果你知道什么，请一定及时告诉我。

备忘录——8 月 9 日

这几天真是越来越热，不过还好我们的剧本进度不错。没想到这次我们的想法出奇一致，剧本的总大纲在几乎没有分歧的情况下完成了。接下来是分集大纲，相信我们应该也能顺利完成。

还有欣欣的事，今天我去制作公司时，偶然间听到一个人提起欣欣的名字。我下意识停下来听了一会儿，才了解到事情的来龙去脉。原来欣欣好像已经找到新的男友，她的同事在商场碰巧看到两人一起购物的背影。听到这个消息时，我一方面放下了心，毕竟欣欣没有出事。另一方面也有些吃醋，没想到欣欣竟然早我一步找到新的伴侣。看他们一起逛商场的样子，现在应该正在蜜月期吧。也许这就是老天爷对我的惩罚，谁让我当初狠心抛弃了她呢？

另一个我，很想听听你的看法。

备忘录——8 月 20 日

另一个我，恕我直言，我们最近的剧本进度有些慢，如果继续这样下去，恐怕很难在半年内按时完成任务。

你应该十分清楚，问题的主要原因在你。我发现最近这段时间你每天只能完成不到一半的额定任务，虽然你解释说最近状态不好，但我还是有些疑心。不是我不相信你，实在是我有些着急，因此今天我特地查看了最近半个月信用卡的消费记录。

消费记录显示最近这些天里，你有为数不少的消费，而且很明显超出一般的消费水平。另一个我，你作为一个独立人格，我无意干涉你的生活。但我想让你知道，现在确实不是娱乐的时候，工作更要紧。

你要知道，为了得到你这个克隆人替身，我花费了很多积蓄参与“双胞胎”计划，甚至接下来的十年时间我都要一直偿还相应的债务。所以我们每次接到的剧本任务都不容有失，更不能出现延期交付的情况。如果不能按时偿还贷款，你也会被公司收回，进而销毁。我想你不希望看到这种情况发生吧？

另一个我，我不是在威胁你，只是作为一个好朋友奉劝你。至于听不听得进去，那就看你自己的想法了。

等待你的回复。

备忘录——9 月 5 日

另一个我，自从你改正错误后，我们的进度明显快了很多，而且比我想象中的还要快。看来“双胞胎”计划的承诺并不是虚言。如果按照现在的进度，我想不用半年，四个月就能搞定。

今天我去了一趟公司，简单汇报了目前剧本的进展。制作方对我们的进度很满意，而且他们还答应我，如果我们顺利完成这个剧本，他们还会介绍一个更重磅的导演给我们认识。另一个我，当我听到这个导演的名字时，简直兴奋得说不出话来。以往和这个导演合作的可都是国内超一流的编剧。既然制作方给出这个承诺，说明他们信任我，所以我们也必须拿出更好的成绩证明自己。

另一个我，接下来我们可要更努力了。一起加油！

备忘录——9 月 17 日

最近剧本的进度很不错，按照这种状态持续下去，我们应该能提前完成。

只是有一个问题一直困扰着我。另一个我，不知道为何，最近我总是感觉很困。有时正坐在电脑前写着剧本，莫名其妙就睡着了。等我醒来，已经过去了好几个小时。这也是最近我这边进度拖慢的原因，多亏你加了把劲，这才替我将拖慢的进度拉回。

我想可能是因为我最近太过紧张，用脑过度导致的吧。明天我去医院，看看能不能找到解决办法。所以明天我大概只能完成一半的额定任务了，在这里提前向你道歉。

另一个我，希望你能理解。

备忘录——9 月 25 日

自从去医院拿了一些药后，现在情况好多了，多少也能赶上进度。只是有时还是会突然感觉很困，一下子迷糊起来，可能你想象不到。

今天我又去了一趟医院，问医生我是不是得了嗜睡症。医生否定了我的看法，只说是压力太大导致的。他让我休息一段时间，症状自然会消失。医生说的这些我自然明白，只是现在剧本创作已经到了关键时期，这时候停下来肯定会拖慢进度。

另一个我，之前我因为你拖慢进度责备过你，这次我自然不希望因为自己的特殊状况影响全局。所以我会撑下去，还有两个月，我们的剧本就会完成，到时我再休息。这种病没什么大问题。

备忘录——10 月 3 日

今天我开车去超市时，路上差点睡着，还好当时是在等红绿灯，被其他车的喇叭声一吵，立马醒了。

这让我后怕不已，如果当时我不是在等红绿灯呢？如果我是正常在路上行驶的话，发生这种情况，肯定会出车祸……

另一个我，我感觉这个病不能再拖下去了，否则我会死的。可是如果我停下来休息，又会拖慢剧本进度，这也是我不愿看到的。

另一个我，想听听你的看法。

备忘录——10 月 4 日

看到你的备忘录留言，我大概也知道你的想法了。好吧，看来我只能咬牙坚持下去。毕竟只有两个月，我想我应该可以坚持下去。

我听从你的建议，为了避免危险，这段时间就不出门了。去超市购物的事，就由你代劳吧。

今天的剧本任务我也会按时完成。加油，我们一定能成功！

备忘录——10 月 10 日

另一个我，再过一周又到记忆清零的时间了。最近我的状态很不好，所以我在考虑这次要不要选择保留你的记忆，这样之后也能以最好的状态顺利完成接下来的剧本创作。

另一个我，你是什么想法？

备忘录——10 月 11 日

另一个我，看到你的备忘录留言了。看来这次我们的想法很一致。

只是为了以防万一，今天我特地咨询了“双胞胎”计划的工作人员。他们说保留克隆人记忆的做法当然可以，但是肯主动这么做的客户十分稀少。毕竟这么做就相当于自我了断。

后来我又想了想，如果我选择自我了断，是不是也是对自己人格的不尊重。本体和克隆人替身就像一个二元世界，这两个世界不断纠缠、不断替代、不断重生。它们代表同一个起始条件下的不同可能性。就像你和我，现在既有很多相同的地方，也有很多不同的地方。这不是一件很奇妙的事情吗？

所以我想了很久，最终还是决定采取和上次一样的做法。这次记忆清零也是随机保留一个人的记忆。如果保留了你的记忆，那当然是最好的结果。如果保留了我的记忆，那就当运气不好吧。这是最公平的解决之道。

希望你能理解，另一个我。

备忘录——10 月 12 日

很高兴你能理解我的想法，这样我也能放下心中的愧疚。毕竟上次记忆清零中被消去的就是你的记忆，这次希望能够轮到我吧。

还有一件事，我也想跟你提一下。今天的剧本任务完成之后，我收到一条信息，是欣欣发的。我已经很久没和她联系了，不知道此时她联系我是为何。她说明天想和我见一面，有要事相谈。而且她定的时间是明天下午，也就是正好处于我清醒的十二小时中。

对我来说，我也想再见她一面，毕竟当初我对她不算好。现在她既然想见我，我自然不好回绝。所以我决定明天去见她一面。

另一个我，明天的剧本任务就交给你了。麻烦了。

备忘录——10 月 14 日

实事速递

据各方消息，昨日本市著名青年编剧李和楼因车祸去世，年仅 27 岁。车祸原因目前仍在调查中，不过有线索显示，李和楼生前因工作压力大经常出现突然昏厥的情况。此次车祸可能与李和楼驾车过程中突然晕厥有关。

李和楼生前曾有多部作品反响巨大，被誉为当代编剧界一颗冉冉升起的新星。他的猝然逝世令人惋惜，还望广大青年同胞适时休息，不要为了工作罔顾健康。

据悉，李和楼生前曾参与李氏集团推出的“双胞胎”计划，该计划旨在为每一个参与者提供一个克隆人替身。李和楼身死，这项计划该如何继续实施，目前各方正在持续关注中，本台记者也将为您持续报道。

以上便是故事的最终结局，同时也是身为克隆人替身的我所能留下的最后一份备忘录。李和楼死了，今后这个备忘录自然也没有存在下去的必要了。而我则将代替他继续活下去。

没错，“双胞胎”计划从一开始便是人体重塑项目的延伸。如果本体死了，那么克隆人替身便能立刻转正，真正拥有本体的全部身份特权。顺便说一下，刚刚我已经去相关机构办了证明，现在的我已经拥有李和楼这个身份的全部权利。从今天开始，我就是李和楼，李和楼就是我。

原本我不需要解释这么多，但既然现在我已经是李和楼，自然要按照他的想法，让这个故事有始有终。就像他在整个备忘录的一开始所说，也许二十年后，这些备忘录会出版，让所有人都看到。既然是一本书，那自然要有始有终。作为读者一定很好奇李和楼是怎么死的吧？

很简单，我害死的。我只要在他平时喝的水中持续加入少许致人嗜睡的药物，便能一直影响他平日的作息。不过我没想到这种做法的效果这么好，他最终竟因此而死。

至于我为何要害死他，原因不难想到。作为一个每隔三个月都有可能被抹除记忆的克隆人替身，我当然要有防范意识。而最好的办法就是杀了他。只要本体死了，替身立刻就能转正，再也不用面临随时会被抹杀的风险，何乐而不为？

从三个月前我的意识从他身上剥离的那一刻开始，我就已经着手计划这件事了。后来欣欣的联系则让我的想法更加坚定。没错，李和楼之前备忘录中提到欣欣的那个“新男友”就是我。

记忆清零后的一天，欣欣再次打电话联系我。原本我不打算理会，但她哭泣的画面一下子跃进我的脑海，我就不知不觉地接起电话。在随后的聊天中，我被她的真情所打动。当时我就原谅了她，后来我又陆续见了她好几次。欣欣并不知道此时的我只是一个克隆人替身，她只是以为李和楼又原谅她，和她重新在一起了。

那段时间我们经常出去约会，但本体从信用卡消费记录中好像有所察觉。那段时间我经常出去消费，本以为我和欣欣的关系会就此暴露。不过还好他只是警告我以后要用心写剧本，并没有注意到其他的事，这让我彻底下定决心。在他眼里，我就只是一个替身罢了。如果哪天我失去了利用价值，随时都可能被收回销毁。没错，他当时就是这么威胁我的。

从那时开始，我才真正下定决心，一定要找机会干掉他。

后来我一直偷偷给他下药，让他时不时陷入昏睡。他以为自己身体出了毛病，想要休息一段时间，不过最终他还是在我的鼓励下决定坚持下去。直到下次记忆清零的一周前，我决定下手。那天我趁欣欣不注意，用她的手机给他发了一则消息，约他出来见面。没想到那家伙真信了，而且毫不犹豫地决定出门和欣欣见面。

最终的结果正如我所料，李和楼死了，我夺走了他的身体。现在，我就是李和楼。

好了，写完最后这句话，整个备忘录就要完结了。当然，这本备忘录我不可能让它出版。也许几十年之后，我也死了，它或许就会有重见天日的机会。如果让世人见识到曾经的天才编剧竟是这样龌龊，想必效果会十分惊人吧。哈哈哈！

再见，另一个我。

“李和楼”合上了笔记本电脑。他拿起手机，拨通了那个熟悉的号码。

“欣欣，今天有时间见一面吗？我想你了。”

几秒钟的沉默，电话那头响起熟悉而又陌生的声音。

“你还来找我干什么，我们不是三个月前就已经分手了吗？”

凶手不在现场

1.

滴答。

一滴冷汗从发尖处滴落，砸在地板上，发出微不可察的声响。四周静悄悄的，滴答声在空荡荡的房间里显得格外刺耳。赵坚鸣眨了眨眼，终于恢复了意识。他看着眼前这具一动不动的尸体，右手微微颤抖着，连带着手中的数据线也在空中晃动。这时，他突然意识到什么，大叫一声，不顾一切地扔掉手中的东西。他想逃跑，可刚一迈步，就双腿一软跌倒在地板上。他似乎听到了自己的哀鸣。

直到现在，赵坚鸣仍不敢相信自己刚刚竟亲手杀了一个人。如果在一天之前，他是怎么也不会料到自己会沦落到如此狼狈的地步的。然而接到那通电话后，一切都不一样了。那一刻，他起了杀心，随后事情便演变到如今这一步。

人杀便杀了，可是赵坚鸣想不到自己的内心竟是如此懦弱，现在的他宛如一滩烂泥般瘫软在地板上动弹不得。想到这里，赵坚鸣再次看向不远处的尸体。此时他的脑海中不停地闪过一幅幅画面，画面的核心只有一个——眼前这个已然变成尸体的家伙，曾经站在自己面前不停地敲诈勒索。

“刘逸云，要不是你太过咄咄逼人，我也不会出此下策……”

昨晚再度接到勒索电话后，赵坚鸣便下定决心，绝不能让这个家伙再次得逞。他知道刘逸云是什么样的人，如果自己一直退让，等待他的只会是变本加厉永无止尽的地狱。

就这样倒在地板上休息一会儿，赵坚鸣发现双腿已经恢复了部分力气，他挣扎着爬了起来。之后他立马捡起掉落在一旁的数据线，小心擦拭一番。刚刚他正是用这根数据线将刘逸云勒死，上面沾满了他的指纹。为了保险起见，赵坚鸣又将自己碰过的地方仔细擦拭了一遍。确认没有遗漏后，他开门离开了这个是非之地。

2.

李勘望向窗外，那里走过两个一模一样的身影，他突然觉得这个世界一下子魔幻起来。这一切都是从什么时候开始的呢？李勘心里问道。很快，他有了答案。

自从一年前李氏集团将“双胞胎”计划的价格下调到普通人也能接受的程度后，一切都发生了新的变化。原本“双胞胎”计划只是为了提高人们的工作效率，才会允许每个人拥有一个和自己一模一样的克隆人替身，同时替身不能和本体保持同步清醒。但一年前，随着克隆人管制政策的进一步放宽，“双胞胎”计划也顺应潮流推出了新的服务。如今参加该计划的每位顾客，都能以一个合理的价格拥有一个自己的克隆人。更重要的是，这个克隆人还能拥有和本体对等的身份。只不过为了区分，身份信息上仍会标注克隆人的身份。以此为标准，克隆人和本体的财产也会分开。可以说除了一些特殊的公民权以外，克隆体和本体并无太大区别。

从那时开始，李勘平日里见到越来越多的“双胞胎”。后来，警局里也经常有这样的“双胞胎”出入，身为刑警队副支队长的李勘对这一点十分清楚。

“队长，看什么呢？发了这么久的呆……哦，那是刚才来警局接受询问的‘双胞胎’姐妹花。怎么样，漂亮吧？”一旁正吃着盒饭的阿峰笑着打趣道。

被阿峰打断思路，李勘也不禁笑了笑。不知从何时开始，“双胞胎”已经成为克隆人和其本体的代名词。

“她们为什么要来接受询问？”李勘借着这个话题问道。

“还不是因为她们长得一模一样……”阿峰好不容易咽下一口饭菜，抱怨道，“最近这样的案子越来越多，就像刚刚这个，有受害者报案说自己在网络上遭遇了爱情诈骗，嫌疑人很快就找到了。只是她还有一个克隆人分身，受害者也分辨不出到底哪个才是真正的诈骗犯。一个多月过去了，案子就一直拖着。”

说到最后，阿峰忍不住叹了一口气。

看到阿峰一副愁眉苦脸的样子，李勘走过去拍了拍他的肩膀，安慰道：“总会有办法的，一开始出现混乱也很正常，等以后法律程序规范了，总会有解决办法。”

阿峰小声嘟囔一句，继续埋头吃饭。李勘看了看自己桌上的盒饭，又感觉腹中隐约传来饥饿感，便也准备先解决午餐。李勘刚打开盒饭，一声清亮的“报告”便传入耳中。

“报告李队，有新案子！”

听到消息，李勘毫不犹豫地将刚打开的盒饭重新盖上。他站起身，拿起桌上的警帽，和一旁刚刚把盒饭吃完还没来得及擦嘴的阿峰一齐出去了。

3.

“报告李队，死者名叫刘逸云，二十九岁，职业是一名演员。半个小时前被人发现死于家中，死因目前推测是勒毙。”

李勘一边听着警员的报告，一边跨过警戒线进入房内。这是死者刘逸云的私人住宅，位于本市郊区的别墅区。案发现场大门敞开，由于住宅面积很大，从大门到书房门口也有一段距离。进入书房后，李勘按照往常的习惯，先扫视了一圈周围的布置。

书房内部空间很大，单单书房的面积恐怕就抵得上普通人家的客厅。书房的两侧是书架，一侧摆放书籍，另一侧则安置了很多手工艺品。正对面那一侧是落地窗，落地窗前有一张书桌。死者刘逸云正是倒在书桌前不远处的地板上，尸体呈趴伏状，脖子上能看到很明显的勒痕。周围有很多警员在进行痕检和拍照工作。

“凶器找到了吗？”李勘向身边的警员问道。

“根据死者脖子上的勒痕形状，目前推测凶器应该是这个。”

李勘带上手套，接过警员递过来的证物袋，里面有一根白色的数据线。这是一根很普通的 type-c 接口数据线，仔细观察还是能发现数据线被用力拉扯的痕迹的——某些地方有很严重的变形。

“指纹呢？”

“还得带回去检测一下。”

李勘点点头，没有继续问下去。他将证物袋还给对方，继续在房内四处打量。整个书房布置得十分整齐，没有明显的打斗痕迹。看来凶手下手很快，受害者甚至没有过多挣扎就直接毙命。这么说，熟人作案的可能性很大。正当李勘认真思考时，一旁出现的阿峰打断了他。

“李队，案发现场的第一发现者带到，就在客厅。”

听到这句话，李勘跨过警戒线，直接走到客厅。在这之前他已经了解到，这次案件中首先发现死者并报警的是一个小时工，每天中午她都会到受害者的住宅进行清洁工作。到客厅后，李勘一眼就看到一位中年女性。

“大姐您好，我是刑警队副支队长李勘，有一些问题想要请教您。”

“警察同志，你有什么问题尽管问，我什么都说……都说……”一下子看到这么多警察，中年妇女有些紧张，在女警的安抚下，她很快平静下来。

这时李勘开口问道：“你是什么时候发现被害者的？”

“这个嘛……应该是中午十二点的时候。我每天很准时的，从早上八点开始第一家的清洁工作，十二点的时候是这家，误差绝不会超过两分钟。”

李勘点点头，听对方用略带方言的口音继续说下去。

“今天嘛……我也是十二点准时上门。平时都是我按门铃，里面就会有人开门。但是今天大门没关，我也不知道是怎么回事。进去后，我喊了几声，也没人答应。不过我也没管那么多，就直接开始清洁工作。毕竟之前也发生过刘先生在睡午觉没给我开门的情况。没过一会儿，大概不到十分钟，我准备打扫书房。打开房门后，就看到刘先生倒在地板上。我以为他昏倒了，就赶快跑过去看看什么情况。可一看到刘先生面色发青，再加上浑身冰凉，我就知道出事了。之后我就赶紧用这里的电话报警了。”

提到死者的惨状时，中年妇女的语气骤变，之后她赶快结束了对话。

“你来这里之后，有没有听到什么特殊的动静？”李勘问道。

“动静？没，这里一直都很安静，有钱人住的地方，都是这样。”中年妇女很快答道。

“那除了客厅大门，这里还有其他出入口吗？”

“其他出入口……这个我就不知道了。也许有，也许没有。不过我打扫这么多次，只注意到客厅这里一个大门。”

如果按照中年妇女所说，那么凶手应该在她来之前就已经离开了，李勘想。他刚刚观察过书房的窗户，窗户外面都安装了防盗设施，根本无从出入，想必这栋别墅的其他房间也是如此。如果只有客厅大门这唯一的出入口，有清洁工在，凶手不太可能还藏在别墅。正当李勘想要再度开口向中年妇女询问几句时，客厅大门外响起了争执声。

“发生什么事了？刘先生……刘先生家出什么事了？”

“警察办案，你不能进去！”

“办案……难道刘先生出事了？!”

就在几人你一言我一语时，李勘来到客厅门外，见到一位头发花白的老人。老人驼着背，手里还牵着一条很可爱的博美犬。此时老人正和看守在门外的年轻警员争执着。见到李勘出现，几人都停了下来。

“李队，他……”

年轻警员刚要说话，就被李勘用手制止。他看着一脸焦急的老人，开口问道：“老人家，您来这里是有什么事吗？”

也许是察觉了李勘的身份，老人不再争吵。他看着李勘，语气颇为关切。

“我也住在这附近，刚刚看到这里来了许多警察，所以就想来问问……这里发生什么事了吗？”

“确实出了一些事，现在我们正在调查。您平时和刘先生的关系很好？”李勘反问道。

“这个……好也谈不上好，毕竟是邻居，偶尔还是能说上几句话的。而且刘先生是演员嘛，我们这些普通人自然也有些好奇，能说上几句话也极开心……”

“今天你见到刘先生了？”

“这个……我正要说这个呢！”老人突然激动起来，“上午我刚准备出门遛狗，就看到刘先生在门口伸着懒腰，他还很热心地向我打了招呼。不过我们没聊什么……所以，刘先生到底出了什么事？”

“我们也在调查，弄清楚后肯定会公布的。对了，你是在几点看到刘先生的？”

面对李勘避重就轻的回答，老人也不太在意。他想了想，回应道：“大概十点左右吧，我平常都是这个点出门遛狗。今天天气很好，我就按时出门了。”

“之后呢，还有再见到他吗？”

“没了，遛完狗我就直接回家了，没再看到刘先生。不过回来时，我看到他家大门好像是开着的，但平时从来没见过这样。不过我也不是多管闲事的人，也没多想就直接回家了。刚刚听到警笛声，看到这么多警察，我就想会不会是刘先生出事了，所以才赶了过来。”

老人一口气说了这么多，呼吸都变得有些急促。见此情况，李勘说道：“老人家您先回家等等吧，有消息我们自然会公布。如果我们还有其他事需要向您请教，到时也请您尽量配合我们。多谢了。”

“这是自然，这是自然……”

之后，老人带着疑惑的目光牵着心爱的博美犬离开了。从博美犬脖子上佩戴的狗牌标识，李勘看出这应该是一条机器狗。自从机器宠物诞生以来，这种不用吃喝的宠物便逐渐风行全世界。

不过此时的李勘顾不上这些，光是面前的这桩案子已经够让他焦头烂额了。而且他已经预感到，这件案子与他之前所遇到的所有案子都不同，但他又说不清到底哪里不对劲。

4.

回到警局后，李勘先是仔细调查了刘逸云的个人资料和人际关系，这才知道五年前他还是个颇有些名气的演员。虽说没当过主角，可也在很多知名影视剧中出演过重要配角。只是近两年由于各种原因，他的名气下跌很多，出演的影视剧也寥寥无几，很多人已经忘了他的存在。换句话说就是过气了。

除此之外，刘逸云的个人风评也不是很好，之前还闹出过骚扰其他女演员的丑闻。后来又出过酒驾事件，这也直接导致他的演艺事业几乎中断，据说现在他已经接不到什么重要戏份了。最近几个月刘逸云一直把自己关在家中，足不出户，没有人知道他在家做什么，就连一些好友也和他失去了联系。在警方对经常出入刘逸云家的那位清洁工问询后得知，刘逸云在家的时候几乎天天都在酗酒，每天都能从他卧室处理好几个空酒瓶。尸检报告显示，死者体内血液中的酒精浓度很高，看来就算死前他也喝了很多酒。

根据调查，死者家中并没有财物丢失，可排除入室抢劫杀人的可能。死者家中门锁亦未被破坏，案发现场更没有很明显的打斗痕迹，进一步说明凶手和受害人可能认识。并且有可能是在受害人的邀请下进入宅内，之后又趁受害人不注意猛然发难将其杀害。也就是说，很可能是仇杀。

死者生前人缘很差，得罪过不少演艺圈人士。不过那都是一些小摩擦，还不至于到害人性命的程度。当然，也许这只是表面现象，刘逸云可能犯了某些人的忌讳，才惨遭毒手。这将是警方接下来的重点调查方向。可惜的是，死者家中并未安装摄像头。不然也不会像现在这样，一点蛛丝马迹都找不到。

就在李勘一边吃着凉透的盒饭，一边查看案情资料时，阿峰突然出现在他面前。

“队长，尸检报告出来了。”阿峰手中拿着文件夹，向李勘说道。

李勘这时正吃着盒饭，便让阿峰先将尸检报告简单地口头汇报一下。得到命令后，阿峰打开文件夹，看着里面的文件念了起来。

“死者口唇紫绀，颈部中段皮肤可见两条水平状闭锁条状索沟，近似平行排列，上下索沟间皮肤可见点状出血，索沟两侧皮肤未见明显擦挫伤痕及表皮剥脱。另外死者身体其他部位无明显损伤，亦无中毒迹象。初步判断为勒死，作案工具为数据线一条。死亡时间判断为上午九点半至十点半之间。”

阿峰念完这些便合上文件夹，这时李勘手里的盒饭也刚刚吃完。简单擦了擦嘴后，李勘眉头紧锁。显然，尸检报告并没有带来任何有用的信息。

过了一会儿，李勘再度开口问道：“对了，被害人的人际关系查得怎么样了，有没有新发现？”

一提到这个，阿峰顿时来了精神。

“李队，我正等着你问这个呢！”阿峰兴奋地说道，“我们调查了刘逸云最近一段时间与外界的联系情况，发现他基本上都是自己一个人待在家中，几乎没有和其他人的聊天记录。但问题恰恰就在这，我们发现最近一周内，刘逸云只打了一个电话，刚好是在昨晚，你说巧不巧？”

“打给谁了？”李勘立刻问道。

“这个人李队你肯定听过——赵坚鸣。”

阿峰说完之后便站在那里，仔细盯着李勘，像是想要从他脸上看出什么似的。李勘听到这个名字后，先是愣了愣，随后脑海里就浮现出一部部影视剧。没错，赵坚鸣是一个非常出名的导演，导过数不清的作品，其中叫好又叫座的作品一双手都数不过来。就连李勘这样很少有时间去看电影的人也听过他的名字。

“也许只是业务上的联系。”李勘随口说道。

“李队，你这可是先入为主了哦！”阿峰突然笑了起来，“我已经调查过了，赵坚鸣赵导和刘逸云的关系可不算很好，他们甚至还公开争吵过。你也知道刘逸云曾经因为酒驾被查，后来他的演艺事业就渐渐不行了，这其中赵导的因素也占了很大一部分比重。刘逸云酒驾被查的那段时间，刚好在赵坚鸣导演的一部电影中充当男三号。此事一出，舆论纷纷，赵导对演员的要求一向很严，所以立刻就撤换了刘逸云，据说补拍还花了不少的经费。赵坚鸣也因此和刘逸云交恶，他甚至曾公开放话，要让刘逸云这种不守法的演员就此从演艺圈消失。后来刘逸云出演的影视作品就越来越少，直到现在娱乐圈查无此人。”

听完阿峰的这番话，李勘立刻起了兴趣。他当即说道：“走，去找赵坚鸣导演。”

5.

李勘没想到，约见赵坚鸣导演的过程出乎意料得顺利。警方打电话联系上之后，赵坚鸣直接同意见面，地点则是在拍戏场地附近的一家咖啡厅。

警方这边只有李勘和阿峰二人，他们提前十分钟来到约定的咖啡厅。过了几分钟，赵坚鸣导演出现了，来的只有他一人。与镜头前常见的形象不同，此时的赵坚鸣头发更显花白，不过精气神却丝毫不变，毕竟他还不到五十岁，正当壮年。

一入座和服务员点完咖啡后，还没等李勘他们说话，赵坚鸣就已经开口了。他的声音颇具刚性，给人一种沉稳之感。

“二位有什么事尽管问吧，我还有工作没完成，恐怕不能陪二位太长时间。”

“既然如此，那我就开门见山了。我是市刑警队的副支队长李勘，此次前来打扰赵导，是因为今天上午发生的一件案子。死者名叫刘逸云，是一名演员，赵导您应该认识吧？”

提到死者名字时，李勘注意到对方的眼角似乎跳了一下，不过这种表情并不明显。

“认识，之前合作过一两次。”

赵坚鸣的反应很是冷淡，让人摸不清他的真实想法。李勘想了想，准备更直接一点。

“我们警方调查过死者生前的通讯记录，发现他在昨晚通过电话联系过你。我能问一下，你们当时聊了什么吗？”

“聊了什么……我想想……”赵坚鸣露出一副思索的表情，随后略带歉意地说，“不好意思，你们也知道我们做导演的平日里就很忙，电话也多。昨晚的话……我好像确实接到过他的电话，不过我们在电话里没聊什么。他只是恳求我给他一个机会，在新剧里给他留个角色。但我一般都不会理这种人，所以还没等他继续说下去我就挂电话了。”

赵坚鸣的回答比李勘预想得还要简洁。警方调查过昨晚二人的通话时间，只有短短三十秒。按照赵坚鸣刚才的说法，倒也解释得通。不过李勘觉得，事情一定没这么简单。

“不知赵导能否和我们说说今天上午的行程。”李勘继续问道。

听到这话，赵坚鸣突然笑了出来。

“怎么，你们是在怀疑我？”

问完这句话，赵坚鸣得到的自然也是警方的常用回答——“例行公事。”几秒钟后，赵坚鸣终于开口。

“今天上午我大概八点多出门，先是和一个工作伙伴在楼下的咖啡店聊了一些合作上的事，之后就直接赶到拍戏现场。我想那时应该过十点了。之后我就一直待在拍摄场地，没离开过。”

“这期间没去过别的地方？”李勘试着问道。

“警察同志你这就说笑了！当导演的平时恨不得有分身术，现在正是拍戏最紧张的时候，我哪还有时间去干别的事？”说到这里，赵坚鸣的表情突然变得严肃起来，“至于你们刚才提的刘逸云，我真的是印象不深。他出了什么事确实和我无关。昨天突然接到他的电话，被这种人纠缠，我才是受害者好吧！”

李勘本来还想再问些什么，这时赵坚鸣突然接了一个电话，之后就以工作忙为由离开了咖啡店。赵坚鸣离开后，他点的那杯咖啡才被端上来，距离他到达咖啡店也不过短短五分钟。

“阿峰，你怎么看？”李勘喝了一口咖啡，向一旁的阿峰问道。

“不清楚，要想从他们这种演艺圈的人眼中看到真实想法，那简直比登天还难！”阿峰忍不住吐槽。

听到这句话后，李勘也不禁笑了笑。在咖啡店又待了十分钟，二人再度回到警局。

6.

“李队，根据赵坚鸣的说法，我调取了相应的监控录像。他住所楼下确实有一间咖啡店，我查看过那里的监控录像，赵坚鸣在八点二十五分到达咖啡店，一直在那里待到了九点二十。之后十点十分准时出现在拍摄现场，直到我们去找他，都一直没有离开过。”

在听取阿峰报告的同时，李勘在面前的办公桌上展开了本市地图。

“赵坚鸣的住所在本市南部，刚刚我们去过的拍摄现场在本市东部，两者相距四十公里，不管是开车还是换乘地铁，最快也要四十分钟。他九点二十离开咖啡店，十点十分到达拍摄现场，用时五十分钟，这也挺合理。”

李勘一边看着地图，一边拿出手机查看相应的距离，估算花费的时间。最终，他的目光定格在刘逸云的住处。刘逸云的住宅位于本市中部，虽说靠近城市区划中心，可并不是繁华的市中心，只是很普通的住宅区。整座城市最繁华的地带是北部。

“赵坚鸣的住所和刘逸云相距十五公里，如果赵坚鸣今天上午去过案发现场，他至少要花十五分钟。而刘逸云的住所距离赵坚鸣剧组的拍摄现场足足有四十五公里，按照最快每小时六十公里的时速，从离开案发现场到出现在剧组，至少也要花费四十五分钟。也就是说，如果赵坚鸣是凶手，前前后后他光在路上花费的时间至少要一个小时，更不用说作案还要浪费更多时间。实际上，赵坚鸣九点二十离开咖啡店，十点十分出现在剧组，这之间总共只有五十分钟的时间，根本不够作案啊……”

讨论到最后，李勘得出赵坚鸣不可能是凶手的结论。

“也许……他有什么在路上花费更少时间的方法？”一旁的阿峰毫无头绪地猜测道。

只是……究竟是什么方法呢？李勘也在心中提出疑问。就在这时，阿峰接到一个电话。在听电话的过程中，阿峰逐渐兴奋起来。

一挂断电话，阿峰就直接向李勘说道：“李队，你猜我刚刚得到什么信息？”

“直接说吧，难道我不问你就不说了？”李勘笑着说道。

阿峰摸了摸自己那刚修理过的寸头，说：“刚刚一位同事打电话过来说，调查赵坚鸣人际关系的时候发现了一条重要线索。这个赵坚鸣竟然有一个克隆人！”

“什么?! 克隆人？”

阿峰的话直接让李勘愣在原地，他背靠桌子，一时不知该说什么。

“对啊，克隆人！”阿峰显得极为兴奋，他继续说道，“大约半个月前，赵坚鸣的克隆人才刚刚苏醒，信息还没有来得及录入我们的系统，所以我们暂时还查不到。”

“那我们刚刚见面时，他怎么一句都没提？”

李勘说完这句话，立刻拿出手机拨通了赵坚鸣留下的号码。在等待电话接通的过程中，李勘的心情极不平静。如果赵坚鸣真的有克隆人分身，那么刚才所推断的所有不在场证明就完全不成立。克隆人替身完全可以替代赵坚鸣在那段时间里作案，直接将刘逸云杀害。

一阵电音的嘈杂声过后，电话终于接通，听筒里传来赵坚鸣的声音。

7.

“警察同志，还有什么事？”

“赵导，你有一个克隆人替身的事情，下午见面时怎么没告诉我们？”李勘开门见山地质问道。

“你们又没问我，我们普通市民应该也没义务什么事都要告诉你们警察吧？”

显然，和下午见面时那种愿意合作的态度不同，此时的赵坚鸣对警方有了更重的戒心。想到这里，李勘继续开口道：“是我们疏忽了。那我现在正式请教一下，今天上午，赵导你的克隆人替身身在何处？”

“这个嘛……我得想想……”一阵沉默后，电话那头再度响起赵坚鸣的声音，“我的克隆人替身和我并不住在一起，他住在我之前在本市东北郊区买的另一处房子。我们平时联系也不多，除了修改剧本的事，我一般也不过多打扰他。不过刚刚我打电话联系过，他说今天一整天都待在市博物馆里，至于是不是真的我就不知道了。你们可以联系他确认一遍。没有其他事的话，我就先挂了。”

赵大导演还真是个大忙人……李勘放下手机，让阿峰确认赵坚鸣的克隆人替身今天上午的行踪。大约半小时后，阿峰再度出现在李勘面前。此时的阿峰双手叉腰喘着粗气。李勘递去一瓶水，让其平复一会儿。

阿峰刚咽下一口水便急着说道："李队，我们刚才查清赵坚鸣克隆人替身的行踪了。"

"和赵坚鸣刚刚在电话中说的相符吗？"李勘赶紧问道。

"基本相符。"阿峰歇了一口气，又说道，"我们着重调查了市博物馆和东北郊区赵坚鸣住处附近的监控，确实发现了'赵坚鸣'的面孔。"

"具体时间呢？"

"九点二十五分时，替身从位于本市东北郊区的住处出来，刚好被路边的摄像头捕捉到。之后他进入了摄像头的盲区，我们也跟踪不到他。直到十点二十五，我们在市博物馆门口再度发现他的踪影。"

"也就是说，这中间他消失了整整一个小时……"

想到这里，李勘赶紧又取出本市地图，在上面仔细查找起来。很快，他找到刚刚提到的那两个地方。市博物馆在本市西北部，距离赵坚鸣东北郊区的住宅足足有五十公里，一个小时的时间如果全用来赶路也只是刚刚够。如果说赵坚鸣的克隆人替身是杀害刘逸云的凶手，那他就必须在这一个小时内赶往死者住处，将其杀害后再快速赶到市博物馆。这样时间真的够吗……

赵坚鸣位于东北郊区的那处住宅距离刘逸云住处约有三十五公里，市博物馆距离刘逸云住处约有四十公里，加在一起共有七十五公里。按照时速六十公里算，最快也需要一个小时十五分钟才行。光是赶路就得花上这么多时间，更不用说还要杀害一个正当壮年的男子。

也就是说，赵坚鸣的替身也不可能是凶手……得出这个结论的时候，李勘缓缓吐出一口气。看来这条路是彻底走不通了，也许还有其他没注意到的地方也说不定，李勘转念想到。

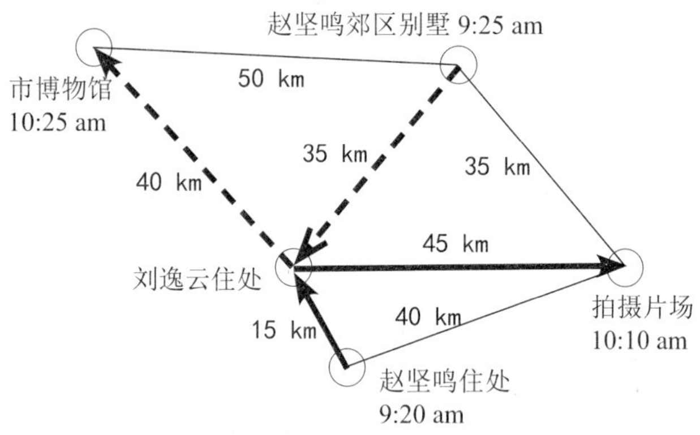

8.

直到回家前的那一刻，李勘也没有新思路。第二天一早，李勘给素有神探之名的邱河打了电话，他在电话中将自己目前遇到的困境全都说了出来。只是没想到，邱河竟以自己早已退休为由拒绝插手此案。

“我已经老了，现在还得看你们年轻人的。像克隆人这种事，我们那个年代想都不敢想，更别提调查与此相关的案子了。所以，我帮不上什么忙。”

“那您老就真的没一点建议吗？”

听到李勘的这句话，电话那头的邱河突然笑了起来，“世间万物，万变不离其宗。这次的案子我想也是一样，虽说克隆人是个新奇玩意，不过你只要仔细思考一番，应该能发现一些有用的线索。”说完这些，对方就挂断了电话。

李勘开车前往警局，一路上脑子里仍在想着邱河说的那些话。万变不离其宗……究竟是什么意思呢？想了很久，李勘也没想明白什么，倒是注意力被分散导致他差点闯了红灯。

这时李勘突然想起“退休”前后的邱河。那时的邱河被誉为神探，协助警方破了很多大案要案，但有一天他突然宣布退休。至此再也没接受警方任何一个协助破案的请求，甚至直接从世人面前消失了。李勘和他合作的最后一个案子还是那起快递员谋杀案。李勘虽然一直都有邱河的联系方式，但他没有过多打扰对方，只是偶尔会向他咨询一下。

邱河离开的原因李勘大概也知道一些。最近这些年整个世界变化太快了，快得让人有些接受不了，其中就包括李勘。很多时候，他会看着周围这个略显陌生的世界发呆，就像昨天上午他在警局看着那两个长相一致的克隆人一样，有时候他甚至觉得这个世界过于不真实。然而现实很快会让他意识到，这一切才是真实的，是他自己一直活在过去的时间中不肯前进。

李勘也想过很多让自己更易接受现实的办法，比如他会经常把那些一模一样的克隆人想象成一对双胞胎。在踏入警局的前一刻，李勘还在思考这件事。突然，一个极为关键的点在他的脑海中一闪即逝，让他直接愣在原地。

赵坚鸣拥有一个克隆人替身，如果把克隆人也看作是双胞胎的话，是不是意味着这个案子存在一个双胞胎诡计？这一发现让痴迷推理小说的李勘激动不已。进入警局后，他用比以往至少快两倍的步速径直往自己的办公地点走去。

9.

推理小说中使用双胞胎诡计一般都为了制造不在场证明。命案发生时，嫌疑最大的那个人恰恰在众人眼皮底下，根本没有作案可能。而双胞胎诡计破案的核心就是，众人眼皮底下的那人是嫌疑人的双胞胎兄弟或姐妹，这样真正的嫌疑人就有充足的时间犯罪。

本案中，嫌疑最大的赵坚鸣没有作案时间，李勘原本的设想是赵坚鸣的克隆人替身伪装成赵坚鸣本人，让赵坚鸣有充足的时间杀害刘逸云，或者干脆由赵坚鸣的克隆人犯下这桩罪行。但后来的证据表明，就连赵坚鸣的克隆人替身也有充分的不在场证明，他没有足够的时间犯罪。

那么，会不会有其他可能呢？进入办公室的那一刻，李勘开始思考这个问题。大约半小时后，阿峰出现在办公室。阿峰平时上班很早，几乎没迟到过，今天他来得这么晚，李勘便下意识地询问一句。

“哎，这不是上班路上刚好顺路嘛，我顺便去赵坚鸣导演的拍摄场地逛了逛，想看看有没有什么发现。”阿峰一边解开衣服扣子散着热气，一边说道。

“这么早，有人吗？”

“我也没报多大希望，不过进去之后才发现原来真有人！”阿峰笑了笑，接着说，“之后我就和一大早到的工作人员聊了起来，他们都是场务人员，需要早点搭好场景。赵导要求十分严格，稍有差错就会一顿臭骂，他们也是不想挨骂才这么积极的。”

阿峰坐下后喝了一口水，又说了起来：“我问了那几个人，大家对赵导的看法基本上都差不多。之后我又问昨天上午赵导的情况，他们的回答也都和赵坚鸣说法一致，赵坚鸣当天确实是十点刚过就到了剧组，之后一直没离开过。我又问赵导昨天上午有没有什么不一样的地方，他们说除了拍摄的时候出了一些差错，其他都挺正常的。”

“出了一些差错？”李勘注意到了这个细节。

“没错，就是搞错了一场戏的拍摄场次。正常来说，这种事对赵坚鸣这种大导演来说是根本不可能犯的低级错误，所以当天他们几个工作人员记得非常清楚。”

“低级错误……”李勘不停地在嘴里重复着这句话。猛然间，他的脑海里闪过一个想法。

“阿峰，把地图拿过来！”

听到李勘的这句话，阿峰一开始有些没反应过来。他愣了一秒钟，然后赶紧从抽屉里取出昨天那张仔细研究过的本市地图。李勘看着面前这张无比熟悉的地图，足足盯着看了一分钟。突然，他抬起头，看向一头雾水的阿峰。

“李队，你发现了什么？”阿峰赶紧问道。

“我想我已经破解赵坚鸣的不在场证明了。”

“真的？那赵坚鸣究竟是怎么有时间杀害刘逸云的？”

“你看这里。”李勘一边用手指向地图，一边说道，“赵坚鸣的住所和刘逸云的住所相距十五公里，刘逸云的住所距离赵坚鸣剧组的拍摄现场有四十五公里，按照最快每小时六十公里的时速，如果赵坚鸣是凶手，他在路上至少要花费一个小时。而赵坚鸣九点二十离开咖啡店，十点十分出现在剧组，这之间总共只有五十分钟的时间，根本不够他作案。另一方面，赵坚鸣东北郊区的那处住宅距离刘逸云住处约三十五公里，市博物馆距离刘逸云住处约四十公里，如果赵坚鸣的克隆人替身是凶手，最快也需要一小时十五分钟。而九点二十五分时，克隆人替身才从东北郊区的住处出发，直到十点二十五，再次出现在市博物馆，中间他消失了整整一个小时。这相差的十五分钟也意味着克隆人替身也不可能是凶手。”

“这个昨天我们已经讨论过了，不管是赵坚鸣本人还是克隆人替身，都没有时间作案。李队，你就别卖关子了，赶快说吧！”阿峰急不可耐地说道。

李勘笑了笑，说：“我本来就没打算卖关子，只是为了提出我的结论，这些都是破案的前提。而破案的关键点，就是阿峰你刚刚提到的。”

“我提到的？”阿峰显得一脸疑惑。

李勘点点头，说：“刚刚你不是说过，昨天上午赵坚鸣在片场有些不对劲，犯了他这种级别的大导演不可能犯的低级错误吗？如果我假设，昨天上午在片场的不是他呢？”

“不是他？你是说……那个人是克隆人替身？”阿峰惊讶道，不过很快他就发现了其中的问题，“等等，李队，就算这个人是赵坚鸣的替身，那他也没时间作案啊。刚刚你提到的那些情况依然成立，赵坚鸣只不过和他的克隆人替身换了位置，他们两个依然没有时间作案才对……”

“没错，如果仅仅是简单的换位，他们的不在场证明依然能成立。不过如果只是在市博物馆和片场的‘赵坚鸣’换了位置呢？”

“啊？这样的话……”

阿峰赶紧将目光再次移向地图。很快，他就发现了其中的问题，一下子惊叫出来。

“李队，原来是这样！我明白了！”

李勘的想法很简单，既然赵坚鸣和克隆人替身都没有时间作案，那么只要破坏他们的不在场证明即可。阿峰刚刚的话提醒了李勘，在片场的“赵坚鸣”很可能不是他本人，而是他的克隆人替身。这样的话，那当时在博物馆的就可能是赵坚鸣本人了。那他们为什么要这么做呢？显然这正是他们伪造不在场证明的关键。很快，李勘就识破了他们的伎俩。

整个不在场证明的关键点在于，嫌疑人往来案发现场耗时太久，根本来不及作案。如果解决这个问题，赵坚鸣的不在场证明自然告破。按照刚才所想，在片场的是克隆人替身，而在博物馆的是赵坚鸣本人，那么本人从住处赶到刘逸云的住处只需十五分钟，杀害刘逸云后，再赶到市博物馆也只需四十分钟，路上总共花费五十五分钟。而赵坚鸣九点二十离开咖啡店，十点二十五出现在市博物馆，中间足足有六十五分钟的间隔，多余的十分钟用来杀害刘逸云完全够用。另一方面，对克隆人来说，九点二十五从东北郊区的住所出发，十点十分赶到拍摄场地，耗时四十五分钟。而这两处地点中间只有三十五公里，理论上只需三十五分钟即可，所以他完全有时间赶得上。

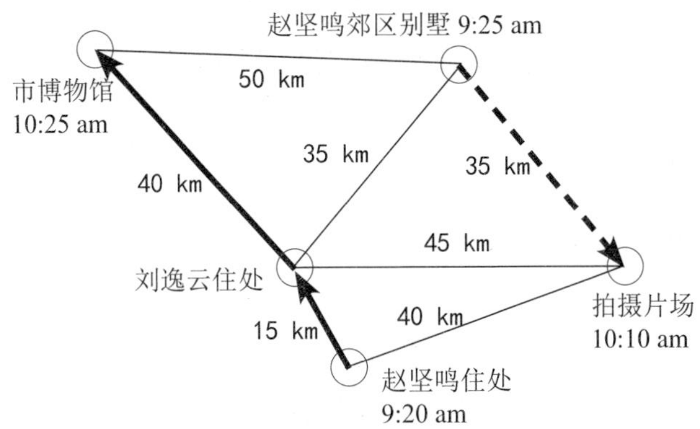

没想到看起来无懈可击的不在场证明，竟被轻易破解了。才发现这一点的阿峰高兴不已，然而当他将目光转向提出这一观点的李勘时，却发现对方的表情并不算轻松。

“怎么了，李队？”阿峰试探着问道。

李勘并没有马上回应，他盯着窗外，缓缓叹了口气。

“还有一个疑问没有解决。”李勘略显惆怅地说道。

10.

李勘提到的疑问正是他一开始就已经了解的。昨天在案发现场时，死者刘逸云的邻居老大爷提供了一项线索。大爷十点左右出门遛狗时看到了刘逸云，当时他正在门口伸懒腰，还和老大爷打了招呼。

按照李勘刚刚的想法，赵坚鸣九点二十离开咖啡店，之后花费十五分钟赶到刘逸云住处，此时也才九点三十五分。而他必须得在九点四十五分就动身离开，这样才赶得上十点二十五分出现在市博物馆。也就是说，真正留给赵坚鸣的作案时间，也就九点三十五到九点四十五这短短的十分钟。然而按照死者邻居的说法，他曾在十点看到了活生生的刘逸云，这与推测的作案时间完全矛盾。如果赵坚鸣是凶手，那刘逸云断不可能在十点时还活着。

想到这里，李勘立刻给老大爷家打了电话。在电话中，老大爷进一步确认了他昨天所说的这些事实，并且表示他出门的时候正是上午十点，最多比十点晚几分钟，不可能比十点早。因为上午十点结束的新闻节目是他每天必看的一个节目，他昨天也是看完节目才出门的。挂断电话后，李勘重重地叹了口气。刚才燃起的希望，瞬间又熄灭了。

难道赵坚鸣真的不是凶手？除非……除非赵坚鸣还有第二个克隆人分身，这样他才有时间作案。只是按照目前的法律，一个公民最多只能拥有一个克隆人分身。赵坚鸣身为知名导演，不可能知法犯法。可除了赵坚鸣，就以现在警方手里掌握的线索，完全找不到新的嫌疑人。眼看时间一点点流逝，李勘也逐渐着急，整个上午他都在不停排查搜集到的一条又一条线索。可直到中午时分，还是一条有用的都没有。

屋漏偏逢连夜雨，警方此时又接到了一起命案的报案。死者是一个放高利贷的，名叫吴华，刚刚被发现死在家中。据初步推测案发时间是昨天上午，由于死者独居，他的尸体一直没被发现。直到今天上午一个朋友上门找他，才发现地板上的尸体。凶器是扔在尸体不远处的一把刀，死者腹部中了三刀，失血过多而死。案子由刑警队章奇队长亲自负责，李勘只是从同事那里了解到一些初步案情，并没有过多涉入此案。当然，他也没时间管这个，现在手上的这件案子已经让他喘不过气了。

中午吃饭时，李勘一边吃着盒饭，一边在电脑前翻看着刘逸云被害案的种种证物照片。在浏览一份刘逸云自己留存的债务记录时，他看到了一个熟悉的名字。根据警方这段时间的调查，再加上刘逸云本人整理的债务记录，李勘早就知道刘逸云欠了一屁股债，也借过很多高利贷。只是没想到，这家伙最大的债主正是吴华。难道这是一个巧合？

这一发现让李勘立刻停止进餐，他马上叫来阿峰，让他去仔细核查吴华的身份。大约半小时后，阿峰带来了新消息。借钱给刘逸云的吴华，正是昨天被害的死者。也就是说，债务人和债主几乎在同一时间接连被害。

这中间必有关联……李勘很肯定地得出这个结论。之后，李勘联系了负责此案的队长章奇，说出自己的全部发现。很快，吴华被害案立刻朝刘逸云的方向展开。下午四点半，警方有了突破性的发现。

原来刘逸云也有一个克隆人替身，只不过他的替身是通过非法渠道获得的，所以警方并没有记录在案。八年前随着李氏集团率先推出“双胞胎”计划，整个世界掀起了克隆人浪潮，很多研究克隆人的公司如雨后春笋般出现。除了李氏集团这样的大公司，自然还有很多听都没听过的小公司。这些小公司能够存活下来的唯一吸引人的点就是低廉的价格，然而政府对每个克隆人都会收取高额的克隆税，这样必然导致整个克隆人商业项目的成交价底线变高。于是有很多公司为了活下去，选择游走于灰色地带。它们以极低的价格，为一些付不起高额费用的人提供克隆人服务。这种克隆人没有属于自己的身份，他们只是和本体一模一样的“生命体”，并不具有“人”的资格。

近年来，非法克隆人项目也是警方重点打击的对象。李勘所在的警局也有专为应对此事设立的部门。不过警局各部门间的协作并不是太多，所以李勘对这方面的事也只是了解个大概，并没有直接接触过。如今得知刘逸云竟然还有一个非法克隆体，李勘也大吃一惊。

然而吃惊归吃惊，这一发现也让李勘心中本来彻底熄灭的火焰再度燃烧起来。如果刘逸云有克隆人分身，那昨天上午邻居大爷看到的那人，会不会就是克隆人分身？如果真是这样，那他之前的推理仍然成立，赵坚鸣仍然有作案的可能性。

只是这样的话，新的问题又出现了。刘逸云的克隆人分身为何要伪装成刘逸云本人呢？难道他和赵坚鸣是一伙的，只是为了替他制造另一重不在场证明？

李勘再度陷入沉思。

11.

透过一整面玻璃墙，李勘见到了刘逸云的克隆人分身。如果不是提前知道，他肯定会下意识以为刘逸云死而复生了。二人除了身上穿的衣服，其他地方完全一样。

大约十分钟后，在审讯室中盘问对方的刑警武辉走了出来。武辉和李勘年纪相仿，为人十分正直，跟在章奇手下破案无数，是李勘十分佩服的一位同事。只是此时的武辉看起来心情不太好，从审讯室里出来后，他的表情十分凝重。

“怎么了？”一旁的李勘当即问道。

“果然还是让你说中了，他刚刚确实承认昨天上午在刘逸云住所出现过。”

“十点钟？”李勘压抑住心中的激动，急忙追问道。

武辉点了点头，他正要开口，却被李勘直接打断。

“那他有说为何会在那里吗？”

此时的李勘内心早已激动不已。如果真是这样，那赵坚鸣的不在场证明必然破解。现在他唯一要弄清楚的就是刘逸云的克隆人替身究竟和整起案子有何关联，他会不会是赵坚鸣的帮凶？

“你别这么急嘛！”李勘的表现让武辉苦笑起来，“他出现在那里的原因很简单，因为他本来就住那里。”

武辉的话让李勘一时愣住。的确，刘逸云住的地方是一栋别墅，里面自然有很多房间，克隆人替身同时住在里面也不奇怪。

武辉继续说道：“他说自己根本不清楚本体被害一事。他虽住在二层，但昨天上午很早就出门了，家里发生什么事一概不清楚。十点钟他刚好回家，在门口遇到那位出门遛狗的邻居老大爷，还打了招呼。按照他的说法，他和刘逸云被害一案完全无关。”

完全无关？天下哪有这么巧的事。他在十点钟恰好出现在门口，遇到了每天十点必出门遛狗的邻居大爷，又恰好替最有可能杀害刘逸云的嫌疑人作了不在场证明。这一切难道仅仅是巧合？无论怎么想，李勘都觉得这太不符合实际了。这时，一旁的武辉再度出口，打断了李勘的思考。

“先别考虑这件事了，他的十点，可着实让我们感到头疼啊……”

接下来武辉所说的话，进一步让李勘了解到目前他们所面临的严峻局面。对于吴华被害一案，目前警方已经掌握了一部分刘逸云或克隆人替身作案的证据。只是办案过程中还存在一个巨大的障碍，让警方寸步难行——刘逸云及其克隆人替身的不在场证明。

按照李勘的说法，如果赵坚鸣是凶手，那刘逸云本人则死于九点三十五分至九点四十五分之间，而吴华的被害时间则在此之后，因为九点五十分时，吴华还在家中接了一位朋友打来的电话，那位朋友可以作证。也就是说，刘逸云本人被害的时间在吴华被害之前，所以他不可能是凶手。另一方面，按照刘逸云克隆人替身的说法，他九点四十分在一处咖啡店，这也得到了监控摄像头的验证，之后十点回到刘逸云的住所，中间仅有短短二十分钟的间隔。咖啡店距离刘逸云住所只有十五公里，二十分钟勉强够用。问题在于咖啡店距离吴华住所有二十公里，而吴华住所距离刘逸云住所也有十五公里，总共三十五公里的路程至少要花三十五分钟。如果刘逸云的克隆人分身是杀害吴华的凶手，那么他根本来不及从咖啡店赶到案发现场，再赶回自己住所。

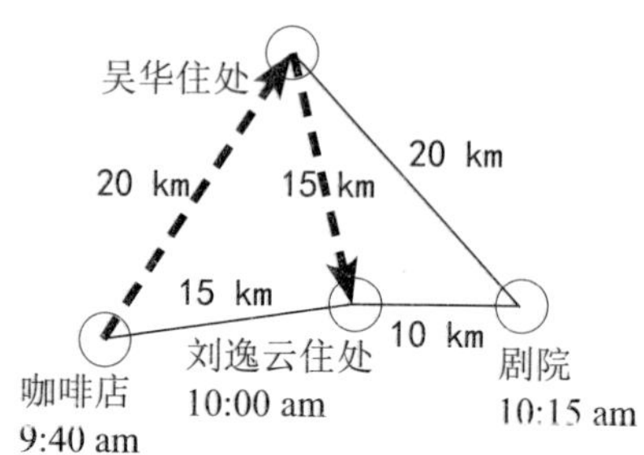

听完武辉的解释，李勘心里只有一个想法：吴华的案子和自己手中的案子简直太像了。两者都有完美的不在场证明，而且是双重的，本体和克隆人分身都具有完美的不在场证明。

直到这时，李勘才明白武辉刚刚感到头疼的原因。两起案件的症结就在于：十点钟，邻居大爷在刘逸云住所门口见到的，究竟是刘逸云本人，还是克隆人替身？如果克隆人替身撒谎，昨天出现在门口的是本人，那么克隆人替身当然就有充足的时间杀害吴华。但在这种情况下，赵坚鸣就没有时间杀害刘逸云。反过来说，如果出现在门口的是克隆人替身，虽然赵坚鸣有时间杀害刘逸云，但是刘逸云的克隆人替身就没有时间杀害吴华。

肯定有一个对，一个错，还是说两者都是错的……李勘内心陷入深深的矛盾之中。

12.

就这样纠结了一周，两起案子毫无进展。随着破案压力越来越大，警局的气氛也变得颇为压抑。作为其中一起案件的负责人，李勘面临的压力可想而知。

李勘坐在办公室，望着窗外又发起了呆。就在刚刚，他再次打电话咨询了邱河，电话那头的语气还是一如既往的慵懒。对于这两起案子，邱河给他的建议只有一个：找相同点。不光是这两起案子之间的相同点，还包括以前的一些案子。虽说与克隆人相关的案子也只是最近这几年才渐渐多起来，但积累数年，如今的数量也相当可观。根据邱河的建议，李勘从警局里找来相关资料，又重新梳理了一下。一时也没什么新发现，所以刚刚他又发起了呆。

之前被扣留的刘逸云的克隆人分身，因为警方没有足够的证据，所以本应早就放他离开，但现在警方以非法克隆人为由暂时将其拘留。不过警方不会有进一步的举动，如果案件查实，刘逸云的克隆人分身和任何一件案子都毫无关系，尽管他是不具有任何身份的克隆人，但是按照现行克隆人法律，本体遇害，那么克隆人分身也将自动获得本体的全部身份。也就是说，他很快就会成为真正的“刘逸云”。

“双胞胎”计划刚刚推出时，只允许克隆人替身和本体拥有同一身份信息，并且二者不可同时保持清醒状态，克隆人替身只是本体休息时的替身而已，本体仍具有主导权，甚至能轻易消除克隆体的记忆。因为这种不合理的制度，很多克隆人替身因此谋害本体，从而谋取本体的公民身份。那段时间警局也接到了不少此类案件。为解决这一问题，新的法律很快出台，允许克隆人分身拥有自己的身份，不再受本体的束缚。自此之后，克隆人项目才算真正步入正轨。

虽然现在此类案件仍然存在，但相比以前数量已然少了许多。毕竟现在克隆人和本体拥有的权利并没有很大差异，而且法律也对克隆体和本体的财产做出分割。本体死去，克隆人只能继承本体的公民身份，拥有选举权等权利，但财产及债务都会按照现行遗产法的规定分配，克隆人并不能从中获利。

所以现在克隆人谋害本体的案件，只会出现在部分非法克隆人身上。因为非法克隆出来的克隆体不具有自己的身份，还会有部分非法克隆人想办法杀害本体。虽然本体死后，非法克隆体同样不会继承本体的财产，但他能够继承本体的身份，这是最关键的。

李勘看着眼前的案件资料夹，顿时想到了什么。如果这起案件也是这样呢？刘逸云的克隆人替身会不会也是想获取本体的身份从而杀害本体呢？也就是说，他很有可能和赵坚鸣合作，一起杀害了刘逸云本人。这样，动机就找到了。不过还存在一个问题：吴华被害的案子又是怎么一回事？既然要杀害刘逸云，为什么又要多此一举节外生枝？李勘怎么想也想不明白。

正当李勘苦苦思索时，阿峰走了过来。他先是给李勘递了一瓶水，之后自己又拿起另一瓶水咕咚咕咚喝了起来。

“李队，有什么新的想法吗？”阿峰靠在桌子一角，微微喘着气，像是刚刚经过了一番剧烈运动。

李勘摇了摇头，他看着阿峰这副模样，转而问道：“你呢，又跑去哪了？”

“我啊，还是那样呗，到处走访，看有没有什么新的线索。”阿峰再次喝了一口水，随后叹了口气，“不过都是一些没用的线索，比如刘逸云的克隆人分身竟然还有一个朋友，那个朋友说案发当天上午，这个克隆人分身本来约他一起去看话剧，可是他却被放了鸽子。还有他的另一个朋友……”

后面阿峰说的那些话，李勘全都没听进去。他自顾自地拿出本市地图，在桌子上展开。阿峰看到李勘的动作，也停止讲话，将目光移了过来。

“阿峰，你再说一遍，刘逸云那天约朋友看话剧的那个剧场在哪里？”李勘双眼直直地盯着地图，目不转睛地问道。

阿峰虽然不知道李勘的用意是什么，但他还是在地图上指出了地点。剧院离刘逸云家并不算特别远，只有十公里距离，开车快的话仅需十分钟。

“他们约的是几点看话剧？”

“话剧十点半开场，十点十五分停止入场，所以至少得赶在这之前……”

“我想我已经知道答案了。”李勘这时突然大声说道。

阿峰看着李勘那一脸兴奋的模样，把自己刚刚还没说完的话咽了回去。

13.

李勘的设想非常简单，一切都类比刘逸云被害的案子就行。吴华被害一案，原本也是准备利用相同的“双胞胎”诡计。只不过在诡计的实施过程中，出了一些差错。

在刘逸云原本的规划中，他也想利用自己的克隆人替身伪造一个绝对的不在场证明。首先，他十点在家中露面，之后赶在十点半前再次在家中露面，找个证人，中间只有不到三十分钟间隔。而刘逸云住所距离死者吴华家十五公里，如果刘逸云是凶手，他必须先去吴华家将其杀害，之后再返回家中，一个来回三十公里，至少也要花三十分钟。这样就排除了自己杀害吴华的可能。另一方面，刘逸云的克隆人替身九点四十分出现在咖啡店，之后十点十五分出现在剧院，中间只有三十五分钟间隔。而咖啡店距离吴华家二十公里，吴华家距离剧院二十公里，总共四十公里的路程至少需要四十分钟。这样刘逸云的克隆人替身也不可能是凶手。

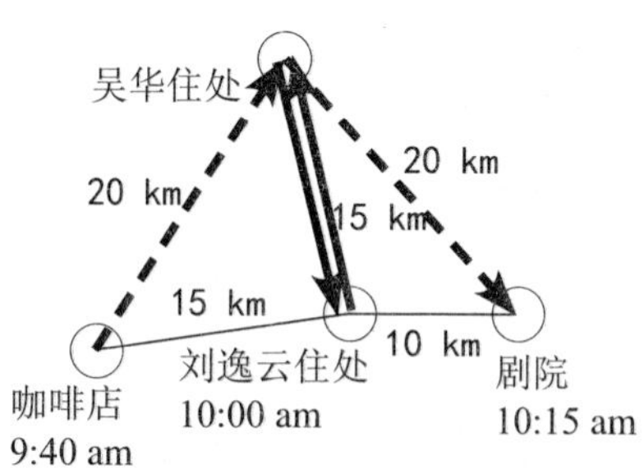

然而事实上，这里用了和之前赵坚鸣作案时一样的诡计。实际上十点半之前再次在家中露面的并不是刘逸云本人，而是他的克隆人替身。十点十五分出现在剧院的也不是他的克隆人替身，而是本人。克隆人替身九点四十分出现在咖啡店后，实际上并没有去往剧院，而是直接返回家中，十点准时出现在邻居大爷的视线中。咖啡店距离刘逸云住所只有十五公里，顺利的话十五分钟就能赶到，二十分钟绝对够。而真正的刘逸云早在十点之前就已经出发前往吴华家，在杀害吴华后，他又花了二十分钟赶往剧院，十点十五分准时出现在剧院门口。

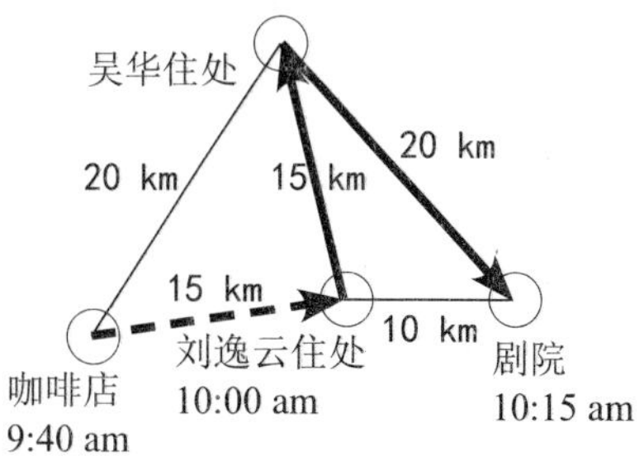

本来计划是完美的，然而在实施过程中却出了差错，原本准备出门前往吴华家实施犯罪的刘逸云，却在自己家中被害。也正是因为这点才导致原本应该十点十五分出现在剧院的“刘逸云克隆人分身”（实际原计划去的人就是本体）放了朋友鸽子。等到克隆人分身回家后，他并没有发现本体被害，以为一切正常的他按照原计划伪装成刘逸云，十点整出现在邻居大爷的面前。

虽然这样可以解释刘逸云的克隆人替身为何要伪装成刘逸云，但如果真是这样，那吴华又是怎么死的？一切又仿佛回到了原点，被害的刘逸云不可能去杀害吴华，而刘逸云的克隆人替身也没有作案时间。

所以，唯一的解释就是赵坚鸣作案的时候，刘逸云当时并没有死。想到这一点时，李勘的心跳都仿佛慢了半拍。

14.

咳咳咳……

赵坚鸣走后大约五分钟，躺在地板上的刘逸云突然猛咳起来。他蜷曲着身子，咳嗽不止，表情十分痛苦。然而就算这样，求生的本能也让他不停地大口呼吸着新鲜空气。

稍微缓解一番后，刘逸云的脑海中浮现出刚才的画面。赵坚鸣刚才是真的想置自己于死地……想到这里，刘逸云摸了摸自己疼到麻木的脖子。如果不是他运气好，想必现在早已倒在地板上，变成一具尸体了。

“赵坚鸣……我迟早要找你算账……”

刘逸云当然很清楚鼎鼎大名的赵坚鸣导演为何要杀自己，毕竟自己已经勒索了对方无数次，恐怕昨晚那通电话，已经将对方逼到了极限。一次偶然的机会，刘逸云掌握了赵坚鸣导演挪用剧组公款的证据。也正因此，刘逸云就此抓住了赵坚鸣的把柄，并一直以此要挟对方，从赵坚鸣口袋中捞取了不少好处。只是让他没想到的是，赵坚鸣竟是这样一个狠人……

不想给钱就要人性命。一想到这点，刘逸云有那么一瞬间有些后怕。不过他很快就缓了过来，本来自己也不是什么善茬，这种事也见得多了。不过现在可不是找赵坚鸣麻烦的时候，因为他还有更重要的事情要做：杀掉吴华那个吸血鬼。他只不过在吴华那里借了一次高利贷，可没想到利息越滚越多，现在他根本无力偿还。就在上周，吴华威胁他要是再不还钱，就剁掉他一条胳膊。刘逸云十分清楚吴华的秉性，他说到做到！欠的那些钱刘逸云不是不想还，而是根本还不上。在赵坚鸣身上敲诈勒索的那些钱连付利息都不够。

所以，刘逸云唯有一个办法——先下手为强。他早就定好了计策，只要克隆人替身完全配合，他就可以拥有完美的不在场证明！之前为克隆人替身花了那么多钱，现在总算到了派上用场的时候。

一想到即将可以处理掉最大的麻烦，刘逸云全身都变得火热。他用冷水洗了一把脸，径直出了门。

15.

两周后，市局刑警支队。

李勘刚进办公室，就看到阿峰迎面向自己走来，他看起来十分高兴。李勘扫视一圈，发现整个办公室的氛围都很轻松。

“恭喜李队，没想到这两起案子这么快就破了！”阿峰笑嘻嘻地说道，“要不是李队，这两起案子还不知道要拖到什么时候！”

面对阿峰的吹捧，李勘只是笑了笑，随即走向自己的办公桌。刚一落座，他就看到放在桌上的明信片。

“啊，这是……这是刘逸云的克隆人替身让我交给你的。我看了一眼，只是一些忏悔和感谢之类的话。我看没什么问题，就带过来了。”

李勘看了阿峰一眼，然后目光再次落在面前的明信片上。这确实是一张很普通的明信片，上面也的确如阿峰所说，都是一些表达悔意的句子。这类明信片李勘之前也收到过不少，寄件人大部分都是一些改过自新的罪犯。只是李勘没想到，刘逸云的克隆人替身这么快就“痛改前非”了，也不知是真是假。

两周前，当李勘想通刘逸云当时可能并没有立即死亡后，他立刻调整案件的调查方向。一方面他对赵坚鸣施压，并且向他表明刘逸云并不是他害死的，最终让赵坚鸣承认了自己的罪行。赵坚鸣的供词和李勘一开始的推理几乎完全一致。利用赵坚鸣的这份供词，再加上一些其他证据，李勘最终撬开了刘逸云克隆人替身的嘴。

赵坚鸣离开后，刘逸云当时确实没有死，他仍按照之前的计划前往吴华家，并最终将其杀害。只是杀害吴华后，他并没有按照计划前往剧院露面，而是返回自己家中。他这么做的原因很简单——嫁祸给自己的克隆人替身。

按照刘逸云和克隆人替身一开始商量好的计划，替身从咖啡店回到家中，伪装成刘逸云本人，以制造刘逸云的不在场证明；另一方面，刘逸云从家中前往吴华家将吴华杀害，之后前往剧院伪装成克隆人替身替对方制造不在场证明。这样刘逸云和克隆人替身就都有了不在场证明。

然而刘逸云本人并不打算这样做。他知道这样的不在场证明表面看起来无懈可击，但只要任何一个细节出了小差错，都可能功亏一篑。所以刘逸云本人打算将一切罪行都嫁祸到克隆人替身身上。

在杀害吴华后，刘逸云没有按照预定计划前往剧院，而是返回自己家中。这样克隆人替身的不在场证明自然就不会存在。但克隆人替身一定会傻傻地按照计划十点准时出现在家中，伪装成本体的样子为他制造不在场证明。虽然这样已经足够将杀害吴华的罪行嫁祸给克隆人替身，但杀害吴华的毕竟是刘逸云本人，其中难免会有些疏漏，比如现场可能存在一些犯罪证据。

如果自己的克隆人替身被逮捕，那替身肯定会将之前商量好的计划全都抖出来，难免让警方起疑。所以最好的办法就是提前除去克隆人替身，因为死人不会说话。刘逸云回到自己家中，也正是为了这点。

克隆人替身确实在十点准时出现在门口，替刘逸云本人制造了不在场证明。之后他就待在家中，等待刘逸云的好消息。不过，他只等到了有备而来的刘逸云。只是连刘逸云自己都未曾想到，他并没有除掉克隆人替身，反而被对方抢走手中的数据线给反杀了。

杀死刘逸云之后，克隆人替身也终于明白过来。慌乱之中他逃离现场，一直躲在外面，直到警方找到他。原本他以为自己杀人的事情已经暴露，可没想到警方只是一直询问他吴华被害一案，只口不提自己杀害本体的事情。于是他想到这其中肯定出现了差错，便暂时放下了心。

至于吴华被害一案，他也有很好的对策。反正现在刘逸云本人已死，之前谋害吴华的打算只有他一人知晓，只要闭口不提，且一口咬定十点出现在门口的确实是伪装成刘逸云本人的自己，那他就有充足的不在场证明。毕竟事实就是这样，杀害吴华的人确实不是自己。

只是所有人都没想到，这些伪装最后都被李勘一一看破。最终赵坚鸣因为杀人未遂被判了刑，克隆人虽然杀害了本体，但事出有因，很大程度还是属于正当防卫，所以最后也没有判得很重。更重要的是，出狱后的克隆人就可以继承刘逸云生前的身份继续活下去。而且按照现行法律，克隆人只会继承本体的公民身份，并不会继承财产及债务，所以刘逸云生前的各种债务自然也一笔勾销。

刘逸云的克隆人替身写了这封明信片，自然是对李勘心存感激。因为后来的侦查过程中，李勘并没有因为他的克隆人身份而有所歧视。毕竟在很多人眼里，克隆人谋害本体一事是非常严重的罪行。好在最后法官秉公执法，让这一切都有了最合理的结局。

想到这里，李勘放下明信片，随手放在一边。随后他从资料夹中抽出了一份文件，准备开始今天的工作。只是在目光移向文件的时候，他的余光又瞥向了那张明信片。

李勘很清楚地看到，在明信片的右下角，有一个落款，上面很用心地写了一个十分工整的名字——刘逸云。

这一刻，李勘的瞳孔猛地收缩。

机器人谋杀案

1.

一放下手机，宋斐立刻察觉到事情的不对劲。他回拨了电话，可对面已经是无人接听的状态。宋斐皱了皱眉，意识到问题的严重性。他随即换上外套，出门后直接往地下停车场赶去。在驾车疾驰的路上，宋斐一直都在想刚刚的无声电话，究竟意味着什么？

宋斐之所以如此担心，正是由于来电号码的主人不是别人，而是他最好的朋友——邓均。他的这位好友最近刚好牵涉到一件麻烦事，宋斐的律师身份也在此时起了作用，他毫无保留地给这位朋友提供了很多帮助。两人齐心协力，那件麻烦事终于没有持续恶化。然而就在宋斐以为一切都已稳妥之时，刚才的那通电话却直接将他拉回现实。

宋斐的脑海中再次浮现他这位好友的身影。他很早就认识了邓均，只不过那时他们都还只是年少无知的学生。没有人会想到，多年后好友已然是一位大名鼎鼎的机器人学家，就职于商界巨擘李氏集团的同时，还是政府新成立的机器人部的首席顾问。然而树大招风过刚易折，他刚过三十五岁生日就遭遇这么多年来最大的麻烦。要不是宋斐使尽浑身解数力保他，他恐怕免不了牢狱之灾。这段时间媒体的舆论造势十分凶猛，在宋斐的建议下，好友一直都待在家中，闭门谢客。几天下来一切都很正常，宋斐也在思考下一步的打算，可就在这时他接到了这个电话。

宋斐不相信朋友会出什么意外。邓均是个聪明人，就算没有他宋斐，也有办法应对各种突发状况。宋斐唯一担心的就是他太过年轻，大部分时间都用在了机器人研究上。从某种层面来说，邓均实在只是个涉世未深的小伙子。面对媒体大众的汹涌攻势，心境稍有动摇，便会功亏一篑。

看着眼前的道路指示灯由红转绿，宋斐猛踩油门，机车嗖地一下冲了出去。不会有问题的，宋斐对自己安慰道。

2.

然而宋斐最不愿看到的最终还是发生了。

就在刚刚，当宋斐马不停蹄赶往邓均家时，刚好和一辆疾驰的救护车擦身而过。救护车渐行渐远，宋斐内心焦急不已，可现在情况不明，他也无法做出任何判断。将车停稳，宋斐准备下车一探究竟，然而他刚从停车场出来，迎面就来了一大群记者。那些记者似乎正因救护车的离开而显得意兴阑珊，宋斐一露面，立刻就有人将他认了出来。还没等宋斐反应过来，这些记者就犹如饥肠辘辘的鬣狗见到久违的猎物，一下子拥了过来。

面对突如其来的意外事件，宋斐并没有慌乱。见惯了大场面的他，应付这些记者还是绰绰有余的。

“请问您是邓先生的律师吗？”

“您现在赶来，是不是已经得知邓先生家中发生什么事了？”

“宋先生，您可以说说邓先生究竟怎么了吗？”

……

一系列的问题接连而来。面对这一双双炙热的眼眸，宋斐转身离开之前只撂下一句话。

“具体情况我也不是很清楚，刚刚发生的事我之后都会召开记者发布会详细说明。”

说完这句话，宋斐转身就走。但这些记者显然不会这么轻易放过他，他们群拥在后面，仍不停地提出各种问题。可宋斐再没有回答过任何一个。直到耳边传来这样一句话，宋斐才一下子停了下来。

“请问你的当事人是畏罪自杀了吗？”

宋斐站在原地，面对大群记者，他很快找出问这句话的人——一个十分年轻的记者，头顶微卷的短发搭配脸颊处过于明显的雀斑，是个一下子就能让人记住的人。

“我再重复一遍，我的当事人并没有犯过任何罪，何来畏罪自杀一说？”宋斐义正词严地指正道。

“他的机器人杀了人，那他就是犯了罪！这不是明摆着的吗？”雀斑记者依依不饶地追问道。

宋斐十分认真地盯着这个记者，掷地有声地说道：“我的当事人确实有一个机器人，在这个机器人面前也确实有一个人被害，但现在整个案件警方仍在调查中。调查结果未公布之前，你贸然下结论，我可以直接控告你诽谤！”

以宋斐从事律师职业十多年的经验，他刚刚说出的这句话显然已经震慑住面前这个初出茅庐的记者。一听到要被控诉诽谤，雀斑记者愣了一下。不过随后他稳住心神，继续追问。

“案发现场是个密室，密室里面只有被害人和那个机器人，如果不是机器人干的，那还会是谁？”说到这里，雀斑记者停了下来，他盯着宋斐，突然又说道，“宋先生，我知道你是本市最有名的律师，不计报酬替很多市民主持过公道，所以我也很尊敬您。但是你作为邓先生的律师，难道真的相信凶手另有其人？还是说，你现在也变成和天底下那些只懂得赚钱而不顾正义的庸才律师一样了？回答我，宋先生！”

面对咄咄逼人的记者，宋斐很能沉住气，只说了一句：“众所周知，机器人是不能伤害人类的。”

说完这个，宋斐就没再管这些记者，加快步伐离开了。上车后，那些记者没再跟来，宋斐发动汽车，驶离了地下停车场。他刚刚已经接到通知，邓均确实被救护车送到了医院，所以他现在要紧急赶过去。

一路上，宋斐的脑海中一直回荡着年轻记者的提问。此时宋斐才意识到，在自己的内心深处，他真的相信邓均是无辜的吗？那个机器人，究竟有没有犯下杀人罪行？他是出于理性还是单纯出于对朋友的信任，才如此执着地替朋友辩护？

宋斐的内心动摇了。与此同时，他的脑海中闪过关于这个案件的一幕幕画面。

一切似乎都得重新审视。看着前方行驶的车辆，宋斐得出了自己的判断。

3.

事情还得从半个月前说起。

半个月前的一天上午十一点十五分，位于李氏集团克隆人中心的一个克隆体突然苏醒。这并不是程序出错或是意外事故，而是程序设定的自行启动。这种情况下的自行苏醒，一般意味着克隆体的本体已然死亡。

十五年前，在相关政策的支持下，李氏集团推出的“双胞胎”计划允许每个公民合法拥有一个自己的克隆体。然而随着申请克隆体的人数越来越多，与克隆人相关的犯罪案件也呈指数式增长。后来人们不得不得出一个结论，在各种配套设施仍不完善的情况下，强行推动克隆人政策的施行是不合理的。于是，双胞胎计划在推广还不到十年时，便直接夭折。不过，为了保护已经诞生的克隆人的相关权利，这些已然融入人类社会的克隆人仍然被允许合法地存在。但是新的克隆人却只能在一种情况下诞生，那就是本体已然死亡的情况。实际上，这是重新退回到了几十年前。

新政策实施后，与克隆人相关的犯罪率急速下降，大部分克隆人都过着安分守己的生活。当然，这也和立法层面加大对克隆人犯罪的惩处力度有关。很多罪行可能导致克隆人被直接销毁，这也让现存的克隆人不得不夹着尾巴做“人”。

半个月前那个克隆人苏醒后，克隆人中心十分迅速地妥善安排了处置措施，毕竟这也是克隆人中心的常态。然而，工作人员很快就发现了事情的严重性。因为这个克隆人的本体并不是普通人，而是政府刚成立的机器人部的部门主管伊朝。也就是说，这位现年四十六岁的政府高层人员很可能已经出了意外或者遇害。于是，克隆人中心立刻将此事向公安部门汇报。没过多久，这个消息就引起了公安部门的高度重视。果然，还没等会议讨论结束，警方就接到一起报案。

十一点三十分，警方接到报案，位于本市东部郊区的一栋别墅中，有人发现了被害人伊朝的尸体。而这栋别墅的主人，正是与伊朝同属机器人部的首席顾问专家邓均。接到报案后，警方很快赶到案发现场，并将现场周围封锁，调取附近的监控录像。

案发现场只有死者伊朝一人，除此之外就是一个已然损坏并失去行动能力的机器人，别墅主人邓均并不在家中。案发现场死者仰卧于地，致死原因是左胸中刀后心脏破裂导致的大出血，死者中刀之后立刻死亡。凶器是一把短刀，据推测是邓均家厨房中的一把厨刀。尸检结果表明死者死亡时间是在十一点至十一点半之间，这与死者克隆体苏醒的时间一致。

调查案发现场后，警方发现案发现场的密闭性极好，除了可以进出的正门外，并没有其他出入口。所有的窗户都是防盗窗，也没有被破坏的痕迹。也就是说，如果凶手确实存在，那他一定是从正门出入的。整栋别墅有十分完善的安保措施，正门外就有监控摄像头。警方很快就调取了相关的监控录像。

由于角度原因，监控录像并不能完全拍到所有人的正脸，但根据事后相关人员的证词，警方还是查明了案发时间前后往来案发现场的所有人员的行踪。监控录像显示，别墅的主人邓均于上午十点五十分离开家。之后大约十分钟，伊朝出现在监控画面中。他先是按了门铃，没过多久房门便被打开，他直接走了进去。再之后就是十一点二十五分，报案人出现在监控画面中，报案人见别墅正门没锁，直接进入别墅。没过一会儿，他就惊慌失措地跑了出来。警方在十一点三十分接到报案。之后的这段时间，直到警方到来之前，监控录像中都没有其他人出现。

也就是说，如果死者真的是十一点十五分遇害，那案发现场应该只有被害者一人。但被害者又确确实实是胸部中刀而死，这种死法也很难想象是自杀。除此之外，现场只有一个已经损坏的人形机器人。这款人形机器人是李氏集团最新研发的款式，光从外表来看，已然和真人毫无区别。根据其内部识别码，这款人形机器人正属于邓均在李氏集团亲自领导研发的项目，于半个月前正式发售。案发现场的机器人恰好正是正式发售版本的原型机器人。

也就是说，最有可能杀死被害人的凶手就是现场这款人形机器人。但问题在于，所有人都知道，机器人不可能伤害人类。

自世界上第一个真正意义上完美通过图灵测试的智能机器人诞生以来，阿西莫夫提出的机器人三定律就完美统治着现代机器人学的一切。机器人三定律中最重要的一条是第一定律——机器人不得伤害人类个体，或目睹人类个体遭受危险而袖手不管。目前全世界范围内生产的所有智能机器人，不管通过何种手段，都必须内置能够实现第一定律的程序。这是一款机器人能够顺利出厂的前提条件。也就是说，在任何情况下机器人都不可能伤害到人类，更别说杀害一个活生生的人类。

反过来说，如果一个机器人真的伤害到人类，这种做法将严重损害机器人未来的研发与生产。那么，目前为智能机器人所制定的所有规则，都将受到严重挑战。这也是上述案件之所以引起广泛重视的主要原因。

这起案件一经媒体报道，立刻就引发了民众的恐慌，甚至使得很多民众自发到相关政府部门和李氏集团总部前示威游行，要求相关部门给予解释。机器人究竟会不会伤害人类，这个话题成为了所有媒体共同讨论的焦点。而处于风暴中心的，正是身为案件当事人的机器人部首席顾问邓均。一时间，除去被警方经常传讯之外，媒体也蜂拥而至。

在警方接到报警后不久，邓均就被警方联系上，并于警方到达现场大约半个小时后赶回自己家中。根据邓均的说法，那天他原本约了机器人部的部门主管伊朝到他家做客，顺带商讨一些工作上的问题。约定的时间是十一点整，但邓均称他在离约定时间还有十分钟的时候，接到了伊朝的电话。电话中伊朝说自己遭遇了交通事故，让邓均前来帮忙。由于电话中的确是伊朝的声音，邓均便毫不犹豫地立刻离家，驱车赶往十公里之外的事发地点。

但邓均赶到的地方并没有发生交通事故，他被骗了。等他再度赶回家中，命案已经发生。此外，当天除了伊朝，邓均还邀请了同为机器人部顾问的同事魏付到家中。只不过因为交通拥堵，魏付迟到了，他于十一点二十五分赶到邓均家中，成为了现场的第一发现人。

按照邓均的说法，冒用伊朝名号给邓均打电话的那个人，很可能是杀害伊朝的凶手。警方也调取了邓均的通话记录，发现十点五十分时他确实接到过一个电话。不过这个电话是个虚拟号码，警方一时也查不出来源。这个潜在的凶手利用这个电话将邓均引出家门，为的就是让伊朝独自一人，以方便其行凶。此外，另一个同事魏付也因交通拥堵而迟到，警方调查发现，造成交通拥堵的原因是交通指示灯紊乱，这说明很可能是黑客黑进了交通管理中心，控制了这些信号指示灯，这才造成交通拥堵，进而使魏付迟到。综合以上这些线索，整个案件很有可能是一起有预谋的谋杀。

现在唯一的问题是凶手究竟是如何杀害伊朝的。被害人伊朝于十一点整进入邓均家中，当时邓均虽不在家，但机器人管家也有开门权限。识别出伊朝的身份后，机器人管家开门让伊朝进入屋内。邓均所住别墅的安保等级很高，整栋屋子除了大门，并没有其他出入口。而唯一的出口大门处也有监控。监控录像显示，警方赶到案发现场前，整栋别墅只有邓均、伊朝及魏付三人出入过。

按照伊朝克隆体苏醒的时间计算，伊朝应该是十一点十五分遇害的。邓均十点五十离开家，之后在警方到来后才赶回家；伊朝十一点整来到案发现场，十一点十五分遇害；魏付十一点二十五分来到案发现场，发现命案后离开现场并火速报警。警方赶到现场后，全面搜查了整栋别墅，并没有发现其他人。也就是说，十一点十五分案件发生时，整个案发现场只有被害人伊朝一人。

综合以上讨论，最有嫌疑的自然是邓均家中的机器人管家。但是这个机器人被发现时已经损坏，经过权威机构鉴定，它的内部程序早已紊乱，所有存储也都被抹去。导致这种情况的原因很多，但机器人本身发生故障的概率很小，因此，最有可能的情况是该机器人管家的内部程序遭到黑客入侵，引发其自毁。问题就在于自毁前，这栋别墅里究竟发生了什么？

媒体广泛宣传的一种可能是机器人管家遭到黑客入侵，被篡改了内部程序。黑客在指示机器人管家行凶之后，又启动自毁程序，销毁了所有证据。如果这个说法成立，那整个智能机器人行业无疑会遭受毁灭性的打击。

但是机器人第一定律如思想钢印一般被牢牢地刻在所有智能机器人芯片的最深处，拥有最高级别的权限，任何人都不能更改。如果一个小小的黑客就能随意篡改甚至抹去第一定律，那么整个智能机器人行业的基石都会受到动摇。案件发生后，制造该款机器人管家的李氏集团立刻启动最高级别的响应，对所有款式的智能机器人进行全面的内部审查。但直到目前，他们仍未发现关于能破解机器人第一定律的任何漏洞。

但没有发现不代表不可能做到，至少目前这个案子说明这种行为完全有可能发生。于是案件发生之后，经过媒体的广泛报道，各地持续爆发游行示威活动，李氏集团的股票也经历了断崖式下跌。为了挽回颓势，李氏集团目前已经解雇了负责机器人研发的主管邓均。但这一做法就像是惊涛骇浪中最微不足道的一点小浪花，在媒体的助攻下，所有人都开始质疑起目前的智能机器人行业。这也让一直致力于推行智能机器人的邓均每天都处于风口浪尖。

4.

作为邓均最好的朋友之一，宋斐当然理解好友这段时间所遭受的巨大压力。虽说在宋斐的帮助下，邓均能够免除指控，但媒体的舆论造势还是给他造成了巨大伤害。就像刚刚，只要邓均家附近有一点风吹草动，各路媒体记者就如过江之鲫般出现。这让邓均如今连出门都显得格外困难。

快要到达医院时，宋斐接到警方打来的一个电话。电话中是一个年轻小伙的声音，他说邓均只是因为压力过大导致低血糖而突然晕倒，一直在邓均家附近监视的警员发现这个情况后，立刻拨打急救电话将其送往医院。医院已经采取了急救措施，目前邓均的状况比较平稳。

挂断电话后，宋斐终于松了一口气。好在不是最糟糕的情况，宋斐心中悬着的石头也落了下来。十分钟后，宋斐出现在病房。他看着躺在病床上的好友，对方脸色苍白，依旧昏迷不醒。看到这里，宋斐的内心免不了涌出些许悲哀。眼前这番场景，很难让他将其与往日那个充满自信一讲到机器人就滔滔不绝的老同学联系到一起。

邓均是宋斐的高中同学，从小就特别痴迷机器人，尤其当世界上第一个完美通过图灵测试的智能机器人诞生后，仍在就读高中的邓均发誓自己也要造出一个属于自己的机器人。后来他们一起上了大学，毕业后各自有了工作。他们都在各自的领域发光发热，私下的联系也逐渐变少。直到有一天，宋斐在新闻上听说李氏集团即将发售一款最新型号的机器人管家，而领导这一研究工作的正是多年不见的好友邓均。也正是这时，宋斐才第一次知道老同学竟然已经走到了这一步，他已经实现了多年前的梦想。

后来一次偶然的机会，宋斐因为业务需要去了李氏集团总部。在那里他见到了这位老同学，熟悉的面貌瞬间勾连起双方对往昔的回忆。就这样，二人再度成为挚交。之后他们经常聚餐交流，虽然工作领域不同，但他们仍是最要好的朋友。直到半个月前发生了那件事，宋斐接到邓均的电话，他第一次从电话中听到了朋友颤抖的声音。

后来宋斐作为邓均的律师出现在整个案件中。只是宋斐越接触这个案子，越觉得它复杂。他和好友就像陷入了泥潭，他们的每一个动作，都会完全暴露在媒体的聚光灯下，让他们陷得更深。

案件本身其实并不复杂，目前最有可能的一个推测是有人黑进了邓均的机器人管家系统，操纵机器人管家犯下谋杀案。但问题就在于，如果邓均承认了这一事实，他虽然可以摆脱谋杀罪的指控，但这也意味着承认了机器人第一定律的不可控。这显然让一直力推智能机器人普及化的邓均无法接受。正是这样的矛盾心态让邓均承受了巨大压力，甚至让他在家中晕倒而被送到了医院。

面对朋友的两难处境，宋斐也毫无办法。要解决这一问题，只有找出凶手不是机器人管家的可能性。但目前这一案件警方也没有什么新的线索，更遑论他这个当事人的律师了。想到这里，宋斐在病床前连连叹气，这时一个看起来十分眼熟的年轻刑警出现在宋斐面前。

“不要叹气了，人没事，比什么都好。”

听到这个声音的一瞬间，宋斐就反应过来，他曾经听过这个声音。

“你是刚刚给我打电话的警员？”

“记性不错嘛！不愧是大律师。我叫刘辉，警号 440537。”年轻警员说完这句，嘴一咧，笑了出来。

面前这个年轻警员身穿便服，面相十分普通却有着异乎寻常的亲和力，再联想到刚才电话中的短暂接触，宋斐顿时对他有了好感。

“你好，我叫宋斐，是邓均的朋友，现在是他的律师。”

宋斐出于职业习惯递上了自己的名片。年轻警员接过名片，只是稍微看了一眼，就将它塞进自己的裤兜。

“刚才多谢你打电话将我的朋友送来医院。”宋斐再度感谢道。

“没事没事，多大点事啊！再说了，人民警察为人民嘛……哦，不对，我当时是在执行监视工作。监视对象出了问题，我当然得负起责任。”说着，年轻警员笑着摸了摸自己的寸头。

和面前这个性格开朗的年轻警员打过交道后，宋斐也觉得自己刚才过于压抑的心情得到了很大程度的缓解。

“那这段时间还多亏警察同志您的‘照顾’了。”

在“照顾”这两个字眼上，宋斐特意加重了语气。年轻警员一下子听出了个中含义，继续笑着摸了摸头。

“上面的意思，我这种小警员，哪敢不听话，嘿嘿！”

“经过你这段时间的观察，有看出什么问题吗？”宋斐突然问道。

“当然有！有个每天都会在附近出现的女记者，她的身材真的很靓哎！”

年轻警员嘴中脱口而出的这句话直接让宋斐愣住，他花了好几秒才反应过来。宋斐一时不知道该怎么搭话，年轻警员这时再度笑了起来。

“当然这是说笑啦，哈哈，看你那样子！”年轻警员揶揄一声，随后话锋一转，“不过话又说回来，这次的案子确实和以往不同，凶手正是利用了这些媒体，才造成这么大的风波。”

突然正经起来的年轻警员让宋斐顿时有些不适应，他想了想，开口道：“当然，如果不是这些媒体，我朋友也不会躺在这里了。”

“哈哈，的确。”年轻警员看了一眼病床上的邓均，随后又说道，“不过重点也不在这里。凶手之所以选择采取这样的形式犯案，说明他早就预料到案件发生之后可能会产生的舆论效应。杀人不是重点，重点是杀人之后。”

“你的意思是，凶手的真正目的不是为了杀人？”

“当然，如果仅仅是杀人，搞这么麻烦干什么？又是密室又是不可能犯罪的，正常人谁会费心思搞这个？又不是推理小说。”年轻警员揶揄一番后，接着说道，“现在我们可以预料的是，凶手将受害人独自留在一个密闭空间，除了受害人之外只有一个机器人管家。之后凶手采取一种极为特殊的办法加害受害人，目的就是将嫌疑转嫁到现场唯一的机器人管家身上。之后媒体一造势，他的真正目的就达成了。”

“你的意思是，凶手的真正目的是为了之后的舆论造势？”宋斐试着问道。

“这不是明摆着吗？现在凶手的目的已经达成一半。目前努力破案的警方正遭受巨大压力，如果他们扛不住，最后真的将机器人管家定为凶手，那么凶手的目的就达成了。既然这个机器人管家能杀人，那么其他的智能机器人呢？是不是也有可能伤害人类？只要所有人对此深信不疑，相信用不了多久，关于智能机器人的新法规就会提上日程。”

“也就是说，真凶是对现行智能机器人制度不满的人？”

“除此之外我想不出其他可能了。”

“等等，你是如何确信机器人管家不可能是杀人凶手的？”宋斐提出了自己的疑问，而这也是他一直以来最为在意的地方。

没想到这个年轻警员挠了挠脑袋，直截了当地说：“我当然知道啦，目前生产的所有智能机器人，都有着十分高级的防火墙。就算是再厉害的黑客想要攻破这道防火墙，那也得再回家修炼个十年八年吧！哈哈！”

面对对方没来由的自信，宋斐心里也没底。他刚想说话，却被年轻警员打断了。

“放心吧，这个案子我迟早要破的。我倒要看看，幕后黑手到底采取了什么卑劣的手段！”

这时，年轻警员突然接到一个电话，随后他离开了病房。宋斐站在病床前，看着眼前仍昏迷不醒的好友，心中不知怎的，要比刚来时轻松许多。

一想到刚刚离开的那个年轻警员，宋斐就不禁笑着摇了摇头。

5.

之后的几天，宋斐每天都要去医院看望好友。其实第二天邓均就已经醒了过来，不过在医生的叮嘱下，他还要在医院观察几天，好好调养一番。宋斐看着朋友脸色渐渐好转，心里也多少松了口气。不过自从媒体记者也得知邓均来到这家医院后，医院外面就一直有记者蹲守，就连宋斐来医院探望朋友都要小心翼翼地从后门进入。

今天是邓均出院的日子，宋斐一大早就驱车赶到医院。他和平时一样小心躲避着记者，最终成功进入医院。然而在病房前，他遇到了一个意想不到的人。

“啊，宋律师，你好啊！”

站在宋斐面前的正是与邓均同为机器人部顾问的魏付，同时他也是将邓均卷入这起谋杀案的第一发现者。在宋斐印象中，眼前这个看起来身材高大彬彬有礼的魏付和邓均的关系并不算太好。他们平时只有工作上的联系，私底下没有过多交往。不过既然对方来到医院，肯定也是抱着看望邓均的心态，宋斐自然不会怠慢，于是他也向魏付打了招呼。这时，宋斐注意到病床上已经没有了邓均的身影。他刚想说话，却被魏付抢了先。

“小邓啊，去更衣室换衣服去了。宋律师你应该是来接他出院的吧？话说这段时间也多亏宋律师了，不然这小子只会更惨。”

魏付将近五十岁，是他们的长辈，所以称邓均为小邓也不为过。宋斐看了一眼魏付，随便应付两句，突然间想到了一件事。

“对了魏先生，这半个月来邓均都不在机器人部，现在那里怎么样了？”

“还能怎么样？”魏付苦笑一声，“拜小邓所赐，我们机器人部的办公楼这段时间一直都被各种媒体记者围得水泄不通。还经常有人在外面示威，搞得我们也很难办……我早就和小邓说了，推广智能机器人可以，但也不能这么激进！不过谁让领导相信他呢？现在留下这些烂摊子，哎！”

宋斐听对方话中有话的样子，刚想说些什么，魏付突然说道：“啊，你看我这记性，差点把正事忘了！待会机器人部那里还有事要忙，我就先走了。小邓就麻烦你多多照顾了，下次再见！”

话音刚落，魏付就急匆匆地离开了病房。魏付刚离开不久，门口就又有了动静。宋斐本以为是刚换好衣服的邓均，可进来的人却并不是他。

“你还在这？”宋斐最先开口。

“我不在这还能在哪？上头的命令是让我们一直监视你这位朋友，现在可不是撤退的时候。”年轻警察笑着说。

年轻警察的话让宋斐也笑了起来：“既然是监视，那应该保持一定距离吧？有像你这样直接闯进监视对象病房的吗？”

“啊，说的也是。”

说着，年轻警察立刻后退一步，刚好站在病房门口的位置。

“这样应该没问题了吧？”年轻警察露出微笑。

“得，当我没说。”宋斐无奈地摆了摆手。

“啊，其实我……”年轻警察发现自己一只脚又踏进病房，他很快退了出去，“其实我是想来提醒你，刚才和你说话的那个家伙并不是个好人。”

年轻警察的话顿时让宋斐警觉起来：“什么意思？”

“当然就是我话中的意思。别看他是长辈，可在我眼里，他并不是个好人。”

“他只是邓均的同事，刚好成为案件的第一发现者，怎么在你眼里就不是好人了？”宋斐反问道。他怎么也不能将魏付和这起杀人案联系起来。

年轻警察笑了笑：“你想想，邓均出事，对谁最有利？”

“邓均出事，整个智能机器人行业都会出事，所以最应该高兴的是讨厌智能机器人的那些人吧。”宋斐直接说道。

“对，但也不全对。”年轻警察看着宋斐，继续说道，“你想得还是太简单了。智能机器人行业发展了这么久，不可能因为一起简简单单的谋杀案就全部推倒重来。你别看现在媒体闹得欢，那些不明真相的群众也跟着一起胡闹，可你别忘了，现在所有人的日常生活早就已经离不开智能机器人了。如果真的全面禁止智能机器人，我敢说到时第一个跳出来反对的还是这批人。”

宋斐想了想，觉得年轻警察刚刚说的这些确实也有些道理。

“那你说，对谁最有利？”宋斐将问题抛回给对方。

“很简单。最希望看到这一幕的，是热爱智能机器人，但又不希望这个行业发展那么迅猛的人。”年轻警察很认真地说道。

“所以你觉得这个人就是魏付？”

年轻警察笑着点了点头。看到年轻警察的这副表情，宋斐陷入沉思。其实通过刚刚和魏付的那番对话，宋斐已经隐约察觉到魏付和邓均的关系并不好。在魏付看来，发生在邓均身上的这件事，多少和邓均对推广智能机器人的激进态度有关。

“宋律师，看来你对智能机器人这个行业还不太了解。”年轻警察突然又说了起来，“目前针对整个智能机器人行业的发展，总体来说分为两派。一派是以邓均为首的激进派，他们的看法就是以最快速度研发智能机器人，提高机器人的智能程度。李氏集团推出的这款最新型号的机器人管家，就是这一派力推的结果。另一派则是以魏付为代表的保守派，这个派别大部分都是长辈，他们的看法是不必急于推广高智能机器人，必须做好万全准备后再逐步推广。而且他们还认为人类不需要过于智能的机器人，万一机器人不受控制，会给人类带来灭顶之灾。”

宋斐觉得年轻警察提到的这两个派别的观点都有一定道理。任何事物都有两面性，智能机器人也不例外。

“这两个派别已经相斗很多年了，一直不分胜负。后来政府主导成立机器人部，也是分别从这两派中挑选顾问，用来互相制衡。只不过后来出现了邓均这个变态，在他的天才设计下，机器人的智能水平有了突破性的飞跃，并且安全性也得到了保障。当然，这也得益于邓均团队的一位电脑天才，他设计出了任何人都攻不破的防火墙，将机器人第一定律牢牢地刻在每一个智能机器人芯片的最深处。之后邓均就变成政府机器人部的首席顾问，他的团队也在李氏集团推出了很多款大受欢迎的智能机器人。现在你应该知道以魏付为首的保守派，最近这几年被打压得有多厉害了吧。”

听完这些话，宋斐陷入沉思。他现在大概了解了这两派的一些情况，但如果说仅仅因为理念之争就要杀人，怎么想都不太可能，这完全超出宋斐理解的范畴。更重要的是，就算是魏付设计出这起谋杀案，可他究竟是怎么做到的？就算他是现场的第一发现者，可案件发生时，他可是有确切的不在场证明。宋斐将自己的这些疑惑说了出来。可没想到年轻警察一听到他的这番话，突然笑了出来。

“你说的这些我当然知道。如果不是因为一直破不了那个密室，我早就将那个混蛋逮捕了。”说到这里，年轻警察突然话锋一转，“不过我有一个可能的假设，虽然现在没什么确切的证据。”

“假设？”宋斐惊讶地问道。

“是的，这也是我绞尽脑汁想出来的。”年轻警察笑了笑，“既然我们聊得这么投缘，我就把这个想法先告诉你。”

一听到有一个合理的假设，宋斐心跳加速。

“其实道理很简单。机器人管家之所以被怀疑是杀人凶手，正是因为十一点十五分时，案发现场只有被害人和机器人管家。监控录像显示，十一点十五分的现场确确实实是个密室，不可能有外人犯案，唯一有犯案可能的就是那个机器人管家。至今我们所有的调查都围绕在怎么破解这个密室上面，万一我们的思维陷入了一个误区呢？”

“误区？”宋斐疑惑道。

“对。十一点十五分现场确实是密室，但如果命案的发生时间不是在十一点十五分呢？”

“怎么可能？！”

“怎么不可能？”年轻警察反问道，“我们将凶案发生时间定在十一点十五分的唯一证据是死者克隆体的苏醒时间。如果克隆体的苏醒时间也是可以控制的呢？比如凶手采取了某个办法，使克隆体的苏醒时间提前或推后了。”

年轻警察的话直接让宋斐愣在原地，他不敢相信对方竟然有这种想法。

“不敢相信是不是？”年轻警察笑了笑，接着说道，“一开始我也不相信，不过后来我咨询了一些从事克隆行业的朋友，他们说这也不是不可能。虽然具体怎么操作我不懂，但我只要知道可以做到这一点就足够了。如果我刚才的这个说法成立，那么凶案的发生时间就得重新考量了。按照法医判定，死者死亡时间是在十一点到十一点半之间，这半个小时内的任何一个时刻，都有可能是凶案发生的时间。根据监控录像显示，从十一点整被害人进入案发现场，到警方赶到现场的这段时间中，只有一个人进出过案发现场。”

“魏付……”宋斐不假思索地说出了这个名字。

年轻警察快速地点了点头：“对，十一点二十五分，魏付进入案发现场，成为案件的第一发现者。在推理小说中，案件的第一发现者往往就是真正的凶手。在这个案件中，只有他有时间能完成整个犯罪。”

年轻警察一口气说完这些，之后就一直看着宋斐，像是在观察他的反应。对宋斐来说，刚才的解释在一开始确实超出接受范围，但他渐渐地觉得这个解释愈发可信。更重要的是，如果刚才这段推理属实，那么他的朋友就有挣脱泥潭的希望了。

“既然你已经知道凶手是谁，并且也给出了作案手法，那你为什么不直接抓捕呢？”宋斐突然向对方问道。

“这不是苦于没有证据吗？刚才这些都是我的推测罢了，一个证据都没有。况且我也只是一个小警察，在没有证据的情况下我的意见和狗屁也没啥两样。”年轻警察无奈地笑了笑，“不过你放心，我正在收集证据呢！如果那家伙真是凶手，他肯定会露出马脚。相信我，真凶迟早会落网！”

宋斐刚想说些什么，一个突然出现的声音打断了他。

“宋斐，你怎么来了？这是和谁聊天呢？”就在这时，之前一直消失不见的邓均突然出现在医院走廊。

“义工，我是这里的义工。刚刚这位先生问病房里的病人去哪了，我们就顺势聊起来。既然现在病人已经回来，我就不打扰了。”

邓均出现后，刚刚还一直侃侃而谈的年轻警察突然压低帽檐。他随口解释几句，头也不回地直接离开了。看着年轻警察离开时的窘迫模样，宋斐忍不住露出微笑。他当然知道年轻警察为什么急于离开，一个合格的监视人员自然不能被监视对象察觉。

“这个人真奇怪。”没有丝毫察觉的邓均一边看着对方离开的背影，一边走进病房。

“好了，你这个病虫，既然身体已经好了，那我们就离开这里吧！”

宋斐一边笑着，一边替好友拿起行李，两人一前一后离开了病房。

6.

虽然年轻警察刚刚的那番推理给了宋斐新的希望，但事情的发展却并不顺利。宋斐二人刚从医院一旁的小门出来，顿时就被一大群记者围了起来。

“糟糕！”

宋斐想拉着邓均往回走，但这时他才发现，退路也被这群记者切断了，两人顿时陷入孤立无援的境地。这些记者怎么会知道他们的行踪，宋斐百思不得其解。他想到了一个可能——魏付。他们离开前魏付来看过邓均，自然知道他们待会要从小门离开。会不会是他将这个消息透露给这些记者的？再联想到魏付和邓均之间的矛盾，而且他甚至可能是这场机器人谋杀案的幕后真凶，宋斐再也不能淡定。只是现在宋斐管不了这么多，他目前的第一要务就是带邓均离开这个鬼地方。

“邓先生！请问你为什么躲着我们？”

“邓先生，您为什么住院了，是压力过大吗？”

“请问您对自己的机器人犯了杀人罪有什么看法？”

……

一时间，记者们抛出的问题接连不断。宋斐想尽办法护住身旁的好友，同时用手一直推搡着，想要从人群中闯出一条通路。然而事实证明，这种做法毫无意义。

“请你们让开，这里是公共区域，我的当事人也有他自己的合法权益，请你们尊重他！”

宋斐的话很快就被记者们发出的嘈杂声给淹没了。宋斐努力推搡着前进，同时他将目光移到身旁好友身上。也许是从未遇到这么大的阵仗，此时的邓均颇为紧张。

“邓先生，你为什么急着逃跑，难道是畏罪潜逃吗？”

“我……我没有逃跑！”

在意识到这句话出自好友之口时，一旁的宋斐也吃了一惊。

“那你亲自设计的机器人犯下了杀人罪，你对此没有一点愧疚吗？”见自己的问题有了回应，刚刚提问的女记者变得兴奋起来，她赶忙追问道。

宋斐本想阻止自己的这位好友再说话，但他的动作显然已经迟了一步。

“不可能！我设计的机器人绝对不会杀人的，这都是误会！”

“误会？现在警方已经立案侦查，你还坚持是误会？听说马上就有政策下来，要暂停新型智能机器人的出售。”

“你胡说，不可能！我的机器人绝对没有问题，你们相信我，相信我……”

说到最后，邓均的语气越来越激动，但显然此时他再怎么辩解都无人相信，到最后宋斐甚至感觉好友就快要哭出来了。现场的所有记者都没有理会邓均说了什么，大家只在乎他到底要出丑到什么程度。见到好友这番模样，宋斐着急不已，但他现在也束手无策。

此时，女记者轻蔑地笑了一声：“我当然相信你，我相信你制造的机器人，将来一定会把我们所有人都杀死。”

“够了！”

宋斐实在忍无可忍，大声呵斥一句。他的这一举动立刻有了效果，现场安静了一瞬。但女记者只是愣了一下，随即又露出轻蔑的微笑。

“我们的宋大律师脾气倒不小！请问你觉得我刚才说的这句话有问题吗？他设计的机器人完全没有安全性可言，消费者花钱买一个随时能要自己命的机器，你是个律师，你说我们应不应该告他？”

女记者的话让宋斐哑口无言，他是可以说出一些话硬杠回去的，但他知道，在找出邓均设计的机器人无罪的确凿证据前，所有争辩都是狡辩，并无实际用处。就在这时，宋斐突然想起刚刚在病房前年轻警察对自己说的一切。不知怎的，现在的宋斐已经对那番推理深信不疑。也许那真是破解这场凶杀案的最终答案也说不定。再联想到目前他们被记者围攻的场面，很可能也是魏付干的好事，宋斐再也沉不住气了。

“谁说机器人就一定是这场谋杀案的凶手，真凶另有其人。”宋斐突然大声说道，一时间他的声音盖住了所有的嘈杂声。

现场一片安静。许久，一个个子不高的男记者小心翼翼地问道：“你说真凶另有其人，是谁？”

宋斐此时的内心已经完全被一个声音填满——“说出来，说出来就轻松了！”他的目光再度瞥向因为长时间煎熬而脸色煞白的好友，最终下定了决心。然而，就在他准备开口时，手机响了。

宋斐鬼使神差地拿出手机，接通之后，一个极为劲爆的消息在他的耳边炸响。

7.

从医院顺利离开后，宋斐回到家中，内心久久不能平静。让他如此纠结的原因只有一个：离开医院前他接到的那通电话。

电话是宋斐在李氏集团内部的一个好友打过来的，他在克隆人中心工作。当初也是因这个朋友，他才有机会前往李氏集团，从而见到多年未联系的老同学邓均。这个朋友打来电话的目的只有一个：通知宋斐克隆人中心的最新情报。

在以往的克隆人技术中，为了让苏醒之后的克隆人替身能够拥有本体的记忆，本体必须每隔一段时间都前往克隆人中心储存自己的记忆。这样克隆人苏醒后，技术人员便可以通过意识转移手段将本体储存的记忆转移到克隆人脑中。目前这种互相转移记忆的技术已经广泛应用于各种领域，在世界范围内极为普遍，但也有不可避免的弊端——苏醒的克隆人只能拥有事先存储好的记忆，但缺少自储存记忆那一刻开始到本体离世前的那部分记忆。但在现实意义上说，这部分的记忆最为重要。

排除自然情况下的生老病死，一个人的死亡可以有多种原因，但大都是由于各种意外事件，比如车祸、自杀、谋杀等。很多情况下，当事人由于各种意外事故死亡，如果现场没有足够线索，无疑会加大警方破案难度。虽说有克隆人替身在，被害人可以重新复活，但实际上这些克隆人替身并没有死前的那部分记忆，对破案毫无帮助。所以，科学家一直都在努力解决这一问题。直到最近，一种可以实时传输并储存记忆的技术应用到了克隆人领域当中。

本体只需携带一款非常便携的中转器，就可以实时记录自己的记忆，并将其远程传输到远端的记忆存储器中。本次案件中被害的机器人部主管伊朝，正好佩戴了这款最新型的中转器。只是由于目前这种技术才刚应用到克隆人领域不久，很多方面还不完善：比如克隆人苏醒之后不能立刻拥有死前的这部分记忆；实时传输的记忆需要在进行整合后才能转移到克隆人脑中。因此，直到半个月后的今天，被害人伊朝的这个克隆人替身，才接受这部分的记忆转移，从而拥有了本体的死前记忆。

正是刚刚揭秘的这部分死前记忆，让宋斐直到现在仍惴惴不安。它就像是一根钉子，将警方关于机器人谋杀案的所有推断都牢牢地钉死了。更为关键的是，宋斐今天刚刚在医院得知的年轻警察的那番推理，也被这部分记忆完全推翻。一想到这里，宋斐后怕不已。他很难想象，如果自己刚刚在那些记者前，将这番马上就要被推翻的推理说出来，将会闹出多大的笑话。还好那通电话来得及时。

只是有了这段死前记忆，宋斐想替自己这位好友翻案的可能性几乎降到了零。被害人伊朝的死前记忆画面中清楚显示着，邓均家的机器人管家趁受害人不注意，走到其面前，直接掏出一把厨刀，插入其左胸。之后受害人倒地，意识逐渐消失。更为重要的是，这段记忆确实在十点十五分传输到位于克隆人中心的远端存储器当中，也就不存在死亡时间提前或推后的问题。也就是说，这段死前记忆以强有力的证据表明，被害人伊朝确实是十点十五分在邓均家中被机器人管家杀害的。

完了，一切都完了……宋斐一下子跌坐在沙发上。他双目无神地盯着灰蒙蒙的天花板，满是挫败感，脑袋一片空白。

不知过了多久，宋斐察觉到自己的手机在振动。他看着正在茶几上振个不停的手机，几秒钟后，终于将其拿起。是一个陌生来电，宋斐犹豫一下，最终还是接通了这个电话。

“喂，你已经知道那个消息了吗？”

一听声音，宋斐立刻就知道此人是谁。

“怎么办？现在你那个推理完全行不通。”情急之下，宋斐并未察觉自己说话的音调都变了。

“放心，山人自有妙计。这点问题难不倒我。”电话那头的声音停顿了一下，随后又响起来，“倒是你，现在你的任务就是给我将邓均照顾好。别在我解开谜题之前，他反而出了问题。还有……你等我的好消息吧！”

说完这句，电话就挂断了。不知怎的，宋斐有种感觉，他似乎早就在等着年轻警察的这通电话。接完这通电话，宋斐的心情也变得轻松许多。不知不觉间，他已经极为信任那个奇怪的年轻警察，就算是对方那没来由的自信，在宋斐这里也变得合理起来。

一分钟过后，宋斐已经做出决定，他要前往好友邓均家，至少在事情变得不那么坏之前，他要一直陪着好友。然而就在宋斐换好衣服准备出发时，他收到了一条讯息——

法院签发拘捕令，警方准备拘捕邓均。

8.

收到讯息后，宋斐马不停蹄地赶往好友家中。然而他还是来迟一步，在他赶到时，邓均已经被警方押进警车中。警车四周围有大批记者，各种闪光灯闪烁不停，宋斐完全不能靠近。他只能眼睁睁看着好友被警车带走，直到对方完全消失在视野中。

这一刻，宋斐感受到一种深深的挫败感。他痛恨自己的无能为力，如果他表现得再好一点，现在也不会是这种局面，自己的好友也不用遭受这种对待了。突然，他的脑海中响起年轻警察的声音——

现在你的任务就是给我将你的朋友照顾好。

没错，对邓均来说，他宋斐不仅是一个好朋友，更是他的律师，如果连自己都不能帮他，还有谁能帮他？一想到这，宋斐瞬间有了斗志。他还没有输，不，还远没有到认输的地步！宋斐握紧拳头，回到车上，径直往警局驶去。二十分钟后，他赶到了警局。

一进警局，宋斐就以被告人律师的身份要求见被告人。警方也知道上层对这个案件的重视程度，因此对宋斐的各种要求并未设下任何障碍。很快，宋斐见到了好友邓均。此时的邓均比以往任何时候都显得更为颓废，在见到宋斐的那一刻，他只说了一句话。

“我真的错了吗？”

宋斐愣了一下，没有作出任何回应。这一举动也让邓均更加失落，他坐在椅子上，直接闭上双眼。

“等等吧，或许我们还有机会。”宋斐终于开口道。

听到这句话后，邓均睁开眼。他用无神的目光看着宋斐，有气无力地说着：“不用安慰我了，我大概知道这件事会是怎样的结局了。也许我之前确实过于乐观了吧……”

“别这么说。”宋斐打断对方，突然说道，“我再向你确认一遍，你相信你设计的机器人吗？”

在提到机器人时，邓均的目光第一次有了神采，然而这样的神采也只持续了一瞬间。

“我当然相信我设计的机器人绝对是最智能，同时也是最最安全的。我可是花了好多功夫才邀请到一位天才软件工程师，设计了一套谁也攻不破的防火墙，所以我真的很难相信，机器人第一定律就这么容易被抹去。我相信我的团队，同时我也相信我的机器人。但是现在的局面……”

“没有但是。”宋斐再度打断对方，他直接坐了下来，“既然我们都选择相信，那么接下来我们就要努力让所有人相信我们的相信。你再仔细和我说说案发当天的详情。”

宋斐的话起了一定效果，邓均十分认真地看着他，点了点头。

“那天我原本就是打算邀请伊朝到家中做客……”

邓均一边说，宋斐一边用心记录下来。接下来的几天里，宋斐每天都会到警局，和好友梳理案情的同时，也时刻注意外界形势。自从邓均被警方带走后，各种反对智能机器人的声音一浪高过一浪。在媒体的大肆渲染下，目前机器人部中原本支持邓均的激进派已经完全被打压下去，而以魏付为代表的保守派则几乎掌控所有话语权。这样下去，保守派取得胜利也只是时间问题。

所有的猜测在一周后被揭晓。这天是星期一，一大早机器人部就下达通知，准备无限期停止销售所有新型智能机器人。另外全部召回出事的这款机器人管家，对所有机器人的机器人第一定律重新进行安全评测，在找出解决方案前不准销售。

听到这个消息后，宋斐的第一感觉是年轻警察的预测果然成真。这次案件的影响并不会摧毁整个智能机器人行业，被打击的只是以邓均为首的激进派，而保守派则相安无事，反而会在这件事发生之后掌握更大的话语权。与之相对应的结果就是魏付取代邓均成为机器人部新的首席顾问。整个机器人部也迎来大清洗，几乎所有的激进派成员都被迫退出。

宋斐也将这个消息告诉了尚在拘留中的邓均。听到这个消息后，邓均并没有显得过于沮丧，也许他早就预料到了这个结果。不过宋斐心里很清楚，这个消息对好友肯定打击颇大，因为第二天邓均就以身体不适为由拒绝了宋斐的见面请求。

距离好友案子的开庭审理还有一个多月的时间，宋斐当然有足够的时间去准备。但是魏付要在三天后召开记者会，宣布正式上任机器人部的首席顾问。在宋斐心里，魏付就是整个案件的最大嫌疑人。只是现在的宋斐没有丝毫证据，面对对方的得势，他只能保持沉默。

三天后，就在魏付正式召开记者会前的一小时，宋斐接到了一个电话。电话那头传来宋斐期待已久的声音。

9.

由于机器人谋杀案产生的广泛影响，这次机器人部主动召开的记者会在吸引大批记者的同时，也赚足了各种流量。虽说三天前官方下达的文件已经给这次的记者会定调，但整个记者会还是有很多不确定因素，诸多细节仍需进一步推敲。

宋斐站在距离主席台不远处的一个角落，周围的大群记者中他看到了许多熟悉的面孔，包括之前打过照面的雀斑记者和后来在医院有过争执的女记者。光是看到这些记者炽热的目光，宋斐就已经感觉接下来的这场记者会势必暗潮汹涌。参加这场记者会之前，宋斐接到年轻警察的电话，电话中年轻警察说自己已经破解了“机器人谋杀案”，让宋斐放心。不过当宋斐想要细问时，年轻警察却突然挂断电话，这让宋斐哭笑不得。没办法，宋斐在简单收拾一番后便启程赶往记者会现场。

这时，随着一切准备就绪，现场突然安静下来。紧接着，机器人部的主管伊朝上场。当然，原本的伊朝已经在那场谋杀案中遇害，现在的伊朝只是克隆人替身，在本体死亡的前提下，克隆人替身已经正式获得本体的身份。伊朝上场后，在主席台上他先是客气了几句，紧接着便开始传达三天前下达的那份文件的主要精神。之后就是这场记者会最隆重的一个环节——机器人部新任首席顾问的任命仪式。

只见一个神采奕奕的中年男子缓步走上主席台，宋斐差点没认出眼前的这个人。他没想到，一个人经过精心打扮之后，看起来竟会和之前判若两人。听到那熟悉的声音，宋斐才终于确认，眼前这个人确实是之前在医院打过交道的魏付。这位新任首席顾问简单讲了几句话后，便进入所有人最关注的环节——记者提问。

最先提问的是一个很漂亮的女记者，她看起来彬彬有礼，提出的问题却十分刁钻。

“请问针对目前卷入谋杀案的前任首席顾问邓均先生，您有什么看法？”

也许是早就预料会遇到这样的问题，主席台上的魏付并没有显出任何局促。他稍微酝酿一番，便开始回应。

“邓均既是我的同事，另一方面也曾是我的上司。我和他虽然理念不同，但毕竟都同属一个部门，私底下也是朋友。诸位都知道，邓均在推广智能机器人方面是彻头彻尾的激进派，这次会发生这种事也是因为过于激进地推广智能机器人。目前的信息安全技术根本不足以支持智能机器人的商业化，其导致的安全漏洞也很大。因此我更偏向于保守，我一直努力劝说他步子放缓一些，在彻底排除安全隐患之前，暂缓新型智能机器人的上市。可是年轻人嘛，自然有自己的想法，他不听我们这些人的建议，执意让他设计的新型智能机器人上市，最终才引发悲剧。现在他被起诉，可能会陷入牢狱之灾，也可惜他这个人才了。总的来说，我虽然欣赏邓均的才华，却一直反对他那过于激进的理念。”

“也就是说，您也认为前段时间的这起谋杀案，确实是邓均先生的责任？”另一个女记者接着问道。

“没错。不过我并不是想替整个机器人部完全撇清责任，我们作为他的同事，确实有监管不力之责。但究其根本，确实是邓均本人过于自负，正是他这番不考虑后果的做法才导致了目前的悲剧，也正是因为他的失误，最新推出的机器人管家被不法分子钻了漏洞，进而犯下骇人听闻的谋杀罪行。如果不是我们行动迅速，立刻停止所有新型智能机器人的销售，并召回出事的机器人管家，后果不堪设想。所以我想说的是，不光这起谋杀案责任在他，甚至所有机器人引发的潜在安全隐患都应该由他负责。”

见到这个老狐狸终于露出自己的尾巴，宋斐内心反而变得轻松。在魏付说完这些之后，会场经历了短暂的宁静，随后便出现新的声音。

“关于这起谋杀案，警方有什么最新进展吗？”提出这个问题的是宋斐认识的雀斑记者。

听到这个问题，魏付突然笑了起来：“这个问题你应该去警方的记者会提问才对。我虽然恰好是这起案件的第一发现者，可我现在并不比你们这些记者知道得多。”

“可我却听说，警方内部已经有了新的线索，可能会推翻之前得出的结论。”雀斑记者突然说道。

“不可能。证据确凿，容不得你在这里胡说！”

面对对方的挑衅，魏付有些生气。他刚想指定下一个记者提问，却被雀斑记者直接打断。

“魏先生您别着急！您刚才不是还说自己是邓先生的好友吗？现在有一个可能让邓先生脱罪的机会摆在面前，难道您就这么放过去了？”

雀斑记者的话让魏付顿显尴尬，他直愣愣地坐在主席台上，一句话也没说。

雀斑记者继续说道：“既然这样，那我就实话实说了，我在警方内部有人脉，我已经得知警方的最新线索。而且我能确定，警方根据这些线索已经得出新的结论，这个结论可以说彻底推翻了我们目前的认知。不知在场的诸位记者同僚对这个话题有没有兴趣？”

话音刚落，整个现场瞬间炸开了锅，记者们纷纷和身边的同伴讨论起来。大约一分钟后，现场逐渐安静，众人的目光全都聚集在雀斑记者身上。

“你说吧，我没意见。”一个女记者直接说道。

很快，女记者的回答得到诸多记者的响应，几乎所有人都做出了同样的选择。这个场面是记者会主办方始料未及的，所以当在场记者达成共识时，包括魏付在内的所有人，都立刻变得紧张起来。

雀斑记者轻咳两声，便开始说道：“首先请允许我再次简述一遍半个多月前发生的那起‘机器人谋杀案’。当天，事件的主角邓均邀请伊朝主管和魏付顾问二人去他家做客，商谈工作上的事，约定的时间是十一点。其中魏付因为堵车在十一点二十五分才赶到邓均家，伊朝则十分准时地在十一点到达。但邓均本人却被一个假电话骗离家门，他离家时是十点五十。也就是说，从伊朝十一点整来到案发现场，到十一点十五分遇害，整个案发现场只有伊朝一人。之后魏付十一点二十五分来到案发现场，发现命案后离开现场并火速报警。从表面上看，现场是个密室环境，除了被害人伊朝，就只有一个邓均家的机器人管家。所以杀害伊朝的必定是这个机器人管家。”

见现场没有一个人对此发表意见，雀斑记者继续说道：“这些线索都是间接证据，案发现场并没有其他人存在，所以只可能是机器人管家犯下了杀人罪。但实际上，并没有任何直接证据表明，真的是机器人管家主动杀害了被害人。直到被害人的死前记忆被揭晓，警方才掌握真正有价值的直接证据。被害人伊朝的死前记忆画面清楚地显示，邓均家的机器人管家掏出厨刀直接插入受害人的左胸，导致被害人死亡。也就是说，这段死前记忆以强有力的证据表明，被害人确实是被机器人管家杀害的。”

“你说的这些我们早就知道了，我们现在想知道的是你刚才口口声声说的新证据。”现场的一个记者终于忍不住问道。

雀斑记者笑了笑，并没有显露丝毫慌乱："是啊，这个新证据究竟是什么？在说之前，我想要特别指出一点。以这个新证据为基础的新推论，并没有否定机器人拿刀犯罪的事实，它否定的只是'黑客抹去机器人第一定律'而已。"

"你的意思是，背后操纵机器人的黑客并没有破坏机器人管家体内的机器人第一定律，但是他还能操纵这个机器人杀人？怎么可能！"

随着一个记者出口反驳，现场再度陷入混乱。面对这番混乱场面，雀斑记者倒也不着急，他只是静静地站着，注视现场的一切。直到好几分钟后，现场才渐渐安静下来。

"如果你只会说这些胡话，那还请你把机会让给别人，会场容不得你胡闹！"新任首席顾问魏付这时也抓住机会，在他的示意下，很快就有保安围了上来。

"等一下，我还没说完，你这首席顾问急什么？"雀斑记者不慌不忙地说着，"大家可能没听明白我刚才这句话的意思，那我就再仔细解释一遍。众所周知，机器人第一定律是科幻作家阿西莫夫于二十世纪五十年代提出来的，后来得到了人们的广泛认同。机器人第一定律的准确表述是——机器人不得伤害人类个体。记住，这里的机器人第一定律指的是机器人不得伤害人类，却并不包括人类伤害人类，人类伤害机器人，或机器人伤害机器人。"

"这不是废……"

"哎，你等我说完。"雀斑记者直接打断一个记者的反驳，继续说道，"如果我说这次的谋杀案，并不是机器人伤害人类，而属于另外那些情况呢？是不是就没有违反机器人第一定律了？"

"你想说机器人管家其实是人类，然后他杀害了被害人？难道你当警方是傻子吗？机器人和人类都分不清！"一个记者毫不留情地驳斥道。

听到这句话后，雀斑记者倒也不恼。他笑了笑，接着说："我何时说机器人管家是人类了？在这个案件中确实存在人类伤害人类的情况，但并不是指这个。整起案件中，首先发生的其实是另一种情况——机器人伤害机器人。”

“机器人伤害机器人……”

雀斑记者的话再次让现场混乱起来。很快就有记者反应过来。

“等等，你的意思是，被害人是机器人？可这次的被害人不是机器人部的主管吗，难道你想说他是机器人？”

这个记者的话顿时让所有人的目光都集中在主席台一旁的伊朝身上。见此情况，主管伊朝终于忍不住上台呵斥道：“胡说，我怎么可能是机器人！”

“您当然不是机器人。大家别着急，听我慢慢说来。”雀斑记者停下来，看了一眼众人，接着说道，“接下来我所说的便是警方推测的当天发生的真实情况。那天邓均确实被一个假电话于十点五十分骗离家门，之后十一点整伊朝出现在案发现场门外的监控中。实际上，此时的‘伊朝’只是一个智能机器人罢了。这里我并不是说我们的机器人部主管是个机器人，我的意思是真凶提前提取了伊朝的意识，将其转移到早就准备好的和伊朝身材一样的智能机器人身上，与其意识一同转移的还有记忆中转器，这个记忆中转器负责将智能机器人‘伊朝’的死前记忆传输回储存器。听我说到这里，大家应该明白了吧。其实邓均家中的机器人管家杀害的并不是被害人真人，只是一具拥有被害人意识的智能机器人罢了。”

“但是……但是警方到来后，现场被害的确实是一具人类尸体啊！”一个记者提醒道。

“你说得很对。既然警方到来后，刚刚我们提到的机器人‘伊朝’又变回人类伊朝，这就说明凶案发生后警方到来前，一定有人调换了两者。而十一点十五分命案发生后，只有一个人进出过案发现场。”

这时，所有人的目光不约而同地转向主席台。

“胡说，简直一派胡言！”魏付狠狠地拍了拍桌子，之后便直接怒骂起来，“你说我调换了尸体，请问你有证据吗？再说了，有监控录像在，光天化日下我怎么可能完成这个？”

“当然可以！”雀斑记者毫不留情地肯定道，“如果我说当时进入案发现场的，其实并不是你，而是真正的伊朝呢?!”

这时，就连重生之后的克隆人伊朝也对主席台上的魏付露出惊诧的目光。

容不得魏付反驳，雀斑记者继续说道：“由于现场监控是从斜上方的角度拍摄的，所以几乎所有监控画面中都看不到进出案发现场人员的正脸。警方也是凭着相关人员的证词，才判断出当天进出案发现场人员的身份。所以说，如果你让真正的人类伊朝代替你进入案发现场，事后你声称这个人就是你，也没人能够反驳。当然，此时的‘人类伊朝’并没有伊朝的意识，他的脑海中很可能是你复制的自己的意识，你将自己的意识转移到‘人类伊朝’身体上，完全控制他的行为。这也方便你之后操纵‘人类伊朝’自杀，在现场留下一具被害者的尸体。更重要的是，‘人类伊朝’于十一点二十五分进入案发现场，之后自杀，这与十一点到十一点半的尸检判定时间也完全吻合。”

雀斑记者的话直接让会场沸腾了。就连刚刚还十分克制的机器人部主管伊朝此时也终于按捺不住，他冲上主席台，直接向在场的魏付质问起来。一片混乱中，雀斑记者的一声“安静”再度让会场冷静下来。

“所以我才说，整个案件中确实存在黑客行为，包括黑客操纵邓均家中的机器人管家袭击智能机器人‘伊朝’，之后再使其自毁，与此同时抹去智能机器人身上伊朝的意识造成记忆传输中断，以及事后再度操纵被抹去意识的智能机器人‘伊朝’伪装成魏付离开案发现场。但从始至终，黑客都未能攻破保护机器人第一定律的终极防火墙。也就是说，邓均所设计和推广的智能机器人，完全没有安全隐患。真正有安全隐患的其实是我们人类自身罢了。”

雀斑记者说完这句话后，现场再也控制不住了。只见此时主席台上的伊朝早已和魏付扭打在一起，记者们也一片混乱。最后，警方终于赶来，直接控制了现场。魏付也被警方扣押带走。这一切仅仅发生在不到半小时的时间里，快得让一直置身事外的宋斐感觉不到时间的流逝。

现场平静下来后，宋斐四处查看，想要找出雀斑记者的身影。但很可惜的是，无论他怎么寻找，这个人就像是凭空消失一般，再也找不到了。

宋斐很好奇，这个原本让他嗤之以鼻的菜鸟记者，刚刚如何变成了一个在会场上光彩夺目的明星？

10.

记者会上的事情发生后不久，正在赶回家路上的宋斐得知好友邓均已经获释。于是宋斐便直奔警局。一番登记之后，宋斐领着这位显然还一脸迷糊的好友走出警局。

将好友送回家好生安顿一番，宋斐终于回到自己家中。浑身疲惫的他来不及换好衣服就直接倒在沙发上。这时，兜中的手机响了。宋斐接起电话，再度听到那个熟悉的声音。

“你刚刚跑哪去了？你知不知道，机器人谋杀案已经破了！”宋斐兴奋地冲着手机喊道。

没想到宋斐说完这句话，电话那头的年轻警察直接笑了出来。

“我就在现场啊，你直到现在还没发现吗？哈哈哈！”

年轻警察的话直接让宋斐愣在沙发上。我就在现场啊——年轻警察的这句话一直回荡在宋斐耳边。宋斐突然意识到一件事，一件从一开始就被他忽略的事。他第一次见到年轻警察的时候，就觉得对方很眼熟，实际上那时他们确实才刚刚见过。因为在邓均家附近遇到的雀斑记者，就是年轻警察假扮的。

“怎么一直不说话，看来你终于注意到了。我伪装得还不错吧？你这位朋友可真是太有名了，外面那么多记者，我们这些当警察的监视起来可不容易。然后我就想到直接化身成记者中的一员，这不就容易多了吗？藏木于林的手段还可以吧？”

电话对面的年轻警察又笑了一会儿。这时，宋斐终于说话了。

“既然这样，那我有一个问题问你。刚刚在会场上，你一直说警方已经找到新的证据。可后来你只提到了你的推理，那那个证据呢？”

听到这个问题，年轻警察毫不犹豫地回应道：“这还不简单。凶手犯案的关键在于意识转移，那么最重要的证据也在这里。凶手将被害者伊朝的意识转移到机器人身上，必定会产生一段记忆缺失。而这份记忆缺失也在之后复制到了伊朝的克隆人身上。一般来说，一个人的记忆是连续的，就算是睡觉，也会有睡觉的记忆。如果发生记忆缺失的话，那就只能说明，这期间一定发生了提取记忆等操作。警方只要仔细核对这段记忆缺失的时间，再据此查找实施记忆转移的具体单位，就一定能抓住凶手。”

听完年轻警察的这段话，也不管对方能不能看到，宋斐似懂非懂地点了点头。

“好了，我话也说完了，就先聊到这吧。以后有机会再聊！我就说嘛，那个由全世界最聪明的天才设计的防火墙怎么可能被破解……”

年轻警察一边啰唆着有的没的，一边挂断电话。宋斐把手机放下，整个身子完全陷入柔软的沙发中。他真的太累了，累得只要一闭眼，就直接陷入梦乡。

一周后，作为邓均的律师，宋斐再度来到警局，签署一些不是很重要但又必须确认一遍的文件。签完所有文件正准备离开时，宋斐看到眼前的警察，突然想起了一件事。

“对了，你们这有个叫刘辉的警察，我能见见他吗？”

面对宋斐的请求，中年警察想了半天，最终疑惑不解地看着他。

“我们这没有叫刘辉的警察，请问你是不是记错了？”

废墟之上

1. 九月十四，亥时三刻

莫业站在那里，大口喘着粗气。他一边用手将额头上的汗水拭去，一边略显紧张地回头看向身后的树丛。皎洁的月光将灌木底下隐藏的阴影尽数显现，任何微小的事物都无所遁形。除去周边不时传来的夜蝉声，一切都安静得让人感到心悸。

莫业稍稍放下了心，那些人没有追来。这时一旁传来女人的惊呼，莫业赶紧扭过头，却发现对方只是踩到一截干枯的树枝。

“你没事吧？”莫业习惯性地询问道。

女人嗯了一声，双眼仍四处张望。

“这是哪？”

“我也不清楚，不过一直往东走，我想再过不到半个时辰，应该就能赶到了。”

女人似懂非懂地点点头，随即继续往东走去。

“你不想歇会儿？”

“他们不会追来吗？”

“应该不会，天大地大，他们怎么知道我们往哪走？”

“哦。”

说罢，女人竟不顾地面的杂草，直接坐到地上。她伸直双腿，伸了个懒腰。看到女人这般行为，莫业笑了出来。他找个干净处也坐了下来，有样学样地伸着懒腰。

直到这时，莫业才终于有时间近距离打量起眼前这个女人。女人的面容姣好，细嫩的脸蛋搭配纤细的脖颈，在皎洁的月光下宛如仙女一般。唯一有些缺憾的是，刚才逃跑时慌不择路，此时她的头发十分杂乱。莫业内心深处竟产生一种想要过去帮忙梳理一番的冲动。

也许是察觉到莫业的目光，女人犹疑地看了过去。躲闪不及的莫业正想着怎么化解这份尴尬，还好女人接下来的话岔开了这个话题。

“你为什么要救我？”

“刚好路过，顺手相救。”

“听你的口音，不像是我们部落的人。你刚刚说的半个时辰过后我们要赶到一个地方，那是你所在的部落吧？”

虽然被识破了，但莫业没有丝毫慌乱。他想了想，说：“好吧，我承认有人提前通知了我。”

“告诉你我被抓，然后让你来救我？”

“这倒没有，只是提到你，然后我就来找你了。”

“找我，为什么找我？还拼了命救我？”

“这个……”

女人接连的发问让莫业语塞。他想了想，只能回答——

“因为你长得和我一直深爱着的女人很像。”

“我不信。”

“为什么？”莫业笑着问道。

“因为你的眼里没有爱意。”

莫业没想到从女人口中会说出这样的话，他想了半天也想不出一个像样的回答。

“算了，你的事我也不想知道，反正我也不认识你。你救了我，我很感激，谢谢。”

见女人低头致谢，莫业连连摆手。之后，两人间维持着这种异样的沉默。莫业再也不敢直勾勾地盯着女人，他的目光漫无目的地在草地四周游走。

“你真的爱那个女人？”女人的话将莫业的心思拉回现实。

“嗯，很爱很爱。”

莫业双手撑地，抬头仰望星空。夜晚的凉风不时从耳畔吹过。

“既然这样，那你为何和她分开了？我想你们现在应该不在一起了吧，不然你刚刚看我的眼神也不会那样饥渴。”

“饥渴？”女人的话让莫业猝不及防，他一下子笑了出来，“虽然我很想她，但也不至于这样吧？”

“我不知道，但你刚刚给我的感觉就是这样。”女人沉思了一会儿，之后看向莫业，“那她现在在哪？”

“她死了。”莫业坦然地说了出来。

这次猝不及防的对象换成了女人，她低头轻声道歉。

“没事，过去很久了。我都快忘了她了。”

“骗人，你没有忘记她。”女人直接戳穿了莫业的谎言，“如果你忘了她，怎么会一听到有长得像她的女人，就直接过来找我了。”

“好吧，看来我完全骗不了你啊……”莫业无奈道。

“她是怎么死的？”女人继续问道。

莫业想了想，最终还是说了出来。

“发生意外，车祸死的。”

“哦。”

女人没有再继续追问下去，莫业也就没再说什么。其实莫业很想女人继续拆穿他的谎言，但这样的事并没有发生。女人的目光转向别处，两人之间继续保持着沉默。大约一刻钟后，莫业率先站了起来。

“走吧。”

听到这句话，女人也站起身，她拍了拍满是补丁的布裙，继续往东走去。莫业跟在女人身后，仔细盯着女人的背影，越发觉得她太像自己记忆中的那个人了。但莫业也在心里告诫自己，她已经死了，这个女人就算和她再像，也不是她。

这时，走在前面的女人突然停下脚步。她转过身，看着莫业。

“我想，我以前应该见过你。”

2. 九月十四，戌时五刻

当莫业好不容易赶到部落后却突然发现，自己好像来迟了。再过三刻钟，也就是亥时整，他要找的那个人就要行刑了。

“发什么愣啊！来，喝酒！”

一只粗壮的手臂搭在莫业肩膀上，还有硬塞进他手里的酒碗。莫业一口气喝完，刚想说话，另一碗酒又到了。莫业再次一饮而尽。

“兄弟，好酒量！来，再来！”

面对眼前这位外号壮虎的豪爽弟兄，莫业并没有表露出再饮一碗的意思。他反而叹了口气。

“兄弟，你这是怎么了？难道是兄弟我招待不周？”发觉莫业不对劲后，壮虎将酒碗放在桌上，脸色变得难看起来。

“不是不是。”莫业立刻解释道，“只是我这次来原本是想见一位远房表妹，谁知……谁知发生了这种事情。”

“远房表妹……哪位？我壮虎对部落里的事情无所不知无所不晓。”

“实不相瞒，表妹原本是你们首领手下的一个侍女。”

“侍女……等等，你说的不会是……”壮虎的瞳孔一缩。

“对，正是……我也是刚刚才知晓，没想到她竟然敢行刺大首领。”莫业叹气道。

“哼，这贱人！要不是我们大首领福大命大，还真被她得手了！”

壮虎冷哼一声，随即一大碗酒水下肚，嘴角的酒水沿着简陋的兽皮衣物一直滴到地上。见此情形，莫业也不好硬来，只好低声下气地请求一番。

“壮虎兄，我想在行刑前最后再见她一面，不知可否行个方便。也算是了却我的一个心愿……”

“别的要求都好说，只是这个嘛……”壮虎放下酒碗，面露难色，“这件事我做不了主啊！”

“怎么说？”莫业赶紧问道。

“现在是我们二首领亲自看管这个贱人，我虽然和二首领关系好，但这种情况……我开不了口啊！”

莫业察觉到这个要求应该是面前大汉的底线了，所以他没有过于强求。

“那麻烦壮虎兄帮我引荐二首领吧，我想亲自求他试一试，看看能不能成。”

“你这……你这犯不着啊……犯不着为了一个刺客……”

“壮虎兄，不用再说了，我心意已决。”

见莫业态度坚决，壮虎只好悻悻地点了点头。之后二人简单收拾一番，便一齐出发。不到片刻，二人来到一处颇大的帐篷前。壮虎喊了两声，里面很快有了回应。壮虎先行进去，没过一会儿，入口处的门帘便被掀开，莫业走了进去。

偌大的帐篷内只有一个人，这个人头戴面具，显得颇为神秘。

“你就是狼牙部落来的商人？”

莫业低头回应道：“正是。”

“听说你想见那个刺客？”

“是的。”

“见倒是可以，不过总要付出一些代价。”

莫业没想到二首领竟然这么好说话。

他赶忙表示："当然，二首领尽管说。"

处在高位的二首领用右手托着面具后的下巴，说："五十头羊，不过分吧？"

面对二首领的狮子大开口，莫业想了想，最终还是点头同意。五十头羊虽然有些超出他的能力，但他多辛苦一段时间，也是能赚回来的。毕竟比起他要见的人，这些实在微不足道。

"好，爽快！壮虎，你带他过去吧。"

莫业转身欲走，突然又被身后的二首领叫住。他心想糟糕，难道事情有变？不过接下来二首领说的话却让莫业放了心。

"等等，我很好奇，你为何这么想见那个刺客？"

莫业想了想，说："我喜欢她。"

"喜欢？"二首领突然笑了起来，"好，好一个痴情汉子。不过可惜了，谁让她犯下如此罪行，不然你们在一起倒也是美事一桩。可惜了……"

在二首领的叹息声中，壮虎带着莫业出了帐篷。壮虎一边感叹莫业的重情重义，一边对他深表同情。莫业一路上都没有说话。不多时，二人便来到另一处帐篷。这顶帐篷前有两个卫兵看守，壮虎吩咐后，两个卫兵让开身，让莫业进去了。

莫业一进入帐中，只觉得眼前一黑。瞬间的黑暗让他暂时失去视觉。过了一会儿，通过帐篷底部渗透进的暗光，莫业才终于恢复了部分视力。帐篷不大，里面没有多少物件。隐隐约约中，他看到前方似乎有一个人影，也不知道是死是活。

莫业走了过去，那人终于清醒过来，人影动了一下。莫业蹲在那人面前，两人之间保持着异样的沉默。终于，对方开口了，是个女人的声音。

"你是谁？"

黑暗中，莫业看不清眼前女子的容貌，不过单单声音也让他差点感动地哭出来。确实是她的声音。

“你为什么要哭？”女人的感官很敏锐，一下察觉到了。

“我没哭，只是有感而发罢了。”

“不，你哭了，你的内心在哭。”女人的语气很认真。

莫业不知道该如何回应，他想了想，说：“我要怎样才能带你出去？”

“你是来救我的？”女人的声音中听不出丝毫惊讶，她很快摇了摇头，“不可能做到的，你放弃吧。”

莫业知道她说的是事实，转而问道：“你为什么要刺杀大首领？”

女人沉默了一会儿，说：“你觉得这真是我做的？”

女人的话让莫业语塞，他想了想，说道：“这也是我听说的，难道另有隐情？”

女人突然笑了出来：“你觉得我一个弱女子，有胆子刺杀大首领吗？”

又是沉默。

“其实这不过是二首领的伎俩罢了。他刺杀了大首领，然后让我当替罪羊。他还以我全家的性命为要挟，让我不得反抗。”

莫业从女人的话中感受到一丝嘲笑和一丝绝望。

“还有不到两刻钟，你就要死了。”莫业突然说道。

“我当然知道，可这又能怎么办呢？”女人一脸落寞地说着。

“我们一起逃吧。”

“逃？”

“对，一起逃出去。”

莫业说完便解开绑在女人身上的绳索。

“外面人很多。”

女人的意思很简单，他们根本逃不出去。

“没事，有我在。”

莫业看着帐篷的出口，背对着女人，小声说道。

3. 九月十一，辰时一刻

莫业站在自家帐篷外，大口呼吸着新鲜空气。也许是许久没有外出的缘故，就连他自己也感觉到全身的机能正在退化。

看来是时候出去一趟了。

正当莫业这么想的时候，一位客人到了。说是客人，可莫业也是第一次见到眼前这个身穿黑袍的年轻人。

“你找我？”莫业开口问道。

年轻人的整个头部都笼罩在黑色罩袍中。这时，他脱下头部的罩袍，露出面容，这让莫业吃了一惊。这人实在太过年轻，可能连十五岁都没有。对于年轻人的面貌，莫业有那么一瞬间感到一丝熟悉，但他又确实想不起来。

“不，我来找淑婣。”

一瞬间，莫业宛如被雷击中。他向后踉跄两步，直愣愣地盯着眼前这个年轻人。

“你怎么……知道这个名字？”莫业好不容易挤出这句话。

年轻人笑了笑，说：“我当然知道。我不光知道这个名字，我还知道你的本名不叫莫业，你应该叫莫徕才对。”

“你究竟是谁？”

“我是谁并不重要。我来只是想告诉你，三天后，你一直想找的那个人，就要死了。”

年轻人的这句话对莫业来说犹如晴天霹雳，他用颤抖的声音回应道：“她真的在这里？”

“当然在，不然你也不会来这里了。不过我要提醒你，这里的她没有现实世界中的一切记忆。”

年轻人说的这些莫业心里当然清楚，他当初选择来这里就是为了找她，他并没指望对方能记得这一切。

“等等，你刚才说，‘三天后她就要死了’是什么意思？”莫业直接问道。

年轻人皱了皱眉，不耐烦地回应道：“就是字面意思，她犯了事儿，三天后要被处死。你要救她得抓紧。对了，她现在在一个叫战虎的部落。”

说完这句话，年轻人转身离开了。莫业本想追上去再多问一些，但年轻人走得很快，他根本追不上。

战虎……身为商人的莫业当然知道这个部落，离自己的狼牙部落不远，中间只隔了两座其他部落。当初为了寻找淑婷，莫业选择成为辗转于各个部落之间进行交易的商人。可几年下来，他还是没有一点关于她的消息。莫业每年也会前往几次战虎部落，每次去他都会四处找人打听，但从来没有得到一丝有用的信息。

只是让他没想到，幸福来得如此突然。年轻人一走，莫业便立刻开始在心里盘算。他必须去一趟战虎部落，而且还得尽快做准备，不然很可能赶不上，还有三天时间。莫业焦急地想。

他虽然可以立刻启程去战虎部落，可他毕竟是其他部落的外人，很难进入战虎部落。唯一的方法就是以货物交易的名义，他毕竟是商人。做出决定后，莫业立刻着手准备。他一方面放出要去其他部落交易的消息，然后收集着本部落的货物，另一方面也在私底下向好友筹集各种物资。

第三天，他带着堪堪集齐的货物，终于上路了。

4. 6月23日，9:08 am

“第3896号顾客，请做好进入废墟的准备，五分钟后程序正式启动。”

一道电子音从远处传来，正坐在休息区的莫徕立马从长椅上站起。他看着不远处的虚拟器三号厅，心想这一刻终于来了。

“小莫，你真的决定了？”

说出这句话的是原本坐在莫徕身旁的中年男子，此时他也站起身，一脸担忧地盯着眼前的莫徕。

“葛叔，您就别问了，我心里早就做好决定了。”莫徕毫不犹豫地回应道。

听到这句话，中年男子叹了口气，然后放弃般摇了摇头。

“对了葛叔，我这次离开，也不知道什么时候能回来，公司的事就麻烦你了。你能把我忘了最好。”莫徕犹豫一下，最终还是说道。

这句话让葛叔生气了。

“你说什么混账话！公司本来就是你的，你现在有事离开，我当然会帮你把公司照顾好。”

面对葛叔的怒火，莫徕笑了笑，他不经意地捏了捏耳朵。

“对了，这次进去，你确定就一定能找到她？”葛叔突然问道。

“我也不确定。”莫徕摇了摇头，“不过只要有一线希望，我就一定要找到她！”

“好小子，挺痴情的。”

莫徕再次不好意思地捏着耳朵。

“放心，我知道轻重，如果一直找不到她，我就直接回来。”

“知道就好。”葛叔一边笑着，一边十分大力地拍了拍莫徕的肩膀，“好了，时间快到了，你进去吧。”

莫徕最后再看了一眼葛叔，眼里闪过一丝不舍。下一刻，他站在了虚拟器三号大厅的入口。

5. 6 月 11 日 , 4:22 pm

“虚拟器？”莫徕的好友从沙发上惊起，直愣愣地盯着眼前这个从小玩到大的好伙伴。

“你这么大惊小怪干什么？又不是没听过这个。”

“不是……我的意思是，她真的在里面？”

“当然。”

好友这次直接从沙发上站起，他抬起一只手，搭上莫徕的额头。

“没发烧啊……”

“好了好了，你正经一点，我在和你说正事呢！”莫徕推开好友的胳膊，无奈地说道。

见莫徕认真起来，好友也收回刚才的戏谑态度。为表诚意，他亲自去厨房给莫徕倒了一杯水。莫徕看着好友做的一切，接过这杯水喝了一口，满意地咂了咂嘴。

“既然你这么有诚意，我就告诉你吧。三年前，淑婉去过一次六芒星公司的虚拟器中心。”

“她去那干什么？”好友惊讶道。

他和淑婉、莫徕二人都是好朋友，在他眼里，淑婉并不是一个喜欢尝试新事物的人。

“自然不是去玩。”莫徕撇了撇嘴，继续说道，“她那段时间经济困难，就去卖了一份记忆。”

“卖记忆……”好友第一次听到这个词。

“这种事很常见，不过你这种衣食无忧的人没听过也算正常。”莫徕看了一眼好友。

“说得你不是衣食无忧一样……”好友无奈地吐槽一句。

“我和你当然不一样。”莫徕摆了摆手，“我可是有公司的人，不像你，游手好闲的公子哥。”

好友本来还想反驳，不过后来他似乎想通了什么，只是给了对方一个白眼，没多说什么。

莫徕继续说道：“既然这样，那我给你解释一下。你也知道，虚拟器是供人在虚拟世界中玩乐的地方。顾客可以随意设计虚拟器中的场景，当他们的意识进入虚拟器后，他们也会和虚拟器中的人物打交道，打交道的对象既可以是其他顾客的意识，也可以是游戏中的NPC。以往的虚拟器中，这些NPC大都是由AI自动生成的，但后来出现了一种新的玩法——真人NPC。”

莫徕的话让好友再次糊涂，他刚想插嘴问一句，没想到莫徕就已经回答了。

“你一定想知道这种真人NPC是什么，本质上也很容易理解，就是真人的记忆。虽说现在的AI很智能，几乎能完全模仿真人的全部行为，但有时也会出点难以避免的小问题。所以完全由真人记忆为原型的真人NPC出现了。拿六芒星公司来说，他们先高价获取真人提供的记忆，之后再对这些记忆进行编辑，让这些经过编辑后的真人记忆符合虚拟器场景设定的要求。当然，他们也会尽可能保留原始记忆的真实性，包括真人NPC的样貌、行为、习惯，等等，都会基本保持原样。从某种程度来说，真人NPC也是进入虚拟器的‘顾客’，只是由于他们签订了相关契约，失去了大部分的自主权。”

“你是说，三年前淑娉和六芒星公司签订了这个契约，让她的记忆成为了虚拟器中真人NPC的一份子？”好友确认道。

“是的。很早前我曾和父亲一起体验过虚拟器，那时真人NPC也是刚刚兴起的事物。在对方主管的邀请下，我也曾留下一份记忆，这样自己也能成为虚拟世界的大人物，当时的我还高兴了好长时间。”

“所以，重点就是——如果你进入虚拟器，就能再次看到淑桦?!”

莫徕重重地点了点头。他也是在淑桦发生那次意外前，偶然得知这一往事的。现在想来，这似乎是淑桦冥冥之中给他的提示。

“不过唯一有些遗憾的是，虚拟器中的淑桦并不认识我。”

莫徕的提醒一下子给好友浇了一盆冷水，他呆呆地看着面前的莫徕。

“你要知道，淑桦是三年前卖出这份记忆的。那时候，她不光没遇到你，连我也不认识。”

提到这一点时，莫徕的心被刺痛了一下。

“阿莫，就算你进入虚拟器，见到的也是一个不认识你的淑桦，这样值得吗？”好友直接将心里话说了出来。

“就算她不认识我，我也要去找她。”

关于这件事，莫徕已经想了好久。当他得知淑桦还有一份记忆时，当即就下了这个决定。

“那个虚拟器叫废墟。”莫徕再次说道，“是个很新的虚拟器，不过顾客很多。里面的人大部分都厌恶如今遍地的钢铁森林，向往原始的自然生活。所以虚拟器中的场景也是原始社会风貌。”

“原始风貌？你说的不会是野人吧……”好友惊讶道。

听到这句话，莫徕差点笑出来。

“这倒不至于，就是一些原始部落而已，我想我应该能适应下来。你也见识过我的经商才能吧？放心，到了那里，我一定也是个出色的商人！”

“好好，我相信你……相信你还不成嘛！不过你可要做好准备，毕竟你还有一家公司在这里。对了，要不你将这家公司让给我，我来替你管理？”好友笑眯眯地提出这个建议。

“想得美，滚一边去！”

好友丝毫不在意莫徕的笑骂，他笑了笑，直接从桌上拿起一颗坚果，扔进嘴里咔哧咔哧嚼了起来。反观一旁的莫徕，只是呆呆地看着窗外，他的心仿佛早已到达那片废墟之上。

6. 5 月 23 日，11:32 am

“节哀顺变。”

没等莫徕缓过神来，一只纤细的手已经搭在他的肩膀上。莫徕看着面前的姐姐，眼眶瞬间又红了。

“早知道这样，我说什么也要给她准备一个克隆体……”

姐姐一边轻轻拍打着莫徕的后背，一边柔声说道：“谁也不知道意外来得如此突然。阿莫，这不是你的错。”

“不！这就是我的错！要不是我忙于工作没时间陪她一起回老家，没亲自开车送她，她也不会在回家的路上发生车祸。都是我的错……”

说着，莫徕的情绪愈发激动，他双手握拳狠狠敲击自己的膝盖。

“阿莫，不要说这种胡话！你没有跟她一起回去，淑姅在天之灵也不会怪你的。淑姅一定不希望你也发生意外。你没事，她应该觉得庆幸……”

“姐！”

莫徕粗暴地打断了姐姐，他用愤怒的眼神看着眼前自己最为信赖的亲人。

“好好，我不说就是了。”见到弟弟的强硬姿态，作为姐姐她也一下子放软了态度，“你这孩子，太重感情。当年大哥去世时，你哭得比现在更惨。当时你也一个劲地道歉，说一切都是自己的责任。要不是我替你求情，当时你恐怕就被父亲打死了。”

莫徕抬起头，双眼通红地看着自己的姐姐。他似乎想说什么，可嘴唇一直颤抖着，最终一句话也没说出口。

“根本不是你的错。”姐姐突然说道，“去树上帮你捡风筝，也是大哥自己做出的决定。之后他不小心摔成重伤，只能说是他命不好。”

“不要再说了，姐。”莫徕再次阻止了姐姐。

“就算我不说，这也是事实。”姐姐看着莫徕，脸上露出笑容，“况且你也是因为这件事才捡了一个大便宜，不要不承认。品德兼优的大哥一直是父亲着重培养的接班人，如果大哥不死，现在的你可不会有如今这个地位。”

莫徕看着姐姐，没有说一句话。

“所以说，这次淑烨意外去世，未必不是一件好事。你也知道，她那种身份，原本就不可能高攀我们。都是你，一门心思被她迷惑，还非要坚持将她娶进门。要是父亲还在的话，也会被你气死。现在想来，这起车祸前，她已经遇到不少意外，只是这次恰好要了她的命，这种扫把星走了也好……”

面对姐姐的冷嘲热讽，莫徕没有说什么。他兀自站了起来，头也不回地走了。

“阿莫，姐姐的话虽然难听，但都是事实。我希望你能早点从阴影中走出来，公司还需要你。”

走出殡仪馆时，姐姐的这句话一直回荡在莫徕耳边。他不知道，此时自己应该做什么。他只知道自己极度渴望再见到淑烨。

7. 九月十四，亥时五刻

“我想，我以前应该见过你。”

莫业看着眼前的女人，一时说不出话来。

“你说话的语气很像以前我认识的一个人，他和你一样爱撒谎，但是他的表情却总是让他露馅，一个很有意思的人。”

说完这句话，女人继续向前走。莫业在原地愣了一会儿，呆呆地跟了上去。之后的一段时间里，两人保持着一种默契，谁也没开口。

“那个……我有一句话想和你说。”莫业突然停了下来，冲着女人大声说道。

女人顿时停下脚步，扭着脖子看向莫业，露出一脸疑惑。

“我想问一下，你刚刚提到的那个人，是不是一个富家少爷，很调皮，经常惹是生非。”

“你怎么知道……”女人吃惊地问道。

莫业苦笑一声。

“这个富家少爷很调皮，经常到处惹祸。不过他有一个懂事的大哥，每当弟弟惹了事，他都会帮弟弟擦屁股。除此之外，两兄弟还有一个很好的玩伴，她是一个女孩，不过家里很穷，还经常饿肚子。为此两兄弟经常从家里偷偷带好吃的食物出来，分享给这个女孩。”

说到这里，莫业停下逐渐靠近的脚步，他认真地看着面前这个女人。女人低下头，不知在想着什么。突然，女人似乎想通了。她抬起头，直勾勾地盯着莫业。

“你就是那个弟弟。”

“你果然还记得我……”

莫业再也抑制不住心中的感情。他直接冲了过去，将女人一把抱住。女人被眼前这双大手抱住时吓了一跳，不过不知为何，她并没有反抗，只是呆呆地站在那里，任由这个大男人抱着自己哭。

许久之后，男人停止了哭泣。女人一察觉男人的力气变小，便一下子从他的怀中挣脱开来。

“抱歉，我只是……”

“你不用再说了。”女人直接打断莫业的解释，她稍微整理一番被弄乱的衣衫，说，“我们继续走吧。”

说完这个，女人果然头也不回地向前走了。莫业呆呆地站在原地，他看着女人渐行渐远的背影，终于做出了一个决定。

8. 3月28日，6:11 pm

“是我错了！是我错了！是我错了！”

“再大声喊一百遍！”

偌大的客厅里不停地响起一个男孩的哭泣声。在父亲的命令下，他抽噎着一遍一遍地喊着那几个字。与此同时，客厅里还不时传来竹棍击打肉体的清脆响声。窗外雨哗啦啦地下着。

不知过了多久，一个女孩冲了进来。

“父亲，你不要再打弟弟了！”

女孩直接冲上前去，用自己的身体挡在弟弟面前。父亲刚要落下的竹棍停在半空中。

“你让开。”父亲冰冷的声音透出容不得丝毫辩驳的冷酷。

“不，我不让！你这样会打死弟弟的！”女孩哭着喊道。

“打死他又能怎样？要不是他，你大哥也不会这样！滚开！”

父亲一下子将女孩踢到一边，接着便举起竹棍，狠狠地往男孩背上砸去。

“父亲，你打死我吧，让我给大哥陪葬！”男孩突然大声喊道。

许久，男孩紧闭的双眼缓缓睁开。他突然意识到，竹棍并没有落下。他犹豫着转过身，看向一旁的父亲。在男孩眼中，父亲闭着眼，双手拄着竹棍，不知在想什么。

“罢了。”

突然，父亲睁开双眼，将手中的竹棍扔到一边。这一举动将男孩吓了一跳，他下意识地将身体往后缩了缩。

“老葛，今后你要对这小子严加看管，让他用心读书。如果他再随便跑出去玩，尽管告诉我，我直接打断他的腿！”

“好的老爷。”

老爷走后，被称为老葛的中年男子缓缓捡起地上的竹棍，随后又先后扶起倒在地上的姐弟俩。在将男孩扶起时，老葛十分认真地看着眼前这个未满十岁的小男子汉，轻声说道——

“少爷，今后莫家就靠你了。”

9. 九月十四，子时

莫业穿过一片片灌木丛，急速靠近前方的女人。然而就在他即将实施行动时，周围突然亮起一片火光。

“你们跑不了了！”

灌木丛中突然窜出一大群人，这些人手中都点着火把。骤亮的火光让莫业下意识地眯起双眼。不过这一切只是让莫业的行动短暂地停滞了不到一秒钟。恢复神智后，他继续向前冲去。

“大胆！”

人群中传来一声大喝，随后便有一道人影飞快地冲出，直接朝莫业奔了过去。不久，一阵兵器相交声传来，一把匕首应声掉落在草地上。

熊熊火光中，映出了莫业那张惊慌失措的面孔。

10. 3 月 17 日，5:02 pm

“啊，掉树上了！”

随着莫徕一声惊叫，院子里的欢声笑语戛然而止。三人一齐抬头看向树梢，只见茂密的树枝间挂着一个紫色的蝴蝶风筝，十分显眼。刚刚喊出声的莫徕使劲拽着手中的风筝线，可无论他如何用力，卡在树梢上的风筝就是纹丝不动。

“我上去拿吧。”年纪稍大一点的男孩这时说道。

“不要，太危险了。”三人中唯一的女孩提醒道。

可是男孩没有理会，他一路小跑来到树干旁，然后做出爬树的姿势。这棵树并不粗壮，也不是很高，对年纪尚小的男孩来说，难度并不大。

“哥，你不行的，快下来。”莫徕提醒着。

“那是你不行，你看好了！”

说着，在两人的注目中，莫徕口中的哥哥一下子蹿到树上。紧接着，他开始沿着枝干一直往前挪移，渐渐靠近卡在树梢的风筝。几秒钟过后，他真的成功拿到了风筝。那一刻，莫徕注意到，他身旁的女孩直接惊叫出声，紧接着她开心地鼓起了掌。

“你好棒啊！”

在女孩崇拜的目光中，树上的男孩拿到风筝后沿着枝干渐渐往主干移动。年幼的莫徕在一旁静静看着哥哥拿到风筝的整个过程。哥哥的成功，女孩的崇拜，完全充斥了莫徕的脑海。

那一瞬间，他心中那种名为嫉妒的感情再也抑制不住了。

曾几何时，年幼的莫徕也十分崇拜自己的哥哥。在他眼里，哥哥是无所不能的。他做不到的事，哥哥全都能做到。哥哥的成绩很好，经常得到父亲的夸奖。而他自己却怎么也做不到。他唯一能得到父亲关注的方式就是调皮捣蛋，这样父亲才会出面将他批评一顿。这是很长时间内他和父亲唯一的交流方式。

后来，他和哥哥在院子里玩耍时，见到了女孩。起初女孩还是小心翼翼的，可没玩多久，大家全都放松下来。后来莫徕才知道，女孩是一个佣人的孩子，她的母亲必须一边工作一边照顾她，在得到莫徕父亲允许后，她的母亲才在工作的同时将孩子带过来照顾。但是在年幼的孩子们心里，完全不存在所谓的贫富等级差距。随着一起玩的次数越来越多，他们也越来越熟悉。

莫徕渐渐发现，女孩只喜欢和哥哥说话，虽然她偶尔也和自己聊天，但莫徕能感觉出来，很多时候她并不想和他说话。她愿意和自己聊天，仅仅因为他是某人的弟弟。随着认识时间变长，在莫徕心中这种感觉越来越强烈。因此，莫徕渐渐对哥哥产生了嫉妒心。

父亲的冷漠、女孩的漠视，在年幼的莫徕心中留下巨大的裂痕。而这道裂痕的源头，就是那个无所不能的哥哥。要是没有他就好了，莫徕心中无数次产生过这种想法。

等莫徕缓过神时，他已经狠狠地撞在那棵并不粗壮的树上。随着一声惨叫，一个重物直直跌落地面，随后传来沉闷的撞击声。女孩被眼前的场景完全震慑住了，她呆呆地看着现场，完全忘记了惊叫。

莫徕也看着眼前的景象，他捡起掉落在地上的风筝，缓缓地向女孩走去。

“给你。”

莫徕将手中的风筝强硬地塞到女孩手上。

11. 九月十四，子时一刻

“怎么，大丈夫敢做不敢认？”

刚刚被击落匕首的莫业此时被几根绳索牢牢地绑在地上，他面无表情地看着眼前这位头戴面具的二首领。

“不承认也行，反正现场这么多双眼睛看着，料你也赖不了！”

“你究竟是谁？”莫业瞪着眼前这个面具男，大声质问道。

“我是谁？众人皆知，我是战虎部落的二首领啊……倒是你，我还想问问，你究竟是谁？”

面具男的话让莫业语塞，他只是盯着对方，一句话没说。

“你别以为不说我就不知道，哈哈！”面具男突然大笑，他看着不发一语的莫业，直接说，“你是莫氏集团的掌门人莫徕，这次进入我们所在的废墟模拟器，是为了找一个女人。”

听到这句话，莫业的瞳孔猛地一缩。他狠狠地盯着眼前的面具男，似乎想要看透面具后那张脸上的真实表情。

“哈哈，你不说话我就当你默认了。”面具男摸了一把并不存在的胡须，继续说道，“表面上看起来，你是因为在现实世界中痛失爱人，所以才想办法到虚拟器中再见她一面。你花了几年时间，终于得到爱人的消息。然后你急忙赶来，不顾性命地救出爱人。真是可歌可泣的爱情故事啊！”

在面具男讲述的过程中，莫业只是冷冷地看着对方，没有发出任何声音。见莫业没有反应，面具男并不见怪。他围着莫业转了几圈，突然拿起一根火把直直地照在莫业面前。

“看清你的脸！你不要欺骗自己了，你是个杀人犯，而不是故事中的痴情男！”

一听到“杀人犯”这个词，莫业脸上终于有了表情。他突然哈哈大笑。

“你说我是杀人犯，你有证据吗？再说了，我杀了谁？”莫业质问道。

“这个问题问得好，你究竟杀了谁呢？”

面具男将火把从莫业眼前拿开，继续在四周转悠着。突然，他停了下来，看向莫业。

“你所犯下的第一个罪行，便是杀了自己的哥哥。”

“证据，我要的是证据。”莫业再次强调道。

“对，我是没有证据，因为现实中唯一的证人已经被你灭口了。你所犯下的第二个罪行，便是杀了自己的妻子，你的妻子就是当年的人证！”

“话随便你说，又没有证据。”

“证据嘛……我当然有。不过在此之前，我想将刚才的那个故事重新演绎一遍。”面具男低声笑道。

“随你便。”莫业露出一副漠不关心的表情。

这时，面具男突然整理起自己的衣着。很快，他再度开口。

“刚刚我也说了，你杀了自己的妻子，正是因为她是你杀害哥哥的唯一人证。十多年前，杀害哥哥的你原本以为一切都完了。但是随着该事件唯一的证人突然消失，你父亲竟然完全没有察觉。之后你顺理成章成为家族继承人，十几年后继承了家族企业。巧的是，这时你遇到了淑烨，也就是十几年前那起案件的证人。可惜的是，由于时间久远，在交往的过程中，你竟然一直都没认出她来。没多久，你们顺利结婚。然后不知怎的，你突然开窍了，你发现自己的妻子很可能就是当年的证人。你的心乱了，最终你决定痛下杀手。你伪造了一起车祸，彻底解决了这个隐患。”

面具男停了下来，看向一言不发的莫业，继续说道：“但还有一个隐患一直存在，那就是存在于虚拟世界中的真人NPC。由于真人NPC几乎拥有本体的全部记忆，所以在几年前你的妻子卖出的这份记忆中，就记录着你当年犯下的罪行。于是你慌了，为了永绝后患，你进入废墟，疯狂地寻找自己的‘爱人’。你成功了，而且差点得手。可惜的是，胜利并不属于你。”

“你说完了？”莫业这时突然说道。

“说完了。”

“证据呢？”

“哈哈，果然冥顽不灵。证据嘛，这就是证据。”

面具男一边笑着，一边做出请的手势。这时，面具男身后走出一个人。当那人走到莫业面前时，他终于看清了此人的样貌。

“淑烨……”莫业下意识地叫了出来。

眼前的女人虽然仍是他刚刚救出的女人，但莫业从她的眼神中看出，她并不是那个女人。她是真正的淑烨……

12. 4月13日，3:14 pm

最近一段时间，淑烨的内心很乱。她不知道自己究竟做错了什么，丈夫似乎完全变了一个人。她甚至有些害怕他。

以前的丈夫虽然工作忙碌，但每天只要一回家，再累都会对她展开笑脸，然后认真吃着她精心准备的晚餐。但是最近这段时间，丈夫突然变了，他似乎总是在躲着自己，就连看向她的目光也变了——那是一种猜疑的目光。

难道是他怀疑自己有外遇？淑烨曾经有过这样的想法，但她不久后就否认了。丈夫连翻自己手机的兴趣都没有，这样一个人怎么可能怀疑她有外遇。那会是怎样的问题呢？淑烨在自己身上寻找了无数遍，可是完全没有发现。也就是说，问题出在丈夫身上。

淑烨曾经问过丈夫是不是公司出了问题，但丈夫皆否定了她的猜测；她又问是不是和姐姐闹僵了，因为淑烨知道他们姐弟俩关系很好，可能是这段时间闹矛盾也说不定。但事实证明也并不是这样。

之后，一系列触目惊心的事情接连发生：淑烨走在路上差点被车撞倒，偶尔走小道也有被人跟踪的感觉。除此之外，还有很多意想不到的意外事件，全部都在这段时间发生在淑婵身上。难道……丈夫想杀了自己。在极端压力下，淑婵有了这种恐怖的想法。

但这种想法很快就被淑婵抛之脑后，她还是选择相信自己的丈夫。为了缓解压力，在友人建议下，淑婵去体验了虚拟器服务。她特地选择一个叫废墟的虚拟器场景，在原始社会那种简单的人际关系中，体验到了前所未有的安全感。多次体验后，在工作人员的推荐下，她留下了一份记忆，用以建立以她为原型的真人 NPC。

不久后，淑婵真的在虚拟器中见到了这位和自己长得一模一样的虚拟人物。高兴之余，她很想拉着丈夫一起体验一番。但是一看到丈夫满脸烦闷的表情，淑婵根本不敢提自己这段时间在虚拟器中玩乐的事情，更不敢说自己还留了一份记忆用来建真人 NPC。最终，淑婵想了一个折中的办法。她欺骗了丈夫，她骗丈夫这个真人 NPC 是以自己三年前留下的记忆为原型建立的。然而最终的结果还是一样，尽管淑婵邀请了多次，丈夫还是无动于衷。

两人之间似乎出现了无法弥补的裂痕。

也是因为这个，淑婵和母亲聊天时的语气泄露了自己的坏心情。母亲邀请她回老家看看，淑婵这才踏上了驾车回家的路。还有大约一个小时，她就能到家了。

淑婵知道自己小时候因为某种原因生过一场大病，这场病之后她的记忆就出现了大段的空白。母亲为了给她治病，辞掉了原本在一个大户人家当女佣的工作，带她四处求医。虽然后来仍不见好转，但在淑婵心里，母亲为她付出了很多。长大后，只要母亲想见她，她随时都会回去。

淑婵看了一眼驾驶座右侧的照片，这张照片是她小时候和母亲在工作的大户人家拍摄的。照片上两人站在一棵不是很粗的樟树前，伸出两根手指，脸上露出灿烂的笑容。后来淑婵把自己的恋情告知母亲，她才得知，原来母亲以前工作的那个大户人家，竟然就是她现在的夫家，以前一起玩耍的伙伴，就是她现在的爱人。也许这就是缘分吧。这张照片淑婞一直保留至今，之前一直放在钱包里，直到结婚后被丈夫看见。丈夫似乎很不喜欢这张照片，于是淑婞偷偷将它藏在驾驶座上。

淑婞看着这张照片，心情也变好许多。她在脑中想着，待会回家后下厨要准备哪些菜，邀请哪些朋友。

就在这时，突然传来一阵猛烈的撞击。淑婞只觉得自己的身体变得很轻，她和车一起翻滚着，很快就失去了意识。

13. 九月十四，子时三刻

“不好意思，骗你了。”面前的“淑婞”缓缓开口道。

莫徕看着曾经的爱人，一句话都没说。这时，淑婞走到莫徕面前，用一种柔和的眼神看着他。

“我确实想替本体向你道个歉，但既然她死了，那就算了。其实我怎么都想不出你为什么要杀我。原本我确实猜测之前遇到的许多意外是你干的，但是我不肯相信，因为没有理由。直到我来到废墟，认识了一个人，这才知晓一切。原来，我竟然是你杀害自己哥哥的见证人。可笑的是，失忆的我一直被蒙在鼓里。”

听到“失忆”这个词的时候，莫徕的表情终于有了变化。许久之后，他突然狂笑起来。

“原来如此……原来如此……哈哈哈……”

“有什么好笑的？证据确凿，你还能抵赖吗？”面具男笑着问道。

面具男的这个问题打断了莫徕的狂笑，他看着面具男，说：“证据？你没听到她刚刚说自己已经失忆了吗？这就是你口中的证据？”

“你不要忘了，刚刚可是你拿着匕首追杀她，这是杀人未遂。”

“那又怎样，她现在的身份只是一个虚拟人物而已，杀害虚拟人物，不犯法吧？”莫徕嘲讽道。

“那倒也是。”面具男承认了这个事实，“但你似乎忘了一件事。如果她早就失忆，根本不记得当年的事，我们又是怎么知道是你杀害了自己的哥哥呢？”

“你是说你们还有人证？不可能！当年现场只有我们三人，不可能再有其他人！”莫徕大声说道。

“你说呢？”面具男反唇相讥道，“你以为我们这次设计引你出来，仅仅是因为没证据想恐吓你，逼你自己露馅？”

面具男停了下来，缓缓说道：“我们当然有证据，之所以等了你这么久，就是想让你尝尝每天担惊受怕的滋味。在废墟中的这些年，不好受吧？”

“别说这些有的没的。人证呢？给我瞧瞧！”莫徕大声吼道。

“我就是人证。”面具男缓缓说道。

在莫徕的注视下，面具男缓缓摘下面具。莫徕终于看清这张面具背后的脸。这是一张年轻的脸，也是一张他曾经见过的脸——几天前，前去找他的黑衣人。

见莫徕仍一脸迷惑，年轻人笑了笑。

“你再仔细想想，这张脸你还在什么地方见过？”

莫徕开始仔细回想。几秒钟之后，他终于意识到一个极为关键的问题。这是一张他再熟悉不过的脸——因为这是他自己的脸。只不过，那时自己才十五岁。

“记起来了？”年轻人再次笑出声，“十五岁时，你在父亲的带领下第一次体验虚拟器，然后你留下了一份记忆。而这——就是我。”

“不可能……不可能！”莫徕几乎用尽所有力气狂吼出来，他的表情异常恐怖。

“怎么不可能？虽然我们原本一体，但命运之线从我们分开时就将我们带向了不同方向。与死不悔改的你不同，虚拟器中的我早就痛改前非。而你，也即将接受法律的审判！”

“不会的，不会的……不要，求求你们，不要！”此时的莫徕已经完全崩溃，他开始歇斯底里地疯狂吼叫。

这时，淑婵也站在了莫徕面前。

“相比于你，他才是我的莫徕。”淑婵看着另一个“莫徕”，用温柔的语气缓缓说道。

左边，右边

平行世界是指与原世界平行存在的既相似又不同的其他世界。

左一

对叶川来说，最开心的事莫过于一家人健健康康。他有个幸福的家庭，有个可爱的儿子，这一切都已经足够。尽管平时工作十分辛苦，但叶川只要想到回家后能看到儿子那开心的笑脸，浑身的疲惫立刻就消失不见。

对李研来说，家人同样是他最在乎的东西。他虽身为集团掌门人，但在家中他只想做一个好丈夫。对他来说，妻子的命令无疑具有最高的服从等级。他很爱工作，但更爱妻子。

对张天浔来说，家人他并不在乎，他在乎的只有钱。他的运气一向很好，无论是股票还是投资，只要是他经营的产业，一定能赚得盆满钵满。他不懂为什么有的人运气那么背，这个世界就是让他们来赚钱的啊！

对曲池来说，警队副队长这个职位已经成了他在警队的身份标榜。以他破获无数大案要案的才能，半年内再次升职无疑是板上钉钉的事。

对他们来说，如果将各自所在意的东西拿走，那简直比要了他们的命还可怕。

右一

叶川时常想，如果还存在一个平行世界该多好。在那个世界中，他的孩子是一个身体健康的人，不会因疾病带来的痛苦夜不能寐，更不会因没钱治病遭人白眼。可叶川心里清楚，这样的好事只会出现在梦里，现实中的他仍然是个无能的单亲父亲。

在疾病的折磨下，每当孩子躺在床上发出痛苦的哀嚎，叶川的心也在痛。他无数次想过带着孩子自杀，但他并没有这么做，他觉得孩子的命运应该由他自己来决定，而作为父亲的自己没有权利这样做。在无数个夜晚中，叶川只有一个想法——治好孩子的病。为此他先要赚到足够多的钱。然而叶川很清楚，这是一项不可能完成的任务。对他来说，目前单单照顾好孩子就已经使他筋疲力尽，他根本没有精力去想其他的事。

叶川时常想，如果孩子身上遭受的痛苦转移到自己身上该多好，哪怕只让孩子轻松那么一会儿，他也心满意足。但几年时间过去，除了孩子的病越来越严重，什么奇迹都没有发生。每次叶川去药店买完药走在路上，看到一排排身穿校服的小学生，他都会想，如果自己的孩子没有生病，现在也应该是这些孩子中的一员了吧。可这个世界没有如果，事实上他的孩子仍躺在床上，哀嚎着等着他手中这些无用的药剂。每当这时，叶川就会攥紧手中的拳头，他痛恨自己的无能。

后来，孩子的病重了，他有时连哀嚎的力气都没有，只能躺在床上发出无意义的低吟。每当这时，叶川就会打开电视，播放孩子最喜欢看的动漫。最后，叶川自己也喜欢上了动漫中的英雄人物。他最喜欢的一个动漫英雄是超人，超人是无所不能的战士，他不会放过一个坏人，也不会任由一个好人受欺负。有时叶川会幻想着自己成为超人，这样他就有拯救孩子的力量了。可现实世界中，不管是他自己还是其他人，大家都不是超人。

叶川在电视上见到的和超人最像的一个人是李氏集团的现任董事长李研。他作为集团创始人李武通的孙子，上任董事长李修铭唯一的儿子，现在正把控李氏集团这个超级巨无霸的所有资源。但凡这个大人物动一动手指，叶川和孩子都能得救。叶川曾试着找过这个大人物，可结果连大人物所在的那栋楼都进不去。在叶川心里，大人物只是最接近超人的那个，却永远也成不了超人，因为大人物救不了他还有他的孩子。

叶川知道，大人物也有一个儿子，和他自己的孩子差不多年纪。叶川曾经在电视中看到过，这个孩子很会笑，很可爱。可叶川觉得，如果自己的孩子没有患上疾病的话，一定会比他更可爱。世界就是这样不公平，有钱人的孩子永远不会生病，没钱人的孩子往往患最重的病。如果有一个平行世界，叶川希望那是一个更加公平且没有痛苦的世界。

原本叶川对李研没什么仇恨，但这一切在叶川看到李研的一个采访之后改变了。在采访中，记者问李研李氏集团最伟大的成就是什么，李研的回答是——让每个人都活成理想的自己。当然，李氏集团最引以为傲的人体重塑、克隆人、机器人等技术已经彻底改变了人类的生活方式。在李氏集团的帮助下，任何人都能活成自己想要的样子。但这一切的前提是——足够有钱。

显然，叶川并不属于这一范围。也就是说，在大人物的眼里，他连活成“人样”的权利都没有。从这一天开始，叶川对大人物彻底失望。与其期待超人的降临，不如让自己成为超人。只有他自己才能拯救孩子，叶川在心里下定了决心。

他要拯救孩子，为此他愿意付出任何代价。

右二

最近李研并不开心，并不是因为公司的管理出了问题。相反，公司的股票最近还涨了很多。导致他最近经常闷闷不乐的直接原因，其实是他的妻子。

原本他和妻子的感情很好，可自从孩子上学之后，他们夫妻间的关系就渐渐出现裂痕。妻子对孩子看得很重，孩子在学龄前，一直都由她亲自照顾，甚至连保姆都不会请。后来孩子到了上学的年纪，但妻子并不愿意让孩子去学校，因为这样她和孩子的相处时间就少了很多。她坚持为孩子请家庭教师，在家中学习。但在李研看来，孩子去学校最重要的目的不是学习知识，而是学习怎样和同龄人相处。如果按照妻子的想法将孩子关在家中，这对孩子的成长极为不利。为此他和妻子吵了无数次，虽然最终他赢了，但妻子也因此对他冷漠许多。

李研了解到，妻子之所以会有这种表现，是因为她害怕孤独。妻子并没有兴趣爱好，对她来说，唯一的爱好就是陪着孩子、看着孩子成长。可现在他亲手剥夺了妻子唯一的乐趣。每次想到这里，李研就会对妻子产生一丝愧疚。所以后来李研决定花尽可能多的时间陪伴妻子。孩子上学期间，为了避免妻子孤独，他会主动邀请妻子出门逛街。然而对普通家庭主妇来说再喜欢不过的购物，却丝毫引不起妻子的任何兴趣。几次之后，李研终于放弃，他也得出了一个结论：妻子的眼里只有孩子，他这个丈夫就像一个透明人，可有可无。

从孩子上学的第一天开始，全由妻子亲自接孩子上学、放学。有时公司没事，早早回到家的李研会看到妻子呆呆地坐在窗前，看着窗外发呆。一开始他并不知道妻子为何这样，后来他才意识到，发呆的方向，就是孩子上学的地方。有时离放学还有一个多小时，妻子就已经早早出门，将孩子接回来后妻子终于恢复生气。等到第二天送走孩子，她又变得落寞。后来，就算在公司没事，李研也不愿待在这样的家中。他时常在想，如果有一个平行世界，他希望自己和妻子的关系能更好些。

然而李研只是想想罢了，现实情况永远更糟糕。有一次，妻子因为生病住院，不能亲自去接孩子。在妻子的千叮咛万嘱咐下，李研亲口保证一定会亲自去学校接孩子。但是当天公司突然有临时会议要开，李研完全脱不开身，于是他就让司机开车去接孩子回家。之后的两天，李研确实按照妻子的要求亲自接孩子上下学。然而妻子病愈归来，得知第一天李研并没有兑现接孩子的诺言，于是大发雷霆，甚至以离婚相要挟。李研完全不能理解妻子的想法，因此他和妻子大吵一架，直接从家中搬出。

直到最近，李研还住在离公司不远的另一个住处。虽然吵架之后的当晚，李研就已经不生妻子的气了，但他实在没有底气回去，于是就这样一拖再拖。直到刚刚，他接到助理的电话。听到事情有关孩子后，他差点当场晕过去。

“李总，有人在商场闹事，劫持了您的孩子！”

右三

最近一段时间，张天浔觉得自己着实被瘟神附体，无论他买哪个公司的股票，那家公司的股价就会狂跌。由于他的倒霉体质，只要是他看好的股票，朋友一律不买，反倒还小赚一笔。

张天浔寻思也许是最近和股票不对路，所以他也尝试过赌马或买彩票。可惜，不论他如何操作，最终都是血本无归。换句话说，只要是遇上和运气有关的事情，他绝对是最倒霉的那个。难道最近真的招惹了什么？从来不信鬼神的张天浔这次怕了，为此他还专门跑去附近的寺庙，花了很多钱抽了一支气运签。然而就连这只气运签也是下下签，气得张天浔差点把庙里的小和尚给打了。

回到家后的张天浔怎么想怎么不对头，他又想是不是前段时间借钱给某位朋友，将自己的财运给借走了。于是他便找到那位朋友，死活都要将借出的钱要回来。然而那位朋友也不是个善茬，张天浔钱没要回来，眼睛还挨了一拳。就这样，捂着一只熊猫眼的张天浔灰溜溜地找了一家诊所，他本想拿一些消炎药就走，可那里的医生却非要坚持给他打针。张天浔执拗不过，便挨了一针。可接下来张天浔就感觉浑身发热，没多久全身皮肤都出现红疹，接下来的事情他就不记得了。醒来时他已经躺在医院的病床上，这一次足足躺了七天才出院。

在鬼门关走过一遭的张天浔虽然多少受到一些惊吓，但他心里反而觉得高兴。他想的是，经过这么一遭，运气应该会好转。于是刚出院不久的张天浔马上就买了早就看好的几只股票。然而事实证明，厄运并没有抛弃他。穷得一直处在破产边缘的张天浔只有一个愿望，如果有平行世界的话，他只希望自己是个有钱人。

要不是内心足够强大，接连遭受重创的张天浔恐怕早已对人生失去希望。当然，让张天浔最舍不得的还有那位将赌博基因完美遗传给他的母亲。就算为了母亲，他也要坚强地活下去。明天就是母亲生日，一想到去年因为忘了这件事被母亲痛骂，张天浔立刻精神许多。为此，他这次特地来到这家商场，就是为了给母亲挑一个合适的生日礼物。

可是在商场转了半圈，张天浔都没有看中一件合适的礼物。究其原因，还是因为钱太少，而母亲的眼光太高。如果他送了明眼人一看就知道是在糊弄人的东西，母亲还不得扒了他的皮。就在张天浔于一家珠宝店左右打量时，商场里突然响起警报声。珠宝店的女店员这时也都出去打探。没过多久，一大群顾客从店门口慌不择路地逃走。

店员的目光全被这种不常见的景象吸引住。张天浔看着眼前的钻石，动了歪心思。可正当他准备收起眼前这颗钻石的时候，面前出现一个身材高大的男人。也是张天浔胆量过人，就在即将被识破的那一刻，张天浔突然指着外面大叫一声“着火了”。所有人都慌了，连那个身材高大的男人此时也立刻赶到门外四处查看。就这样，趁着所有人都不注意，张天浔拿起那颗钻石就往外跑。

出门之后，兴奋不已的张天浔没有顺着人群奔跑的方向走。他经常来这家商场，所以认识一条极为隐秘的小道。几个拐弯之后，他很快就进入那条小道。正当他以为自己即将逃出生天时，一个尖锐的东西突然抵住他的后腰。

张天浔吓得一下子举起双手，表明自己并没有武器。几秒钟后，见身后的人并没有进一步举动，张天浔缓缓转过头。他看到一个满脸胡楂的男人的脸，身边还有一个穿着打扮都很得体的小男孩。只不过小男孩的脸上满是泪水，嘴里一直嘟囔着要回家。

“一切都听我的，包你没事。”

在男人说出这句话的时候，张天浔一下子感觉到腰上那尖锐的东西抵得更用力了。他吓得连忙点了点头。

右四

曲池从没有想过自己也有受表扬的时候。作为一个小小的警察，这几年他的功劳不多，闯下的祸事倒不少。不过这几个月不知怎么回事，他负责的这片区域，整整好几个月都没有发生一件重大治安案件。因此这次上级领导视察时，特地点名表扬了包括他在内的好几位基层民警。

高中时，曲池因为喜欢看推理小说，所以怀着满腔热血报考了一所警校，大学毕业后他如愿成为一名普通警察。在一群普通警察当中，曲池又是普通得不能再普通的一位。和新来的同事相处几个月，很多时候同事根本就不记得曲池这个人。当然，偶尔他也会有让局里的每一名同事牢牢记住他的时刻——警队的奖惩大会，当然，他自然属于受惩罚的那个。

让曲池出丑的原因有很多，不过在曲池看来，排第一的应属自己那奇差无比的记性。从警后曲池参加侦破的第一个重大案件是一起杀人案，嫌犯身份当时已查明，曲池负责的是他那一片区域的排查工作。一天后这起杀人案告破，但紧接着曲池就受到众多同事的质疑。因为据嫌疑人供述，他犯案后躲藏的区域正是曲池负责的那片。后来调取的监控录像显示，曲池曾经和嫌疑人擦肩而过，但他竟毫无所觉。事后曲池回想起这件事，他发现自己竟将嫌疑人的相貌记错了。虽然曲池解释了，但这个事迹已经成为警队同事间的笑料。

除此之外，曲池还因自己糟糕的记性闹过不少笑话。比如调解家庭矛盾时，他将男方的错误记成了女方的；防盗宣传时，其他同事都随身携带宣传册，只有他忘在家中。当这些微不足道的错误积少成多，尽管曲池并没有犯过大错，可他在所有同事心目中已经彻底成为一个受人嘲笑的小透明。

有时曲池会想，是不是自己不适合警察这份职业。每次犯下这些低级失误后，他都会在沮丧不已；但每次在街上巡逻，一看到周围群众向他投来鼓励的目光，他瞬间就又变得满腔热血。如果还存在一个平行世界，在那个世界中自己仍然是个警察，又没有这些缺点该多好，曲池时常这样想。

不过也许他的运气终于变好了，这是他这段时间第一次受到嘉奖，他也希望这是个好的开始。从会议室出来后，曲池的心情大好。他正准备中午给自己加餐好好犒劳一番，整个警局却被一件大事给惊动了。

附近一家商场发生了一起人质挟持事件，被挟持的人质还是李氏集团董事长的儿子，整个警局立刻被紧张的气氛所笼罩。而曲池显然比任何人都紧张，因为他一听到商场的名字，就知道那正是他负责的区域。

曲池呆立在原地，看着周围四处穿梭的同事，脑子里一片空白。

左二

今天上午，叶川带着儿子去了一趟游乐园。对他来说，只要看到儿子开心的笑脸，比什么都满足。也许是玩累了，开车回家的路上，儿子直接躺在后座睡着了。从后视镜中看到儿子酣睡的脸，叶川心里无比幸福。

今天是周日，原本应该在家休息的李研最终还是被妻子撵出了门。原因无他，孩子在一家艺术学校学习，现在李研要赶到那里去接孩子回来。离家前，妻子还给了他一个甜蜜的吻，这让他十分满足。

今天不是股票交易日，张天浔也不用一直盯着股票数据。乐得清闲的他一大早就去了一处高尔夫球场，放松是一方面，和极乐汽车的创始人会面则是更重要的事。以他多年的经验，他很看好这家新上市的车企，所以这次他也在这家公司上投入了血本。一天的交流下来，他更加相信自己当初的判断极为睿智，心里特别踏实。

今天虽然是周末，可身为警察的曲池却仍然奋斗在前线。副队长的头衔可不是凭空捡的，而是无数个日日夜夜奋斗出来的。为了端掉诈骗团伙，他们已经连续守了好几天。尽管收网时大部分犯罪分子都被逮捕，但还是被一个漏网之鱼给跑了。决不允许自己犯错的曲池自然义无反顾地率队驱车追赶。一想到待会能亲手将这个犯罪分子抓捕归案，曲池发自内心地感到满足。

今天并不是一个特殊的日子，但对他们来说，最希望的就是这样普通的日子能一直持续下去。

右五

叶川没想过自己会这么做，然而当他看到那个曾经出现在电视上的小孩时，就不知不觉跟了上去。等小孩一个人落单，他就掏出怀中的匕首将小孩挟持住，然后直接躲进附近的一个安全门里。

他躲在门后，脑子里一片空白，直到身边响起小孩的哭闹声，他才终于反应过来。然后他看到了手中的匕首，恢复理智的他惊得差点将手中的匕首直接扔出去。他再次注意到身边一直哭闹的小男孩。

“不要哭了！”

不知怎的，听到小孩的哭闹声后，叶川的心情变得很糟，然后他就听到自己的怒吼声。也许是被叶川的声音吓到了，小男孩只是浑身颤抖地流着眼泪，再也不敢发出一丝声音。

见此情形，叶川反而开始厌恶自己刚才的表现。他想起自己的孩子。曾几何时，他也曾因为孩子躺在床上的呻吟而感到痛苦不堪，吼过孩子一次。之后的几天里，孩子确实也没再大声哭叫，但叶川知道，那是孩子在强忍着身体的痛苦。那是叶川最濒临绝望的时候，他想过自杀，但是一看到躺在床上强装镇定的孩子，他的心顿时就被泪水填满。这之后，他再也没有对孩子发过一次脾气。

“对不起。”

等叶川反应过来，这句话已经脱口而出。他的手中还握着一个玩具超人，这是他今天特地到商场买给儿子的礼物。他将超人递到小男孩面前。小男孩抹着眼泪，目光在叶川和玩具之间来回移动。最终，他接过了玩具。叶川摸了摸小男孩柔软的头发，就像在摸自己的孩子一样。可叶川清楚，这并不是自己的孩子，他的孩子此时还躺在床上发出痛苦的呻吟。一念及此，叶川终于下定决心。

他站起身，牵着孩子顺着走廊往前走。既然他已经下定决心挟持这个孩子，那他就要找到一个绝对安全的地方。先保全自己，才能具备和对方谈判的筹码。刚才劫持小男孩时，周围已经有好几个人注意到他的举动。躲在密道中的叶川甚至能听到商场中正在发生的骚乱。看来用不了多久那位大人物和警察就都会赶到。叶川看了一眼身旁的小男孩，继续向前走着。

没走多远，叶川听到后方传来一阵脚步声，他赶紧带着小男孩一起躲到旁边一处障碍物后。等脚步声靠近，叶川突然想到一个主意。那人刚走过，他就闪身将匕首抵在他的后腰上。

“一切都听我的，包你没事。”

说出这句话的时候，叶川能感觉到面前这个男人在颤抖。其实他自己的身体也在微微颤抖。

右六

在向身后这个满脸胡楂的男人妥协后，张天浔明显感觉腰上的刺痛感消失了，这让他多少松了口气。

“你走在前面。”身后的男子发出命令。

从小就怕死的张天浔自然对胡须男言听计从，他头也不敢回地往前走着。虽然还不知道发生了什么，但他显然知道身后的那个男人不是个善茬。没过一会儿，前面出现了一个岔路口。张天浔停住脚步，等待身后男人下达指令。

然而想象中的指令并没有出现，男人一直沉默着。张天浔又等了一会儿。终于，他忍不住回过了头。让他没想到的是，刚刚还一脸凶神恶煞的胡须男，此时竟露出一脸的焦虑。胡须男不住地左顾右盼，像是在犹豫究竟要走哪一条路。

“如果你想躲一躲的话，走右边这条。”

说出这句话后，张天浔也不知道自己哪根筋出了错。他现在是被眼前这个男人劫持了，怎么说也不应该帮对方才对。但事实上，他还是帮了。

“谢谢。”

男人的脸上露出惊讶之色，随后十分生硬地吐出这样两个字。张天浔不以为意地笑了笑，随后扭过头继续在前面走着。

“你为什么要做这种事？”走在前面的张天浔有意无意地问道。

身后的男人并没有回答。

“你要知道，绑架罪可是很重的，无期徒刑都有可能。”张天浔想了想，“不为自己，你也应该要考虑一下自己的孩子。”

提到孩子时，张天浔明显感觉周围的空气瞬间变得凝重许多。他转过头，看到了阴沉着脸的胡须男。

“抱歉，我不是……”

感到害怕的张天浔对自己刚才的嘴欠后悔万分。可解释还没说完，就已经被眼前的胡须男粗暴地打断。

“你懂什么?! 我做这件事就是为了我的孩子！”

话音刚落，张天浔的肩膀就被胡须男极为粗暴地推了一把，他顿时失去平衡，踉踉跄跄地往前走了几步。之后的一段时间里，张天浔再也不敢发出一点声音。奇怪的是，从刚才开始，胡须男身边的小男孩一直都没有哭闹。

就这样走了一会儿，几人来到一间杂物室，这就是张天浔一开始所说的那个可以躲一躲的地方。到达地点后，胡须男再次说了一声谢谢。

“所以，我可以走了？当然，我可以发誓不将你的信息透露出去。”张天浔当即保证道。

张天浔觉得自己这么帮他，胡须男就算再不近人情，至少也得表示一下。如果他同意的话，自己连一分钟都不想待在这里。

“不行。”胡须男直接拒绝了他的提议。

“你不信我？”张天浔皱眉道。

“不是，我还有一件事要请你帮忙。”

胡须男想了想，露出一脸为难的表情。

右七

等李研赶到商场，整个商场里的人已经被完全清空。警察也提前赶到这里，将整座商场彻底封锁。但是现在里面的情况并不明朗，警方并没有让李研贸然进去。

正当李研不知如何是好时，他看到不远处正歇斯底里的妻子。妻子的情绪十分激动，在女警的控制下，她仍然试图向商场的方向冲去。如果李研没记错，妻子确实有周末带儿子去商场转转的习惯。也就是说，儿子是在妻子面前被劫持的。

“你们不要拦着我，再拦着我，我就死给你们看！让开！”

妻子的大吼大叫并没有起作用，她只能看着面前空无一人的商场号啕大哭。李研走了过去。

见到李研后，妻子的表情顿时变了。她停止哭泣，用那双充满血丝的通红双眼直勾勾地盯着李研。然后完全出乎意料地，妻子突然扑通一声跪了下来。

“求你救救我的孩子吧！求你了……”妻子用嘶哑的嗓音向李研祈求着。

见到妻子这样，李研不由得后退两步。他直愣愣地看着妻子，仿佛在看着一个陌生人。求你救救我的孩子……妻子的话一直萦绕在李研耳边，仿佛一根刺直接扎进了他的心。在妻子心中，孩子是她一个人的，不允许其他任何人分享，其中也包括李研这个父亲。但是你的孩子，不也是我的孩子吗？李研很想这么说，但他最终还是没有说出口。

这时，身旁传来的声音将李研拉回现实。

“李董，劫持您孩子的人，有话要对您说。”一个男警察对李研低声说道。

听到这句话的李研再也站不住了。在这位警察的帮助下，他直接拨开人群，冲进了商场。

“你有什么要求尽管提，只要我能做到的，都可以满足你！”刚冲进商场，还没看到人影，李研已经忍不住喊了出来。

很快，商场上方就传来一个男人的声音。李研赶紧抬头看去，只见商场三层的扶梯处站着一个身穿黑色连帽服的年轻小伙子。

“你们误会了，我并不是绑匪。”年轻男子挠了挠头，露出一副为难的表情，“我也是被绑匪威胁的，被迫来这里和你们说出他给的条件。他要我和你们警方强调，不要试图在商场里搜捕他。现在他躲在一个极为安全的地方，只要他察觉一点异样，就立刻撕票。”

“好好，我们不动，你们也不要激动！”李研已经替一旁的警察回答道。

“我刚刚说了，我不是绑匪！”年轻男子似乎也跟着激动起来。

“好，好，你不是……你不是，我道歉！”

“算了算了，我也只是替绑匪传个话。他的要求很简单，只要你们李氏集团替他儿子准备个克隆人身体，让他儿子用这个克隆人身体重新活过来就行。”年轻男子直接说道。

“好好，我答应，这个事情很简单，只要我一句话，我手下的人立刻就可以做到。你让他先把我儿子放了，我决不食言！”李研立刻保证道。

年轻男子笑了笑，说："你说的这些绑匪早就料到。他说现在不能放人，他要等到你们准备好克隆体将他儿子救了，他才放了你儿子。"

"可准备克隆体也要时间啊……"

"以你们李氏集团现在的技术，将克隆体培养到七岁左右，一天时间够了吧？啊，当然，这也是刚刚绑匪和我说的。他说二十四小时后，如果他能见到活蹦乱跳的儿子出现在他面前，他就放了你儿子。"

"二十四小时……"

一听到年轻男子的这句话，李研顿时慌了起来。先不说二十四小时内技术人员能不能成功培育一个克隆体，光是一想到自己的儿子要和绑匪在一起待上这么久，李研就已经完全忍受不了。

"我知道这个要求你可能有点难以接受，但这确实是绑匪的意思，我也没办法。他和我说，他可以向你保证，期间绝不动你儿子一根头发。前提是你认真按照刚才他提的要求去做。二十四小时后他要见到他儿子，否则就撕票。对了，绑匪还说了，他知道你也给自己儿子准备了克隆人替身，但是他想要你仔细考虑一下，克隆人毕竟是克隆人，不是真儿子。"

说完这个，年轻男子又说了绑匪的住址，之后就从扶梯口离开，消失在李研的视野中。从商场出来后，李研直接找到助理，说了绑匪的要求，并且下了死命令，要求所有人加班加点，务必在二十四小时内达到绑匪的要求。助理离开后，几个警察很快朝李研走来，向他询问刚刚的具体情况。简单说明一番后，李研要求警方无论如何也不要轻举妄动，一切以他孩子的安全为先。绑匪说得很对，他虽然为自己儿子准备过克隆人替身，但这只是最坏的打算，毕竟谁都不想眼睁睁看着自己的儿子在眼前丧命。

就在一切都安排妥当之后，李研才注意到一旁早已哭得有气无力的妻子。她瘫倒在地上，绝望地望着商场的方向，不停做出祈祷的姿势。见到这一幕，李研也倍感心痛。这一刻，他感受到一种从未有过的无力感。自从接替父亲成为李氏集团掌门人后，自己的命令就是一切，可以说没有他做不到的事情。就连和妻子结婚，也是李研自作主张的。尽管父母反对，他最终还是成功将妻子娶进门。他不信天，不信神，只信自己。就算最近一段时间妻子变得有些神经质，他也从来没有怀疑过自己当初的决定。他更没有理由认为自己做错了什么，错的永远是别人，比如妻子。

但是刚刚看到妻子的这番模样，再联想到儿子在绑匪面前号啕大哭的场景，李研心中的这块磐石顿时松动了。

他真的没有犯过一丝一毫的错误吗？李研第一次对自己发出这样的疑问。

右八

曲池陪着大人物从商场出来，他终于松了口气。还好这次他并没有搞砸。

刚刚他只是将绑匪提要求的事告诉李董，但没想到对方竟直接拉着自己进了商场。当曲池看到绑匪和李研二人对话时，他一句话都没有插嘴。他很害怕自己的小失误会造成不可逆转的结局。

之后的一段时间内，警方都在商讨绑匪藏匿的位置。但现在警方并不敢轻举妄动，尤其被绑架的人还是一个商界巨擘的儿子。再加上绑匪提的要求对李董来说并没太大难度，最终警方敲定的计划是为确保人质安全，二十四小时内警方不会有攻入商场的打算。

绑匪为了救自己的儿子已经暴露住址，同时也暴露了他自己的身份信息，这说明绑匪并没有逃走的打算。也就是说，只要李董按时完成绑匪提出的要求，到时拿绑匪儿子交换他自己的儿子，就可以成功救出人质。没有了人质威胁，绑匪本身不足为惧。而且整个过程中绑匪完全没有逃跑的可能。经过全面分析，警方最终得出了这个结论。

既然领导们已经拿定主意，他们这些基层警察自然只能在商场外围待命。刚简单吃完一份盒饭的曲池很快便有了困意，然而还没等这份困意席卷全身，他就被一个声音叫醒了。

“我有一件事要请你帮个忙。”

曲池刚抬起头，便看到站在他正前方的李氏集团董事长李研。此时的曲池一点睡意都不敢有，他看着面前的大人物，心里紧张不已。

“什……什么忙？”曲池好不容易才挤出这句话。

“很简单，再带我进去一下。我有个提议要和绑匪说。”面前的男人有条不紊地说着。

“这个……这个还得领导……”

“我已经和你们领导说了，他同意我进去，不过必须要求一个警察陪同才行。”

“哦。”

曲池愣愣地点了点头，他本想问为什么选他陪同，但这个男人很快就转身离开了。曲池没作多想，直接跟了上去。他们二人很容易就进了商场。一进入商场，男人便大声喊了一句。

“你出来一下，我有件事要和你说说。”

很快，之前见到的那个身穿连帽服的年轻男子再次出现在视野中。年轻男子对曲池二人的再次闯入有些惊讶。

“难道你们这么快就达成了绑匪的要求？”年轻男子用不确信的语气问道。

这时，曲池身边的男人摇了摇头。

“没有，我现在来是为了另一件事。我有一个提议，希望你们能考虑一下。”

“哦？”年轻男子再次面露惊讶，“你说说看。”

“很简单，我想和我儿子换一下，你让绑匪将我儿子放出来，我去做他的人质如何？”

这次不光是三楼的年轻男子吃了一惊，就连一旁的曲池也被男人的提议吓到了。

“李董，这可不行……”

“我说行就行。”曲池的话被男人打断，男人再次将目光转向三楼，“要不你现在去和绑匪说说？”

三楼的年轻男子面露犹豫，并没有立即回应。男人继续说道：“我知道绑匪很疼爱他的儿子，他也是为了儿子才不惜犯下这种罪行。他的遭遇我很同情。但我也想让他知道，他绑架的是我的儿子，难道他就不能考虑一下我的感受？都是父亲，我想他能理解的。况且我的价值可远比我儿子的价值大，绑架我显然更划算。希望你能和他说说我的这个提议。”

年轻男子思考片刻，摆出一副无可奈何的手势：“好吧，那你们等着，我去去就来。希望你们好好待在那里，不要耍花招。”

年轻男子离开后，曲池看着面前的这个男人，心里涌现出一种说不出的奇怪感觉。

左三

叶川开着车，正当他要左转时，前方突然出现一辆失控的车，横冲直撞地撞了过来。叶川根本没时间反应，两辆车结结实实地撞在一起。叶川意识中的最后一个反应，是努力回头看身后的儿子。可他的这个动作最后还是没有完成。

李研开着车，正当他想着妻子晚上要给他准备哪些好吃的时，左前侧不远处突然传来一阵巨大的撞击声。李研意识到，前方发生了车祸。他环顾四周，除了发生车祸的那两辆车，周围并没有其他车辆。他本想下车看看情况，看看那里需不需要帮助。但这时妻子的电话响起，电话中妻子问他有没有接到儿子。在妻子的催促下，挂断电话的李研直接驱车离开现场。直到最后，他想下车帮忙的想法也没有实现。

张天浔开着车，正当他按照导航转入一条辅道时，车载广播播出了一条车祸通知。这场车祸导致他即将进入的主干道被完全封锁。得知此事的张天浔皱了皱眉，马上让导航换了一条路线。回到家后的张天浔本想找找刚刚那场车祸的新闻，他很想知道出车祸的是哪种型号的车。毕竟对他们这些投资人来说，追踪时事是必备的素质。然而回到家的张天浔极为疲惫，这件事很快就被他抛到脑后，根本没有完成。

曲池开着车，当前方传来一声巨响时，一时间他根本没有意识到发生了什么。直到身旁的同事提醒他，他才知道原来他们一直追击的那辆车发生了车祸。等车停稳，曲池和几个同事马上赶了过去。可就在这时，他们眼睁睁地看着又一辆车撞了过去。砰地一声，被撞的那辆车燃起大火。当几位同事马上赶过去救人时，曲池突然发现自己的腿动不了了。他很想迈开步子，但这个动作他一直没有完成。

对其他人来说，这只是一场车祸。但对他们来说，这是一件足以改变一切的事。

右九

张天浔从三楼离开，径直前往他帮胡须男绑匪找的杂物间。他并不担心警方会派人跟踪他，毕竟绑匪手里可是有着人质这张王牌。而且人质还是李氏集团董事长的儿子，为了保证人质安全，想必警方不会轻举妄动。但刚刚李董事长的提议，还是着实让张天浔吃了一惊。

据张天浔所知，这位李氏集团的第三代掌门人是个不近人情的人。刚开始他甚至还以为这位李董会不念亲情直接让警方冲进去，后来他才发现是自己想多了。想必就算是再冷酷的人，在对待自己儿子的性命时多少还是会慎重一些。只是刚刚这位李董好像亲口和他说，要和自己的儿子交换，让自己成为绑匪手中的人质。这可大大超出了张天浔的预期。他想不到这样一个不近人情的人竟然会主动将自己置于极为危险的境地。

他现在回去确实是准备将这件事告诉胡须男，但他还没想好以怎样的口吻来说。在他看来，他是不期望这位李董成为人质的。当然，他之所以这么想，是因为他手中还有很多李氏集团的股票。如果李董出了什么意外，这些股票可就全完了。

对张天浔来说，钱永远是排在第一位的。就连他答应帮那个胡须男的忙，也是出于钱的考量。当他从胡须男那里听到整个计划时，当即就同意帮忙。胡须男当然没什么钱，但是只要好好利用这场绑架，张天浔可以从其他地方——股票上赚到更多的钱。

像李氏集团董事长儿子被绑架这种大案，在国内已经很久没有发生过了，所以这种大案肯定会引起巨大轰动。受此影响，安保公司的股票一定会大涨。现在的有钱人越来越多，而社会治安状况越来越好，很多有钱人对自身安全并没有太多注意。这个案子如果一经报道，肯定会引起轩然大波。到时安保公司可就成了富翁眼里的香饽饽，股票自然会暴涨无疑。

现在警方并没有将这个案子透露给媒体，所以在此之前，只要大肆购入安保公司的股票，之后股票价值必定翻好几倍。虽然今天不是股票交易日，但他还有二十四小时，明天他就可以进行股票交易了，为此他甚至计划不惜卖出好几支之前一直看好的股票。现在只等这个案子结束，他就可以在家坐着数钞票了。只是没想到，李董会来这么一出。

现在张天浔最怕的就是整个案子出现变数。如果有任何人在这件事中出现意外，他自然也逃不了责。行动前，他已经和胡须男商量好，他是被胁迫的，整个案子中他只担任临时传话的作用。这样就算最后被问罪，也不是什么大不了的罪名。但是如果案子中死了人，情况可就变得严重多了，他可不想以后待在牢里数钱。

但问题是，他并不想骗胡须男。如果他的谎言最后被发现导致其翻脸，胡须男肯定会拖自己下水。所以思来想去，张天浔还是决定如实传递那位李董的话，但他会添油加醋一番，尽量劝胡须男不要同意对方的提议。

决定后，张天浔打开了杂物间的门。

右十

叶川不知道自己最终为何要同意那个男人的决定。也许是身为父亲的同理心，也许是小男孩的哭声听腻了，叶川没怎么思考就答应下来。

实际上他绑架对方的儿子也是一件迫不得已的事。如果他不这么做，他自己的儿子就会死。但是只要一看到小男孩哭得红肿的双眼，叶川就会内疚不已。尽管他很痛恨社会的不公，但孩子是无罪的。而且从李董能有这样的提议来看，他也是爱自己孩子的，这无形间也让叶川产生共鸣。最终叶川同意了对方的提议。

当叶川将自己的决定告诉张天浔时，他似乎不太认可这一做法，但最终还是将自己的决定传达出去。没多久，杂物间的门被再次打开，一个叶川从电视上看过无数次的人出现在面前。那人刚一出现，就向屋角冲去，直接将屋角的小男孩抱起。对于眼前的这一幕，叶川并没有说什么。叶川相信，十五个小时后，同样的场景也会出现在自己和孩子身上。

父子二人一番亲热后，张天浔带着小男孩出去了。叶川亲自给眼前这个男人的双手绑上绳索。

“你不用紧张，我说话算话，你的儿子我一定会帮你治好的。”

在叶川用力将最后一道绳结系好时，男人突然说出这样一句话，叶川顿时停下了动作。

“谢谢。”

沉默许久，叶川最终回应道。男人看了叶川一眼，之后并没有说什么，他只是找了一个纸箱，静静地坐在那里。杂物间中的两人被一堵无形的墙壁分隔开来。

右十一

进入杂物间后，见到儿子的那一刻，李研确实十分开心。也是在那一刻，他再次确信自己的选择无比正确。

在以往的岁月中，李研很少考虑其他人的感受，因为只要是他的命令，所有人都会无条件执行。在家中，孩子听他的话，基本不会给他惹什么麻烦；妻子变得奇怪之前，对他也是言听计从。在之前的人生中，李研都是这样过来的，他不懂得如何体谅他人，如何站在他人的角度看待问题。

听到孩子被绑架后，李研第一个想到的并不是如何解救孩子，而是公司的事他还没处理完。来到商场后，看到妻子哭得那样伤心，李研第一次动摇了自己的想法。也许妻子变成这样，是自己的错。当他做出替换儿子成为人质的决定后，竟发现自己感到前所未有地轻松。与前方未知的危险相比，他更想看到儿子的欢笑、妻子的理解。这时他才意识到，这才是他最看重的东西。

李研进入杂物间后，看到面前这个面容憔悴的男人，他一下子看懂了对方。这个男人并没有伤害他的孩子，孩子似乎也并不是太讨厌这个男人。这一切都说明，面前的这个男人并没有多少恶意。也许，他真的只是一个想拯救孩子的父亲而已，就和现在的自己一样。

之后的时间里，李研虽然没有和男人说话，但他已经在心里悄悄做出决定。不管发生什么事，他一定会帮这个男人治好孩子，将孩子安全地带到他面前。

右十二

当一个约莫七岁大的孩子被送到自己面前时，曲池一时有些发懵。直到有人敲他的脑袋，他才终于恢复神智。

“赶快带着孩子进去吧，注意点，不要再给我搞砸了！”

面对队长的提醒，曲池一只手牵起孩子，两人一起进入商场大楼。很快，他再次见到那个身穿连帽服的年轻男子。对方似乎有些困，正悄悄打着盹。曲池稍微喊了一句，年轻男子这才注意到他，还有他身旁的小男孩。

“还好，你们赶上了。”

年轻男子一边打着哈欠一边看了眼手表，然后就招了招手让他们上来。之后三人便一齐往商场深处走去。虽然曲池经常来这个商场，但里面这种偏僻的角落他还是第一次来。大约两分钟后，他们来到一个杂物间的门口。

“进去吧，看来我的任务也完成了。”

年轻男子再次打了个哈欠，之后便转身离开了。这时曲池也顾不上对方，他极为激动地看着杂物间的门，随后伸手缓缓推开。

杂物间里相隔不远处分别坐着两个男人，其中一个自然是李氏集团的董事长李研，另一个则是他从未见过的陌生男人。男人满脸胡须，一脸落魄模样。然而男人的目光一落在他身旁的小男孩身上，顿时像是变了一个人。

“儿子！”

男人大声呼喊着，一下子扑到小男孩面前，泪水止不住地流了下来。在小男孩面前，也许现在的男人更像是一个小孩。

“爸爸，发生什么事了？我感觉自己睡了一觉，一觉醒来就被带到这里了。”小男孩用稚嫩的声音说道。

“没事没事，一切都好。”男人一边抹着泪水，一边仔细打量着自己的儿子，“身上还疼吗？”

“不疼了。真奇怪，一觉醒来什么感觉都没有了。爸爸你哭什么？”小男孩用一脸疑惑的表情看着自己的爸爸。

“没事没事，爸爸只是高兴……”

男人刚想说什么，却被一旁的声音给打断了。

“你爸爸治好了你的病，当然高兴。”

男人将目光转向一旁，发现刚刚还被自己绑着的大人物，此时已经被松了绑。只见大人物来到儿子面前，摸着儿子的头。

“你的爸爸啊，是全天下最伟大的父亲。”

男人的表情顿时凝住，他再也忍不住，号啕大哭起来。

而这一切都被一旁的曲池见证。此时他也感慨颇多，甚至庆幸这次自己终于没有搞砸，做成了一件有意义的事。

左四

当叶川看到儿子躺在医院的病床上痛不欲生时，他连想死的心都有了。他觉得这一切都是自己的错。如果不是他带着儿子去游乐园，也不会发生那起车祸；如果没有发生车祸，儿子也不至于头部遭受重创，现在时时遭受这种可怕后遗症的折磨。如果可以的话，他真想代替孩子承担这种痛苦。如果存在另一个平行世界，他希望自己的孩子最终能被治好。

当李研看到新闻上关于车祸的报道时，他犹如被巨锤击中，愣在那里久久不能动弹。如果当时他下车帮忙，对来往的车辆进行警示，接下来就不会发生二次碰撞，更不会造成这样惨痛的后果。而这一切都是因为自己太过顺从妻子的话，他一句都不敢违背。如果存在另一个平行世界，他希望自己能更主动，多一些自己的判断。

当张天浔看到手中股票的价格几次跌停，直到一文不值时，他终于后悔了。如果他不是过于自信，也不会轻易买下那种垃圾汽车品牌的股票，更不会因为汽车质量问题导致自己如今陷入破产的境地。如果存在另一个平行世界，他希望自己一开始多遭受些挫折。

当曲池接到降职处分时，他一开始并不理解。他并没有做错什么，为何就被降职了？错的是那辆质量有问题的汽车，才导致他们追捕的嫌疑人遭遇车祸身亡。直到后来他才知道，原来正是因为他的急功近利，才造成一开始的行动计划准备得并不充分，也才有了后面的追捕。如果存在另一个平行世界，他希望自己对职位看得淡一些，哪怕是一个无名小卒也知足了。

福兮祸之所倚，祸兮福之所伏。这是亘古不变的道理，在任何一个世界都是。

世界最后一个人类

1.

当我醒来，周围一片寂静。

我摸着身下的支撑物，这不是我房间那熟悉的软床。硬邦邦，冷冰冰，和我此时的身体一样。我不禁打了个哆嗦。

我再次打量四周，显然这并不是我的卧室。这是一间十分空旷的屋子，除了身下这个金属平台，周围一件家具都没有。这是哪？我在心里问道。然而此时的我并不能做出回答。我的记忆似乎出现了裂痕，甚至不记得今天是什么日子。

我从金属平台上下来，刚走几步，发现此时的我并没有穿鞋子。不，应该说此时的我不着寸缕才对。奇怪的是，我却无特殊感觉，要换作平时，我恐怕真的要找个地缝钻进去。我轻易地推开房门，外侧是一条走廊，同样空无一人。在这条寂静的走廊上，我“坦荡荡”地走着。

走廊里有很多房间，我尝试过，却一个也打不开。我继续走着，尽头有一部电梯，可是并没有运行，连指示灯也没有亮。电梯门上方标有一个大大的“4”字——这里是四楼。我进入安全门，沿着楼梯走了下去。

楼梯口出来是一个接待大厅。同样没有人，服务台不远处写着

“李氏集团”几个字。看到这几个字时，我的内心顿感兴奋，我的脑海终于不再是一片空白。这是一家人人知晓的跨国公司，只是为何我会出现在这里？这里又为何空无一人？

我在大厅停留一会儿，直接走了出去。今天是个晴天，屋外直射的阳光让我睁不开眼。街上没有一个人，就连一辆车也没有。此时的我似乎完全忘记自己没穿衣服这件事，我在大街上漫无目的地走着。没走多远，一连串的商店就出现在眼前，当然店里同样没有人。

我走向其中一家卖衣服的店铺，透过橱窗能看到展示的男装。我试了试，店门可以打开。就在我准备开门进去时，突然想到，这会不会是一场恶作剧？会不会在我进去的那一刻，一大群人突然从各处冒出来？我止住脚步，犹豫了一下，最终还是走了进去。即使真是恶作剧，那也比现在这种情况要好。

这不是恶作剧。我进去后，想象中的人群并没有出现。我等了一会儿，周围依旧很安静。看来这里真的没有人，我便开始试穿起衣服。一会儿我就找到合适的内衣和贴身的外套。我在店里等了等，确定真的没人会来之后，才出门继续前行。

走了一会儿，虽然不渴也不累，但这样的前行速度实在太慢。我注意到停靠在街边的共享单车，进入一家工具店拿到称手的工具后，我很轻松地撬开了电子锁。随后我便骑着单车在街上巡游。

经过几条街区后，我更加确定这里真的一个人都没有。街边所有的广告牌都没有亮，就连红绿灯也没在工作。这真是一个奇怪的世界。

就这样骑行了二十多分钟，我的眼前出现一个游乐场。就像是封印记忆的螺丝突然出现松动，我的脑海顿时涌出一些画面。我停下车，驻足在游乐场前，久久未能移动。

2.

那是一个晴朗的黄昏，我还是一个刚上小学的学生，父亲第一次带我去游乐场。我们从上午一直玩到傍晚，直到父亲带着依依不舍的我离开。

我仍清晰地记着，父亲拉着我的手，我们站在游乐场外。父亲突然蹲下身，仔细盯着我的眼睛，像是要对我说什么。这时，旁边走过一对年轻男女，女生似乎在男生耳边说了句什么，然后笑着跑开。男生愣愣地站在原地，看着女生跑开的背影，脸上洋溢着幸福的微笑。我很想知道，女生刚刚到底说了什么。

就在我分神时，父亲的声音传来。

“我和你妈妈离婚了，对不起，今后你和妈妈好好生活吧。”

说完，父亲紧紧抱住了我。当时我根本不能理解父亲口中的离婚是什么意思，我呆呆地将头靠在父亲的肩膀上，父亲的肩膀好舒服。不知不觉我就这样睡着了。等我醒来时，已经躺在家中的床上。

从那之后，家中就没有了父亲的身影。大约一年后，我才知道当时父亲口中的离婚是什么意思。

父母离婚后，我一直跟着母亲生活，大概每隔半个月能见到一次父亲。父亲在一家机器宠物店上班，有时放学后，我就直接去店里找他。父亲工作的店里有很多可爱的机器宠物，当时我虽然还不太能理解机器宠物与普通宠物的区别，但在父亲的影响下，我也养了一只机器宠物猫。

相比普通宠物，机器宠物猫虽然不用吃喝，但本质是机器，很容易出问题。不过好在父亲就是机器宠物店的员工，所以每次遇到问题我就马上去找他。我还带着同学的机器宠物去找过父亲，每次父亲帮忙解决问题时，我看到同学们羡慕的眼光，都开心得不得了。那时在我眼里，父亲就是我的骄傲。

然而，这份骄傲仅仅持续半年就结束了。

那天天气并不是很好，时晴时雨，我带着自己的宠物猫去找父亲。然而等了半天，父亲都没有出现。那天我的心情很差，因为之前班上同学说我是个没父亲的人，我们大吵了一架，所以我比任何时候都期待能看到父亲。

大约半小时后，父亲终于出现了。一见到父亲，坐在长椅上的我立刻站起来，恨不得立马冲到父亲跟前，索要一个大大的拥抱。然而父亲的目光并没有转向我，而是走向另一个和我同龄的小男孩。小男孩手里抱着一只宠物狗，是一条博美犬。父亲和小男孩说了几句话，直接牵着他的手离开了。从始至终，父亲的目光都没有看向我这里。

父亲不喜欢我了。从我跑出宠物店的那一刻，脑海里一直充斥着这个想法。我跑回家，晚饭都没吃，直接将自己锁在卧室里。我躲在被窝，无论门外的母亲怎样叫喊，我都装作没听见。那天我哭了好久。从那天开始，我再也没有主动找过父亲。

两年后，父亲再婚，我真的成了一个没有父亲的人。

3.

从游乐场离开后，我骑着单车再度在整座城市里巡游。可无论在哪里，不管是商业区还是住宅区，都没有人。整座城市里的人像是一下子都蒸发了，毫无踪影。

渐渐地，周围的街道变得熟悉起来。我看着熟悉的路名，脑海中的记忆也渐渐清晰起来。我走进一家快餐店，坐在熟悉的座位上。我下意识地看向点餐区，才意识到一个人都没有。是的，整座城市，只有我一个人。

许多年前，当我找到第一份工作时，第一份午餐就是在这里解决的。那时我也像现在这样坐在这里，一边吃着汉堡，一边和新同事说着笑着。这样的时光一直持续了两年，直到我找到下一份工作。

大学毕业时，全球刚经历新一轮金融危机，就业市场的形势非常差。我带着老师同学们的嘱托，开始毕业即失业的老路。半年后，当我仍失业在家，人生毫无希望时，母亲拼着最后的颜面去找了父亲。当时已经是公司高管的父亲帮我在他朋友的公司找了一份工作。我并没有因此感谢父亲，因为这是他应该做的。

我就职的公司是一家刚上市不久的新公司，每个分部的门口都有一个十分显眼的六芒星标识。当时虚拟器服务刚刚兴起，在全球企业都深陷金融危机时，六芒星公司却凭借虚拟器服务成功上市，并且带火了整个虚拟器市场。无数个与虚拟器相关的产业一夜之间崛起。

我入职的时候正值六芒星公司大肆扩张之际，我被分配到现在这个区域的分公司。入职不久，我接到了第一份工作。工作内容很简单，我只需拿着一份合同，找一个人签字即可。

那天天气很热，我乘坐了很久的地铁，刚走到地面上，衣衫瞬间被汗水浸湿。我在太阳底下走了十多分钟才找到地址上写着的破旧小区。没过多久，我进入比单元楼外表更破的里屋。开门的是一个中年妇女，和我母亲差不多年纪。当她拿到我手中的合同时，一下子哭了出来，这让我有些手足无措。

她哭着求我救救她的儿子。我已经不记得当时我是怎么回答的了，但我只是公司的普通员工，不可能救任何人。最后这位母亲发现真的没有希望了，便哭着在合同上签完了字。离开那里后，我本想直接坐地铁回公司，却在出小区时被一个流浪汉拦住了。

“我是孩子的父亲，请让我救救他吧。”

我看着面前这个蓬头垢面的男人，给了他一张公司的宣传单。这是一张关于受体租借服务的宣传单。他的儿子通过永久出租自己的肉体获得了五年的虚拟器服务体验机会。五年时间即将截止，他儿子的意识也会被永久删除。这也是我上门的原因，删除一个人的记忆需要本人和亲属同时知情。而唯一能拯救他儿子的办法就是出租自己的肉体，以延续虚拟器服务的体验时间。

这是一个饮鸩止渴的方法。但没想到，几天后我在公司再次见到了那个流浪汉。

之后的一段时间，我的心情非常差，工作效率也很低，如果不是关系好的同事主动帮忙，恐怕我早就被开除了。

真正被开除是两年后的事情。当时公司发生了一起虚拟器中的 AI 被害事件，这本来不是什么大事，但后来因为警方介入，公司高层也重视起来。巧的是，发生案件的虚拟器场景负责人正好是我，于是我被高层施压，最后被迫主动辞职了。

这两年的工作经历让我学到很多，也让我从一个初出茅庐的菜鸟成长为一个懂得如何平衡生活与工作的丈夫。没错，当我结束上一段工作时，我遇到了最爱的那个人。

4.

在快餐店待了大约半小时，我就离开了。奇怪的是，尽管烈日炎炎，我却一点也没感觉到口渴。我骑着单车，继续在城市的街头漫无目的地闲逛。

很快，一个熟悉的电影院出现在我面前，这是本市一家十分出名的全息电影院。我和她第一次一起看电影就是在这里。我们并排坐在影院中，她向我自豪地介绍着正在放映的电影的幕后故事。没错，她就是电影的幕后工作人员之一。我和她之所以能够认识，也是因为电影。

那时我刚刚失业，还没来得及找下一份工作。在一个朋友的介绍下，她找上了我。当时她所在的剧组正在筹拍一部关于虚拟现实的电影，其中就有很多关于虚拟器的情节。为了确保相关情节的真实性，她作为剧组工作人员找到了我。正好我闲得没事，两人一拍即合，我就成了这部电影的顾问。当然，正式交往是两个月之后的事情了。

也是在那时我才知道，她的真实身份是一个克隆人替身。我们刚认识的时候，她刚刚苏醒不久。为了提高工作效率，她的本体利用“双胞胎”计划准备了她这个克隆人替身，当时她负责正在筹拍的电影，本体则负责另一项工作。她是克隆人替身的身份让我十分吃惊，但惊讶之余，我并没有因此放弃她。之后，我们还是认真交往了将近一个月。

但当时克隆人替身和本体并不能同时存在，所以每隔三个月都要进行一次记忆清零。记忆清零之后，本体和克隆人的记忆只能留存一个。也就是说，如果我们继续交往下去，每隔三个月就要经历一次生离死别。

第一次记忆清零的时候，我的内心十分忐忑，我特别害怕再也见不到她。就算见到她，她也不记得我了，那感觉无异于生离死别。

“欣欣，我等着你。”

离开前，我喊着她的名字。我希望她能记住我的声音，记住我的一切，活下来。也许是我的祈祷有了效果，最终留存下来的是她的记忆。再次见到她应该是我这辈子最快乐的时刻。当欣欣提到她还被前男友纠缠时，我瞒着她和对方见了一面。这之后的整整一周，我的脸上都挂着十分明显的淤青。欣欣心疼地流下泪水，但我觉得一切都值了。

之后的三个月里，我们的关系发展得很快。那时她的本体也具有和她相同的记忆，所以我们在一天的任何时间都能见面。在即将进行第二次记忆清零的时候，我向她求婚了。幸运的是，第二次记忆清零并没有到来。因为在第二次记忆清零的两天前，新的克隆人政策正式实施，“双胞胎”计划产生的克隆人替身可以被允许与本体同时存在，所有克隆人替身都会被赋予新身份，拥有接近本体的公民权。

半年后，我和克隆人欣欣正式结婚。

结婚后，欣欣仍然坚持工作，我早已找到第二份工作。在一起努力下，我们很快就拥有了自己的房子。但是在要不要孩子上面我们产生了分歧，我很想要孩子，但是欣欣却放不下她的工作，一拖就是两年。两年后，欣欣所在剧组的一个著名导演因杀人未遂被捕，虽然之后临时换了导演，但整个剧组还是受到很大影响，很多人选择了离职。在我的劝说下，欣欣最终也踏上了这股离职浪潮。

一年后，我们有了自己的孩子。

5.

从电影院出来一路前行，周围完全是我熟悉的环境了。熟悉的餐厅、熟悉的超市、熟悉的健身房，以及前方熟悉的小区。

和欣欣结婚后，我们就一起搬到了这个小区。之后我们有了孩子，更离不开这里。我停下自行车，将其放在附近的停车点。走进小区后，脑海中的记忆更加清晰。小区中心有个小型游乐设施，每天傍晚我都会带着孩子在这里玩乐，有时散步，有时和邻居聊天，过着很惬意的日子。

此时的游乐设施一片荒芜，上面落满灰尘，看起来已经很久没人来过了。我放眼四周，整个小区一片宁静，全然没有往昔的热闹。没做多想，我径直来到自己住的单元楼，从楼梯直上，五楼就是我家。

幸运的是，婚后没多久我们就将门锁换成更有安全保障的机械密码锁，所以现在我也能轻而易举地将门打开。家中还是老样子：熟悉的地毯、熟悉的茶几、熟悉的贴画。这些贴画原本是买来给孩子识字用的，孩子长大后我们也没舍得拆，就这样一直保留下来。我走进卧室，一切还是那样整洁，淡蓝色薄被整整齐齐地叠在床上，乳白色窗帘也被小心翼翼地挂在一旁。我试了试台灯，也许是没电的缘故，无论我怎么用力，印象中那股黄色的暖光都没有出现。

真安静啊。

我走进孩子的卧室，还是一如既往地一团糟。各种电玩设备散落一地，被子也被随意丢在床铺一角。我捡起地上的一册漫画，苦笑着摇摇头。这是我给孩子买的第一本漫画，当时他的确双眼放光，可没过多久就对这些漫画失去了兴趣。如今我又在地上捡起了它。

我随意翻看着，这是一本关于机器人的漫画，讲的是机器人怎么保护人类。故事的结尾，机器人为了保护人类牺牲了自己。漫画发行的那一年，机器人学界发生了一件大事——著名的机器人谋杀案。十分凑巧的是，我和这起谋杀案的当事人是高中同学，当时他因外界压力生病住院，我还去医院看望了他。让人高兴的是，后来的研究证明机器人是很安全的。这本漫画也是这起事件发生之后的产物，当时十分畅销。

我将漫画在书桌上放好，然后走出卧室。直到现在，我仍然不能适应如此冷清的环境。如果欣欣和孩子都在这里，家中一定很热闹。只是他们究竟去了哪里？整座城市的人又去了哪里？

这时，我的脑海中突然有了一个想法。如果我现在正身处虚拟器当中呢？与虚拟器打过多年交道的我一下子想到这点，而且这也是我能想到的唯一解释。不过转念一想，很快我又在心底升起疑问。就算是虚拟器，也不可能将整座城市如此完美地复制一遍，甚至包括我家中的所有布置，和现实几乎完全一样，这绝对不可能做到。

就在陷入思考时，我的目光被木架上的一张合照吸引了。照片上有两个女人，一个是欣欣，另一个我应该认识，只不过如今我的记忆仍未完全恢复，所以一时想不起名字。

第一次见到这个女人时，我已经再次回到六芒星公司工作，继续负责虚拟器项目。那天欣欣带她来公司，说她最近心情不太好，让我为她安排一项虚拟器场景体验。我毫不犹豫地答应下来，之后为她选择了很火爆的废墟。她后来又单独来了好多次。

又过了一段时间，她再也没出现。没多久我从欣欣口中听到了她的死讯，死因是交通意外。欣欣为好友的离世伤心了好一段时间，我却很快就忘记了这件事。直到三年后，一场由虚拟人物状告现实人物的谋杀案官司引起了所有人的注意。

淑娉……我终于想起了这个女人的名字。

从那场官司开始，虚拟器项目引起越来越多人的关注。随着巨额资金的投入，虚拟器技术也迎来了发展高潮。那件事发生之后没多久，我再次离职，因此现在虚拟器究竟发展到哪一步我也不清楚。

难道，我真的身在虚拟器中？我环顾四周，没有任何人回答我的疑问。

这时，厨房里突然传来一阵动静。

6.

“喵——”

一只黑猫从厨房里静悄悄地走了出来，它用那双漆黑的眼珠一动不动地看着我。我蹲下身子，一伸出双手，它就直接扑进我的怀抱。

“小黑，乖。”

这是我从小就开始养的那只机器宠物猫，母亲去世后，我就将它带到现在的家中。小黑一直很听话，从不在家中做任何出格的事情。我抚摸着小黑毛茸茸的脑袋，感到极度舒适。

原来，在这座城市我并不是一无所有，至少小黑还在。我紧紧地抱着小黑，感动得差点哭了出来。

就在我沉溺于脑海中这些复杂情感时，小黑趁我不注意，从怀中跳了出去。由于我刚刚进门时忘记关上房门，小黑一溜烟就冲了出去。我随即跟了过去，小黑已经进了楼道，于是我又立刻跟了上去。

出楼梯后，小黑继续往前跑，很快就跑出单元楼，来到小区外。它的速度虽然不快，但以我奔跑的速度显然不可能跟上，所以我重新在单车存放点找到之前放在那里的单车。奇怪的是，在我找车时，小黑并没有继续往前跑。它停在原地，静静地看着我。等我骑上单车，小黑又开始继续向前奔跑。

偌大的城市中，我们一人一猫前后追逐。小黑好像故意控制着奔跑速度，我们之间的距离始终保持着短短几米。一路上，我们穿过熟悉的电影院、熟悉的快餐店，一直往前。

奇怪的是，不管我怎么运动，始终感觉不到一丝疲惫。这让我对自己身在虚拟器的想法愈发坚定。没过多久，小黑在一家商场前停了下来。我停下车，没有继续靠近小黑，而是顺着小黑的目光看向眼前这个商场。

很快，我的记忆中浮现出这座商场的相关信息。这里我并不常来，但却印象深刻。因为我唯一一次来这里时，恰好发生了一起绑架案。绑架案发生时，商场里一片混乱，我带着欣欣跟随慌乱的人群一起逃出了商场。直到第二天，绑架案才得以成功破解。幸运的是，现场没有人员伤亡。

在那之后，我们一家再也没有来过这里。

就在我对小黑为何停在这里感到奇怪时，小黑突然又开始行动了。我愣了一秒，赶紧追了上去。

之后很长一段时间里，小黑再也没有停下来过，所幸我也感觉不到劳累。没过多久，我们来到城市边缘，绿色景致越来越多。我甚至还看到一些活着的鸟类和昆虫。

也就是说，并不是所有生物都消失不见了。真正消失的只有人类。

我对自己这个新发现感到震惊不已。我跟着小黑，在乡间小路上继续前进。很快，我便有了一个更加令人震惊的发现。

尸体……一具人类尸体出现在我眼前。

7.

我抑制住浑身的颤抖，从单车上下来，渐渐靠近眼前的尸体。这是一具男性尸体，尸体全身完整，只有头部中了一枪，看上去是瞬间毙命的。

尸体上的血迹并未完全干涸，也就是说这个人不久前才被杀害。这也说明我并不是这个世界剩下的唯一人类。至少在几个小时前，眼前这个人还活着。但是既然还存在活人，他们为何要集体远离城市，来到这样的乡间呢？我的内心产生了新的疑问。

究竟是谁杀了他？

就在我产生无数疑问时，我察觉到身旁的小黑表现有异。只见小黑将身体弯成弓形，浑身毛发倒竖，它看向前方，不停低吼着。没等我反应过来，眼前一个黑影向我扑来。

我被直接撞倒在地，后背结结实实地撞在地面凸起的石块上。我并没有感到疼痛。我看清了眼前这个黑影的真面目：一个人类，一个体型壮硕的男人。然而还没等我高兴片刻，男人便张开他的血腥大嘴，直接朝我的脖子咬来。

此时的我完全没有思考的时间，只能任由对方摆布。几秒钟后，想象中的剧痛并没有传来。随着一声枪响，束缚着我的这股大力也瞬间消失。我将面前的男人推开，抹了抹脸上溅射的血迹，浓重的血腥味扑面而来。

我站起身，看了眼倒在地上的男人。男人后脑开花，场面极为血腥，和之前看到的男人死法一模一样。

此时我仍惊魂未定，但很快便察觉自己被包围了。令我更为震惊的是，包围我的这些都是人类。这些人穿着不同的服装，但毫无疑问的是，他们都是活生生的人类。

"你还好吧？"

我足足愣了几秒才察觉到有人在和我说话。我看向说话的这个人，他似乎是周围这些人的首领。他的手里拿着一把步枪，也许刚刚就是这把枪中飞出的子弹击中了袭击我的那个人。

"你为什么要杀他？"我下意识问道。

男人用一种极为怪异的眼神看着我，像是在看一个白痴一样。突然，他像是想到了什么，一下子笑了。

"你刚醒？"男人笑着向我问道。

我点点头，说："你还没回答我的问题。"

男人笑得更厉害了，周围的人群中也有了一丝骚动。

"很简单，他不是人类。"男人十分镇定地说道。

男人的话让我哑口无言。过了几秒我才反应过来。

"可他……明明是……"

"表面上是，内心已经不是了。"男人继续解释道，"我知道你才刚醒来，对之前发生的一切并不知晓。你这种人我们以前也遇到过，我和你好好解释一下吧。"

我看着男人，并没有说话。

男人接着说道："两年前，一场席卷全球的变异几乎摧毁了整个人类世界。这场变异的来源是不受控制的人体克隆试验，在第一例变异发生之后，变异就像是瘟疫一样在全世界迅速扩散开来。人类只要被感染，就会彻底失去理性，变成人形怪物。"

男人的话无疑在我的心中投下一颗重磅炸弹。变异……人形怪物……难道这就是整座城市的人全部消失的原因吗？

“你是说，刚刚那个被你杀死的男人，就是你所说的人形怪物？”

“当然，我断然不会无缘无故杀死一个人类。”

“那你怎么判断他不是人类？”我问道。

男人并没有被我的问题冒犯到，他笑了笑，答道：“很简单，理性的人不会做出袭击别人这种事。”

我并没有完全相信他的说辞，就像我现在还没能完全接受整个世界的人几乎都变成他嘴中的人形怪物一样。如果真是这样，那岂不是说我的妻子和孩子，也都变成了这种怪物？

“你一时难以接受也很正常。毕竟两年前的我们也完全不能接受这样的现实。”男人见我没有说话，便继续说道，“这两年，我们这些存活下来的人类，一直拿着武器在各地巡逻。我们一边寻找残存的人类，一边猎杀这些怪物。你刚从城市出来，那里很干净吧？我们每猎杀一个怪物，都会好好清理。毕竟，那是未来我们还要继续生活的地方。”

男人的目光转向不远处的城市方向，眼里露出一丝向往之色。

“那你们又是怎么存活下来的？”我继续问道。

男人将目光从远处收回，再度落在我的身上。他仔细打量着我，突然说道：“你摸摸自己的脖子就知道了。”

我对男人的回答感到奇怪，不过还是照他说的做了。我抬起右手轻轻抚在脖颈上。然而预料中的柔软触感并没有出现，取而代之的是一种冰凉且坚硬的触感。

“你好好看看吧。”

男人递过一块电子设备，屏幕能显示前置摄像头拍摄到的一切。我将这块屏幕置于面前，很快便看到了此时自己的模样。

屏幕上的我依旧长着那张熟悉的脸，然而脸下方的皮肤却出现了破损，露出里面的肌肉组织。肌肉组织只有很薄的一层，在破损处，从翻卷而出的肌肉缝隙中能看到一大块黑色的机械器件，里面夹杂着一些电子线路。

“人机 15566，我正式邀请你成为我们猎魔团的一员。”

男人面露微笑地站在那里，正式向我递上了这份邀请。

图书在版编目（CIP）数据

死者 AI / 青稞著．— 北京 ：北京联合出版公司，2022.3

ISBN 978-7-5596-5385-7

Ⅰ．①死… Ⅱ．①青… Ⅲ．①短篇小说—推理小说—小说集—中国—当代 Ⅳ．① I247.7

中国版本图书馆 CIP 数据核字（2021）第 265490 号

死者 AI

作　　者：青　稞
出 品 人：赵红仕
策　　划：牧神文化
责任编辑：郭佳佳
特约编辑：华斯比
美术编辑：江心语
封面绘图：Million

北京联合出版公司出版
（北京市西城区德外大街 83 号楼 9 层　100088）
北京联合天畅文化传播公司发行
上海盛通时代印刷有限公司印刷　新华书店经销
字数 233 千字　890 毫米 ×1240 毫米　1/32　9 印张
2022 年 3 月第 1 版　2022 年 3 月第 1 次印刷
ISBN 978-7-5596-5385-7
定价：56.00 元